ドラゴンの塔

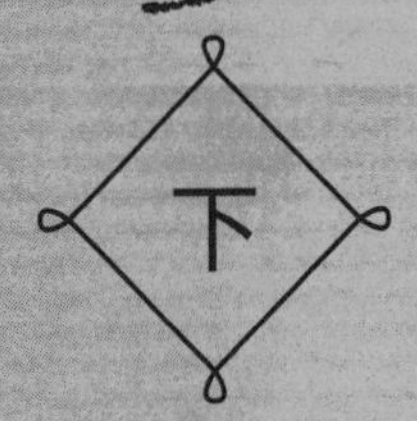

森の秘密

ナオミ・ノヴィク 著
那波かおり 訳

静山社

UPROOTED by Naomi Novik

This translation is published by arrangement with Del Rey,
an imprint of Random House, a division of Penguin Random House, LLC.
through Japan UNI Agency, Inc., Tokyo

◆

カバーイラスト◎カガヤケイ
ブックデザイン◎藤田知子

ドラゴンの塔〈下〉森の秘密●目次

【主な登場人物】

アグニシュカ……主人公。魔法修業中。愛称ニーシュカ。

カシア……………アグニシュカの親友。〈森〉に囚われ、いったんは穢れ人となるが、アグニシュカと〈ドラゴン〉により浄化される。

〈ドラゴン〉………ポールニャ国屈指の魔法使い。アグニシュカたちの暮らす谷を治める領主。本名サルカン。

マレク王子………ポールニャ国の王子。英雄として名を馳せる。

〈ハヤブサ〉………ポールニャ国の魔法使い。〈ドラゴン〉のライバル。本名ソーリャ。

ハンナ王妃………ポールニャ国王妃。マレク王子の母。二十年間囚われていた〈森〉から奪還される。

バロー師…………修道士。ポールニャ国の魔法使い。

〈ヤナギ〉…………ポールニャ国の魔法使い。

アローシャ………ポールニャ国の魔法使い。

ラゴストック……ポールニャ国の魔法使い。

レディ・アリチア…都クラリアの社交界に出入りする男爵夫人。

スターシェクと
　マリシャ………ポールニャ国王太子の子どもたち。

黄の沼卿…………ヴラディミール男爵。〈ドラゴン〉の領地から山を越えた地を治める。

17

首都クラリアへ

〈ドラゴン〉の言いつけをちゃんと守れたとは言いがたい。

首都クラリアまでは、馬で八日間の道のりだった。そのあいだ、わたしの牝馬（めうま）はしょっちゅう頭を振った。一歩、二歩、三歩……そしていきなり、馬銜（はみ）に逆らって手綱とわたしの腕を引っ張った。すぐに腕と肩が石のようにがちがちになった。いつも遅れをとって最後尾にいたから、前を行く荷馬車の車輪が巻き起こす土ぼこりをかぶりつづけた。ただでさえ遅い牝馬が、土ぼこりのせいで、何度も立ち止まってくしゃみをした。わたしはオルシャンカの町に着くまでに薄い灰色に染まり、顔に触れると、汗と泥の褐色の固まりがごっそりと指についてきた。

〈ドラゴン〉は別れぎわの短い時間で、国王に宛（あ）てて手紙を書いてくれた。ザトチェク村の村人からもらった粗末な紙と薄いインクで、わずか数行の走り書きになったけれど、そこには、わたしが魔女だということ、兵団を送ってほしいということが簡潔にしるされていた。彼は手紙を折りたたむと、正式な書状のしるしに、親指をナイフで切って血をこすりつけ、そこに〃サルカン〃と力強い文字をしたためた。その署名は手紙の端でくすぶり、うっすらと煙をあげつづけた。旅の道中、服のポケットに忍ばせた手紙を指でさぐると、煙のささやきと翼のはためく音が聞こえるような気がした。それは慰めをもたらし、同時にあせりをかき立てた。毎日、馬を進めるほどに、自分が本来いなければならない土地から遠ざかっていく。わたしはその土地で、〈森〉の進撃を食い止める手助けをしなければならないというのに……。

「なぜカシアまで連れていこうとするのですか？」初日の野営で、わたしはマレク王子に尋ねた。そこは北の山脈のふもと、糸繰り川に流れこむ小さな川のほとりだった。南の方角に見える〈ドラゴン〉の塔が、オレンジ色の夕日に照り映えていた。「王妃様をどうしても都に連れていきたいのだとしても、わたしたちは谷に戻してください。〈森〉を見たはずです。あなたはご自分の目で〈森〉がどんなに——」

「わたしは父上から、穢れに冒されたサルカン領の村娘の処分をまかされた」マレク王子はわたしの話を最後まで聞かず、頭と首を洗いながら言った。「父上のお望みは、生きた娘かその首かだった。わたしが都に持ち帰るものとして、おまえはどちらを望む？」

「でも、王妃様をごらんになれば、国王陛下はカシアにも理解を示してくださるはずだわ」

マレク王子はしずくを振り落とし、頭をあげた。夕闇が迫っているのに、王妃はあいかわずうつろに前方を見つめて馬車の荷台にすわっていた。その隣にはカシアがいた。ふたりとも、人でありながら人でないようなところがあった。神秘的で、背筋が異様なほどまっすぐで、一日がかりの移動にもまったく疲れを見せない。そして、磨かれた木のように肌が輝いている。それでもまだカシアには人間らしいところがあった。彼女の首はオルシャンカの町と故郷の谷のほうを向いていたし、その口もとや目もとには心のなかの不安が読みとれた。

わたしとマレク王子はしばらくふたりを見つめた。やがて王子が立ちあがり、「一国の王妃と村娘をいっしょにするな」と、きつい口調で言い、歩み去った。わたしはくやしさに水を手で打った。それから両手で水をすくい、自分の顔を洗った。指のあいだから泥まじりの水がこぼれ落ちた。

「田舎娘にとっては恐ろしいことだろうね」突然、背後から〈ハヤブサ〉に声をかけられ、わたしは驚いて両手の水をこぼした。「王子様に付き添われて都入りをするとは……。おまけに、魔女として、ヒロインとして喝采(かっさい)を浴びる。なんともご苦労なことだな」

わたしはスカートの裾(すそ)で顔をぬぐった。「どうしてわたしが都に行かなくちゃならないの？　宮廷にはたくさんの魔法使いがいるわ。その魔法使いたちにだって、王妃様が穢れを宿していないことぐらいわかるはずだし――」

〈ハヤブサ〉は首を振った――なにも知らない田舎娘だとわたしを憐(あわ)れむように。「本気でそんなことを考えているのかな？　法は絶対だ。穢れの者は火炙りの刑になるものだよ」

「でも、国王陛下が許してくださるのでは？」言い返すつもりが、はからずも問いかけになった。

〈ハヤブサ〉は、宵闇にまぎれて見えなくなりつつある王妃のいるほうを思惑ありげに見つめるだけで、なにも答えなかった。やがて、わたしに視線を戻して言った。「もうおやすみ、アグニシュカ。まだ道のりは長い」そして、彼は焚き火のそばにいるマレク王子のほうに向かった。

わたしはその夜ちっとも眠れなかった。結局、旅のあいだ、ぐっすり眠れた夜など一夜としてなかった。

噂がわたしたちより先を進んでいた。通りすぎる町や村で、人々が仕事を放り出し、街道ばたに並んで、興味津々のようすで一行を見つめた。でも、近づいてくることはなく、子どもらをしっかりと引き寄せていた。そして旅の最終日、国王の直領である都市にはいる前の最後の十字路で、おおぜいの人々の出迎えを受けた。

そのころには、日付や時間の感覚をなくしていた。腕と背中と脚が痛み、おまけに頭痛もひどかった。自分の一部がまだ谷とつながっていて、心と体を無理やり引き伸ばされているような──自分のよく知る土地からこんなに遠ざかってしまったことについてもっとよく考えてみろと、体の痛みが訴えかけているような気がした。あって当たり前だと思っていた山々が視界から消えた。もちろん、この国には山のない地方が存在することを知識として知っていた。でも北の山脈は、空の月と同じように、遠く離れても見えるものだと思っていた。ところが、後ろを振り返るたびに山々は小さくなり、ゆるやかに波打つ丘陵地帯にはいったところで完全に見えなくなった。肥沃(ひよく)な穀物畑があらゆる方向にどこまでも伸びていた。平らで切れ目のない、この世界のすべてが奇妙だった。ここには森も林もないのだ。

　こうして最後の丘のてっぺんまで来て、わたしははじめてクラリアの街を見おろした。黄色の壁に明るい茶色の屋根の家々は、輝く大河、ヴァンダルス川の岸辺に咲き誇る野の花のようだった。街の中心に〝鷲の宮殿(ザーメク・オルラ)〟と呼ばれる赤い石レンガ造りの城がそびえていた。王様の宮殿の大きさは、わたしの想像をはるかに超えていた。城のいちばん小さな塔でさえ、〈ドラゴン〉の塔よりも大きいのだ。そんな雲を衝(つ)くような塔が、その城には十数基も建っている。

〈ハヤブサ〉が振り返って、わたしを見た。たぶん、わたしがどんな顔でこれをながめているのか確かめたかったのだろう。けれども、その城のとんでもない大きさは、口をぽかんとあけて見とれるような種類のものではなかった。まるで本の挿絵のようで現実感がなかったし、疲労のあまり頭がよくまわらなかった。ふとももにずきずきと痛みが走り、腕が震え、肌にはべったりと泥がこびりついていた。

　兵士の一団が、丘のふもとの十字路に並んでいた。十字路の中心に組み立てられた大きな演台を囲むように兵士が整列し、その台の上に司祭と修道士の一団が立っていた。そのなかに、ひときわみごとな濃い紫に金糸で刺繍がほどこされた長衣をまとった司祭がいた。ここまでみごとな司祭の衣は見たことがなかった。その人のいかめしい面長の顔は、円錐を左右にふたつくっつけたような高い帽子をかぶっているせいで、よけいに長く見えた。

　マレク王子が坂の途中で馬を止め、彼らを見おろした。そのあいだに、わたしの歩みののろい牝馬がようやく王子と〈ハヤブサ〉に追いついた。「ははあ。父上はあのおいぼれ大司教を出してきたわけか」と、マレク王子が言った。「つまり、〈聖魔の遺宝〉を母上に使うつもりだな。かえって厄介なことにならなければいいが」

「そうともかぎりませんよ」と、〈ハヤブサ〉が返した。「大司教がいささか厄介なおかたであることは認めます。しかし、あの頑固さが、今回は吉と出ましょう。大司教は、にせの遺宝で代用することを、だれにも許してきませんでした。そして、ほんものの〈聖魔の遺宝〉なら、真実を告げることでしょう。ないものをあるように示すことはできません」

　大司教を〝おいぼれ〟呼ばわりする王子の不遜な態度に怒りが込みあげ、話の内容について説明を求める機会を逃してしまった。穢れがないのにあるように見せたい人がいるってこと？　どういうことなのか聞きたかったのに、マレク王子はもう馬を進めていた。王妃の乗った荷馬車もつづいて坂をくだった。道ばたの見物人たちが、波が引くように荷馬車と距離をとった。それでも彼らの顔は好奇心満々だった。多くの人が魔除けの小さなお守りを身につけ、わたしたちが通りすぎるときに胸で十字を切った。

王妃は群衆を見ることもなく、動揺するようすもなく、ただ荷馬車といっしょに揺れていた。王妃に寄り添っていたカシアがわたしを見つめ、わたしも彼女を見つめ返した。わたしたちは驚きに目を瞠っていた。これまでの人生で、こんな大群衆を見たことがなかった。人々は、馬の蹄鉄に蹴飛ばされる危険もかえりみず、わたしの脚に触れそうなくらい近くまで寄ってきた。

一行が十字路の演台に近づくと、兵士らが取り囲んで槍を構えた。台の中心に一本の太い柱が立ち、その下に藁が積まれ、火種が用意されている。ぎくりとした。わたしは〈ハヤブサ〉のところへ行き、彼の服の袖を引いた。

「おびえたウサギのような顔をするのはいけないね。笑いたまえ」と、彼は声をひそめて言った。「なにかまずいことがあると思われるのが、いちばんまずい」

マレク王子は、槍の切っ先を突きつけられても、まるで見えていないかのように動じなかった。道中の街で買ったマントをひるがえして馬からおりると、荷馬車に近づき、王妃をおろそうとした。カシアがそれに片側から手を貸した。そして王子が急かすように手招きし、カシアも荷台からおりた。

人がおおぜい集まると、声がひとつになり、川音のように響くものだということを、わたしははじめて知った。ひとつになった群衆の声は、寄せては返す波のようだった。やがて、そのざわめきがぴたりとやんだ。マレク王子が王妃を支えながら演台の階段をのぼっていく。王妃はまだ金の首輪で拘束されており、あの高い帽子をかぶった司祭の前に連れ出された。

「大司教閣下」と、マレク王子がよく通る声で呼びかけた。「幾多の危険をくぐり抜け、わたしとその配下は、〈森〉の魔の手からポールニャ国王妃を奪い返しました。そしていまここに、王妃の精査をあなたにお願いする。あらゆる〈聖魔の遺宝〉とあなたの司る魔力の殿堂の力をもって存分に王妃を調べ、無辜なる民をおびやかす穢れのしるしなきことを証明していただきたい」

もちろん、大司教は王妃を調べるためにここにいる。でも、そのこわばった口もとを見るかぎり、大司教はマレク王子がこの件を自分が決めたことのように語るのを快く思っていなかった。

「承知しました、殿下」と、大司教は冷ややかに答え、体を返して手で合図を送った。ひとりの修道士が前に進み出た。修道士は背が低く、茶色の麻の長衣をまとい、丸い帽子からはみ出す茶色の髪が短く切りそろえてあった。大きな金ぶち眼鏡の奥で大きな目を不安そうにしばたたき、両手に持った細長い木箱のふたを開いて差し出した。大司教が手を伸ばし、なかから金と銀で編まれた美しい網を取り出した。群衆から若葉が春風に鳴るような感嘆の声があがった。

大司教はその網を両手でかかげて朗々と祈りを捧げると、王妃に向き直り、その網を王妃の頭にかぶせた。網はふわりと広がって、丸くなっていたふちがほどけて足もとまでたれた。意外なことに、あの金ぶち眼鏡の修道士が王妃の前に進み出て、両手を網にかけ、呪文を唱えはじめた。「**イラーストゥス・コースメット、イラーストゥス・コースメット、ヴェストゥーオ・パールタ……**」呪文が金糸銀糸に染みわたっていくように、網全体がまぶしく輝きはじめた。

こうして、まばゆい光が王妃の全身を照らし出した。演台の上で輝く王妃は、首をまっすぐにもたげていた。王妃の体を包む光は、召喚術が生み出す涼やかで冷たい、目を射るような光ではなかった。なにかにたとえるなら、真冬の遅い時刻に家に帰り着いたとき、おかえり、早くはいりなさい、とささやきかける窓辺のランプのように、愛とぬくもりを感じさせた。人垣からため息がもれた。司祭たちでさえ後ろに引いて、光り輝く王妃に見入った。

金ぶち眼鏡の修道士は、網に片手を添えて魔力をそそぎつづけた。わたしは馬の腹を蹴って、しぶる馬をどうにか〈ハヤブサ〉の馬に近づけると、鞍から身を乗り出し、小声で尋ねた。「あの眼鏡の人はだれ？」

「われらが仲間のことかな？」と、〈ハヤブサ〉が言った。「バロー師だよ。見てのとおり、大司教のお気に入りだ。あんなに温厚で従順な魔法使いはそうめったにいない。きみもそれを覚えておくといいね」彼は侮りを込めてそう言ったけれど、わたしにはその修道士が温厚だとはとても思えなかった。彼は山のような不満と心配ごとをかかえている人のように見えた。

「じゃあ、あの網は？」と、さらに尋ねた。

「おや、〝聖ヤドヴィガのヴェール〟も知らないのかい？」〈ハヤブサ〉の返事に、わたしは口をあんぐりとあけた。〝聖ヤドヴィガのヴェール〟、それはポールニャ国にとって、もっとも格の高い〈聖魔の遺宝〉だ。王位継承の式典のときだけ持ち出され、新しい王がどんな邪も宿していないことを証明するために使われる。

いまや群衆はもっと近づこうとして兵士らを押し、兵士らも槍の刃先を空に向けて体を前に詰め、うっとりと目の前の光景に見入っていた。司祭たちが静かに王妃に近づき、ある者は膝をついて王妃のつまさきに目を凝らし、ある者は腕を取って一本一本の指を、またある者は髪を調べはじめた。離れて見ているわたしたちの目にも、まばゆく輝く王妃の体に影がひそんでいないことは明らかだった。司祭たちがつぎつぎに立ちあがり、大司教にうなずいた。大司教の顔がやわらいだ。彼もまた、この光の奇蹟に驚嘆しているのだ。

検分が終わり、バロー師が王妃からそっとヴェールをはずすと、司祭たちがまた新たな〈聖魔の遺宝〉を取り出した。もう尋ねるまでもなく、それらがなにかはわかった。〝聖カシミールの鎧の板金〟――そこには、聖カシミールがクラリアを襲った竜を退治したときに鎧に突き立った竜の歯がいまも残っている。そして、黄金とガラスの箱におさめられた、焼けて黒ずんだ〝聖フィランの腕骨〟。そして〝聖ヤセクの金杯〟は、聖ヤセクの礼拝堂から発掘されたと聞いていた。マレク王子が王妃の手を片方ずつ順に持ちあげ、大司教が王妃の前で祈りを捧げた。

カシアも同じ手順で調べられたけれど、群衆はまったく関心を示さなかった。息を詰めて王妃を見守っていた人々が、カシアの番になると、いっせいにおしゃべりをはじめた。こんなに騒がしくて節操のない人々を見たことがなかった。四つの崇高なる〈聖魔の遺宝〉と大司教を前にしても、まったく遠慮を知らない。「クラリアの民とは、まあ、こんなものだ」と、わたしのあきれ顔に気づいた〈ハヤブサ〉が言った。人垣を縫ってパンを売る人々まであらわれ、馬の背から街道の先をながめると、勇気あるふたりの男がビールを売る露店をはじめていた。

まるで休日かお祭りのはじまりのようだ。最後に、司祭たちが〝聖ヤセクの金杯〟にワインを満たし、バロー師が呪文をかけた。かすかな煙が渦巻きながらワインから立ちのぼり、その赤みが鮮やかさを増した。司祭たちが金杯を王妃の口もとに運んだ。王妃はそれを一気に飲みほした。眩暈(めまい)を起こして倒れることもなく、それどころか眉ひとつ動かさなかった。でも、それさえもうたいしたことではなかった。群衆のなかのひとりが、ビールの杯を勢いよく突きあげて叫んだ。「ありがたや！　王妃様が救われたぞ！」それをきっかけに群衆が歓喜の声をあげ、雪崩(なだれ)のように押し寄せてきた。もはや穢れを恐れる必要のなくなった人々の大声は、大司教が王妃を市街に入れる許しをもったいぶってマレク王子に伝える言葉もかき消してしまうほどだった。

興奮に沸き立つ群衆は、槍を持った兵士らよりも厄介だった。マレク王子が人々を押しのけ、演台の横で待機する馬車の荷台に王妃とカシアを乗せた。王子は自分の馬を乗り捨てて荷馬車に乗りこみ、みずから御者席で手綱を取ると、鞭を頭上で振りまわし、人々を追い散らした。わたしと〈ハヤブサ〉は、逃げた群衆が戻ってくる前に、それぞれの馬を荷馬車の後ろにつけた。

　クラリアの街までは、およそ五哩の道のりだった。つねに人々が横や後ろを走りつづけていた。一行が速度を落とすと、その数はさらに増えた。ヴァンダルス川を渡る橋にさしかかるころには、市井の人々が仕事を放り出して行列に加わり、城の外門に近づくころには、盛大な歓呼とともに四方から群衆が押し寄せてきて、前に進むのに苦労した。喜びに沸き立つ人々は、一万の声を持つひとつの生きもののようだった。知らせはすでに街に届いていた——王妃が助け出された！　王妃は穢れていない！　とうとうマレク王子が王妃を救出したぞ！

　一行の全員が、流行歌の登場人物になったかのようだった。わたしでさえ、そう感じた。もちろん、王妃の金色の頭はあいかわらず荷馬車とともにうつろに揺れていたし、わたしたちの勝利がどんなにちっぽけなものか、どんなにたくさんの兵士がこの戦いで命を落としたかは承知している。それでも、わたしの馬のかたわらを子どもらが走り、笑ってわたしを見あげていた。わたしはもつれ髪をくっつけた泥の塊で、ぼろぼろの服をまとっていたから、そこにあるのは称賛ではなかったかもしれない。でも、ちっとも気にしなかった。わたしは子どもらを見おろし、腕の痛みも脚のしびれも忘れて、いっしょに笑った。

　マレク王子が前方で意気揚々と荷馬車を進めていた。彼もきっと、歌のなかの英雄になった気でいるだろう。この瞬間、だれひとり、死んだ兵士のことを考えていなかった。オレグは切断した腕にまだ繃帯（ほうたい）を巻いていたけれど、もう一方の手を群衆に向かって勢いよく振り、美しい娘を見つけるたびに投げキスを送った。一行が城の内門をくぐっても、人々の勢いはおとろえなかった。今度は、王国軍の兵士らが兵舎から、貴族らが彼らの住まいから外に出てきて、通り道に花を投げこんだ。兵士らは喝采を叫び、剣と楯（たて）を打ち鳴らした。

王妃だけが周囲に関心を示さなかった。すでに首輪と鎖を解かれていたが、前と同じように荷台にすわり、その姿はあいかわらず彫像のようだった。

宮殿の中庭に通じる最後のアーチ道を、わたしたちは一列になって抜けた。宮殿は眩暈がするほど巨大だった。たくさんのアーチ形のバルコニーが三層になって、わたしたちを取り囲んでいた。そのバルコニーに人が鈴なりになって、笑いながらわたしたちを見おろしている。わたしはバルコニーの人々や、色とりどりの刺繍をほどこされた旗を、くらくらしながら見あげた。円柱に、塔に、そこらじゅうに色があふれていた。国王が、中庭の片側の広い階段の上に立っていた。青いケープをはおり、ケープの喉もとの留め具には、黄金と真珠でふちどられて赤い大きな宝石がおさまっている。

城壁の外からどよめきがいくぶん鈍くなって聞こえてくるけれど、城内は芝居のはじまる前のように静かになった。マレク王子が王妃を荷馬車からおろし、手を引いて階段をのぼった。波が引くように廷臣たちが道をあける。王子と王妃が国王に近づいていくのを、わたしは息を詰めて見守った。

「国王陛下」と、マレク王子が呼びかけた。「王妃をお連れしました」太陽がさんさんと輝くもとで、鎧と緑のマントと白い陣羽織（じんばおり）を身につけた王子は、聖なる戦士のようだった。そのかたわらで、王妃は白い簡素なドレスをまとい、雲のようにふんわりとした短い金髪と、人間離れした異様につややかな肌で、背筋をまっすぐに伸ばして立っていた。

　国王がふたりを見おろし、眉をひそめた。喜びよりも不安のほうが大きいようだ。だれもが沈黙し、国王の言葉を待った。やがて、国王が話しはじめる準備のように息を大きく吸いこんだ。王妃がかすかに身じろぎし、ゆっくりと頭をもたげ、国王の顔を見つめた。国王も王妃を見つめ返した。王妃は一回、大きくまばたきすると、かすかなため息とともに力が抜けたようにすわりこんだ。マレク王子が腕をかかえて立ちあがらせ、体を支えなければ、王妃は階段から転げ落ちていただろう。

　国王がふうっと息を吐いた。張りつめた糸が切れたように、その肩がなだらかになった。城の中庭に王の声が力強く響きわたる。「王妃を〝灰色の塔〟へ。すぐに〈ヤナギ〉の手にゆだねよ」召使いたちが出てきて、寄せた波が王妃をさらっていくように城のなかへ運び去った。

こうして、ひと幕の芝居が終わった。中庭の声がふたたび大きくなり、城外にいる群衆の歓声と共鳴した。城の三層のバルコニーでは、絶え間ないおしゃべりがはじまっていた。わたしのなかのめくるめく興奮は、栓を抜かれて倒された瓶のように、からっぽになった。そして遅まきながら思い出した。わたしは勝利に酔うためにここにいるんじゃない、と。審判を受けることになるカシアが、白い囚人服を着て荷馬車にすわっていた。〈ドラゴン〉は……サルカンはいま、三百哩（マイル）のかなたにいて、ザトチェク村を〈森〉から守るために戦っているのだろう――たったひとりで、わたしの助けもなく。そして、わたしは目の前の問題にどこからどう手をつけていいのかさっぱりわからない。鐙（あぶみ）から足をはずし、片脚を馬の背にまわし、ずるずるとみっともないやり方で馬からおりた。地面に立つと、足が震えた。厩（うまや）番がやってきたので、しぶしぶ自分の牝馬をあずけた。その牝馬は、けっしていい馬じゃなかったけれど、この見知らぬ人の大海のなかでは、わたしにとって心休まる小島だった。マレク王子と〈ハヤブサ〉は、国王といっしょに城のなかにはいっていった。トマシュとオレグも同じ軍服姿の兵士らに混じると、どこにいるのかわからなくなった。

荷馬車の荷台からおりるカシアを、衛兵の一団が待ちかまえていた。わたしは召使いと宮廷人をかき分け、彼女に近づいた。

「カシアをどうするつもり？」心配のあまり金切り声になった。きっと、彼らの目に、ぼろぼろの身なりの田舎娘のわたしは、猫の集団に向かってさえずる愚かなスズメに見えたことだろう。いまにも咆えかかろうと身構えている呪文がわたしの腹の底にあることなど、彼らには知りようがないのだから。

とはいえ、どんなにみすぼらしい身なりでも、王妃救出という輝かしい勝利の一部であるわたしを手荒に扱うわけにはいかなかった。衛兵長と思われる男は、見たこともない大きな口ひげを生やし、ひげの両端を蠟で固めてカールさせていた。彼はそこそこに親切だった。「おまえは、あの娘のお付きのメイドか？　心配するな。われわれは彼女を王妃とともに〝灰色の塔〟に連れていく。そこで〈ヤナギ〉の療術を受けることになっているんだ。すべては法にもとづき、適正におこなわれる」でも、そう言われたって安心はできない。法にもとづいて適正に、カシアと王妃はすぐにも処刑されてしまうかもしれない。カシアが小声で言った。「だいじょうぶよ、ニーシュカ」だいじょうぶとはぜんぜん思えなかったけれど、わたしにはどうすることもできなかった。衛兵が彼女を取り囲み、前に四人、後ろに四人がついて、宮殿のなかに連れ去っていった。

わたしは、その一団をやりきれない思いで見送り、はっと気づいた。このまま別れてしまったら、こんな広大な城のなかでは二度とカシアに会えないだろう。彼女がどこに連れていかれるのか見とどけなくては……。わたしはあわてて衛兵の一団を追いかけた。でも、宮殿のなかにはいろうとすると、「おい、待て！」と、扉を守る衛兵に呼びとめられた。「**パラム・パラム**」と、軽く呪文を唱えた。小バエみたいにするっと身をかわし、見つからないで逃げきるための呪文だ。目をぱちくりさせる衛兵の横を、わたしはやすやすと通り抜けた。

　そして、ほつれ糸のようにカシアを囲む衛兵たちにくっついていった。〝**わたしは小バエ、何者でもありません**〟と歌いかけるように、通りすぎる人ごとに呪文を唱えた。実にかんたんだった。自分が心に思い描くとおりに、ちっちゃくてつまらないものになった気がした。廊下がどこまでもつづき、いたるところに、りっぱな厚い板と鉄の蝶番（ちょうつがい）でできた扉があった。廷臣や召使いたちが、いくつもの大きな部屋にせわしなく出入りしていた。そういった部屋にはつづれ織りの壁かけがあり、彫刻をほどこされた家具があふれ、わたしの実家の玄関扉よりも大きな石造りの暖炉があり、魔法の光を放つシャンデリアがさがっていた。そして、廊下には、いくら燃えても不思議と蠟が減らない白くて長い蠟燭（ろうそく）を並べた細い棚がつづいていた。

　とうとう廊下がどん詰まりになって、小さな鉄製の扉が真正面にあらわれた。扉を守る衛兵たちがカシアに付き添う衛兵たちにうなずいた。わたしもカシアたちといっしょに扉をくぐった。扉口の衛兵にはわたしの姿が見えていなかった。扉の先には、狭い螺旋（らせん）階段があった。その階段を上へ上へとのぼった。疲れきった足には一段ごとがきつかった。それでもどうにか衛兵たちに遅れをとらずに、小さな踊り場に彼らとひと固まりになってたどり着いた。ぼんやりと薄暗い場所だった。窓はひとつもなく、ごくふつうの灯油ランプが壁のくぼみで灯っている。その明かりがどんよりとした灰色の重厚な鉄扉を照らし出していた。鉄扉に飢えた小鬼の頭みたいな、丸いノッカーがついている。ノッカーの下についた、大きく開いた口のような鉄の輪がぞくりとさせる冷気を放っていた。長身の衛兵たちの後ろで壁に背中を押しつけていたにもかかわらず、わたしの肌をなでた冷たい風が後ろに吹き抜けていった。

衛兵長がノッカーを鳴らすと、扉が内側に開いた。「例の娘を連れてまいりました」と、衛兵長が言った。

「ご苦労さま」歯切れのよい女性の返事があった。カシアをなかに通すために、衛兵たちがふた手に分かれると、ほっそりした長身の貴婦人が扉口にあらわれた。長くて黄色い髪をねじって束にし、黄金の頭飾りをつけている。襟(えり)と腰に宝石をちりばめた青い絹のドレスは、裾が優雅に後ろに長くたれていた。その一方、袖は実用的なつくりで、肘から手首までがぴったりとレースでくるまれている。彼女はドアのわきに寄り、じれったそうに長い手を振って、カシアに入室をうながした。わたしは扉の奥をちらりと見た。絨毯(じゅうたん)が敷かれた居心地よさそうな部屋に、背もたれのまっすぐな椅子が置かれ、そこに王妃が背筋を伸ばしてすわっていた。王妃は窓の外を、きらめくヴァンダルス川をぼんやりと見つめていた。

「で、こちらは?」貴婦人が振り向き、わたしをじっと見つめて言った。衛兵全員がいっせいに振り返ったので、わたしはその場から動けなくなった。

「こ、これは――」衛兵長がいくぶん紅潮して口ごもり、後尾にいたふたりの衛兵に責めるようなまなざしを向けた。「この娘はいったい――」

「アグニシュカです」と、わたしはみずから名乗った。「カシアと王妃様といっしょに、ここに来ました」

貴婦人はいぶかしげに、わたしの服のすべてのほつれた糸、すべての泥はねを――背中についたものまで見透かしているように――じっと見た。こんな身なりで、こんなずうずうしい口をきくことに驚いているようだ。「つまり、穢れの疑いがあるということかしら?」

「いいえ、それはありません。わたしの知るかぎり」衛兵長が答える。

「ではなぜ、この娘をここに連れてきたのです? わたくしはもう手いっぱいなのよ」

貴婦人は身を返して、部屋にはいった。裾の衣擦れの音が彼女を追いかけ、扉がバタンと閉まる。ふたたび冷気の波がわたしを洗い、身を隠す魔術の残りもぜんぶ舐めつくし、ふたたび小鬼の頭のようなノッカーに戻った。そう、このノッカーの冷気は魔力をむさぼる。それはこの部屋が、穢れを宿した囚人がつねに連れてこられる、厳重な警戒を必要とする部屋だからだ。

「どうやって、この部屋に忍びこんだ?」衛兵たちがわたしを取り囲み、衛兵長が疑わしげに詰問した。

もう一度身を隠したかったけれど、あの飢えた小鬼の口が扉を守っているかぎり、呪文は使えなかった。「わたしは魔女です」そう言うと、衛兵たちがますます疑わしげな目になった。わたしはポケットの手紙をつかんで取り出した。身につけているうちに手紙はしわくちゃになっていたけれど、それでも焦げた端からまだかすかに煙が立ちのぼっていた。「〈ドラゴン〉から王様への手紙をあずかっています」

18 魔法使い名鑑

衛兵に階段をおりるように命じられ、ほかに適当な場所がなかったらしく、使われていない小ぶりの広間に監禁された。衛兵長が〈ドラゴン〉の書状を手に、わたしの扱いについて指示を仰ぐために立ち去り、残りの衛兵たちが扉の外で見張りについた。足の疲れが我慢の限界に達していたが、この広間には数脚の椅子が壁に寄せて並べてあるだけだった。白い塗装、金メッキ、赤いヴェルヴェットのクッション――椅子はどこをとっても繊細すぎて、おいそれとすわれない雰囲気をただよわせていた。四脚並んで置かれていなければ、王様の玉座と勘ちがいしていたかもしれない。

しかたなく壁にもたれて休み、しばらくしてから、暖炉の上に腰かけてみた。暖炉は長く使われていないと見えて、灰に温もりはなく、石は冷たかった。そんなわけでまた壁ぎわに移り、またしばらくして暖炉に戻った。そうこうしているうちに、すわってはいけない椅子をわざわざ広間に運びこむはずがないだろうという結論に達し、服の汚れがつかないようにスカートの裾を引き寄せ、座面の端におそるおそるおしりをのせた。

まさにその瞬間、扉があいて、ひとりの召使いがはいってきた。小ぎれいな黒いドレスを身につけたその女性は、ドヴェルニク村の女村長ダンカと同じ年頃で、不機嫌そうに口をすぼめていた。わたしは悪いことをしたような気分で椅子から腰を浮かした。つややかな赤い四本の長い糸が、裾に引っかかってクッションからわたしを追いかけ、おまけに、白く塗られた長い木片が袖にくっついて椅子から剝がれてしまった。女性はさらに固く口をすぼめたけれど、「どうぞ、こちらに」としか言わなかった。

彼女に導かれて、広間を出た。扉の見張りはわたしを追いはらえてせいせいしているようだった。わたしたちはさっきとはべつの階段をのぼった。宮殿にはいってから、すでに五つか六つは階段を見ている。二階にあがると、独房のような薄暗い小部屋に通された。たったひとつの細長い窓から見えるのは、城の石壁だけだった。雨どいの水を排出する樋嘴が口を大きくあけたガーゴイルのかたちをしている。腹を空かせたガーゴイルがわたしを見つけてにんまりしているように見えた。召使いの女性はわたしを残してさっさと出ていった。自分がどうなるのか尋ねればよかったと思ったけれど、あとの祭りだった。

簡素な寝台に腰をおろした。そしてどうやら眠ってしまったらしい。つぎに考えごとが頭に浮かんだときには、わたしは寝台に横たわっていた。でも、眠ろうと思って眠ったわけじゃない。横になったことすら憶えていなかった。節々の痛みと疲労感に苛まれながら、わたしは体を起こした。一刻も無駄にはできないとわかっていた。なのに、なにをすればいいのか見当もつかない。宮廷人の前で魔法の炎を石壁に向かって噴いてみせるとか？　そうでもしないかぎり、わたしに関心が払われることなんかないだろう。もちろん、そうしてみたところで、カシアのためにわたしが審判の証言台に立つことを王様が許してくださるかどうかはわからない……。

〈ドラゴン〉の手紙を渡してしまったことが、いまさらながら悔やまれた。あれがわたしにとって唯一の頼みの綱、そしてお守りだったのに。手紙が王様に届けられるかどうか、わかったものじゃない。あれを取り返しにいかなくちゃ……。あの衛兵長の顔なら覚えていた。少なくとも、あの口ひげだけは忘れない。クラリアじゅうをさがしても、あんなにりっぱな口ひげを生やした男はそうそう見つからないだろう。わたしは寝台から立ちあがり、勢いよく扉を開いて廊下に出ようとした。そして、〈ハヤブサ〉と出くわした。扉をあけようと手をあげた彼がひらりと身をかわしたおかげで、衝突だけはまぬがれた。〈ハヤブサ〉は、口の端だけで紳士的な笑みをつくった。まったく信用のならない笑い方だ。

「きみの疲れがとれているといいのだが……」彼はそう言って、片腕を差し出した。

　わたしはその腕を取らなかった。「なんのご用？」

〈ハヤブサ〉は大げさに片手を振り動かし、通路の先を示した。「魔法使いの殿堂、〃カロヴニコフ〃まできみを案内する役目をわたしが仰(おお)せつかった。きみを魔法使い名鑑に加えるかどうかを審査せよと、国王陛下からのお達しだ」

そうは言われても、すぐには信じられず、彼を横目でにらんで、なにかの罠(わな)じゃないかと考えた。でも、彼はにこやかに腕を差し出したまま、わたしが腕を取るのを待っている。「さあ、すぐに行こう。ただしその前に、きみにはしかるべき変化が必要ではないかな」

その奥歯にものがはさまったような言い方ってなに？　と言いかけて、はっと自分を見おろした。どこもかしこも泥とほこりと汗まみれで、おまけにしわくちゃだった。膝下丈の手織り布のスカート、上にはおった茶色の色褪(いろあ)せたスモック。どちらもすり切れた古着で、ザトチェク村の娘からゆずり受けたものだった。これじゃあ召使いにも見えないだろう。宮廷の召使いのほうが、よほどぱりっとしている。一方、〈ハヤブサ〉はすでに黒い乗馬服から丈の長い黒い絹のローブに着替えていた。そのローブの上に、やはり丈長の、緑と銀の糸で刺繍(ししゅう)がほどこされた袖なしの上着をはおり、そこに白くて長い髪がたっぷりと優雅にこぼれ落ちている。これなら、一哩(マイル)先からだって、魔法使いに見えるだろう。魔法使いに見えない恰好(かっこう)だと、魔法使い名鑑の審査さえ受けさせてもらえないのだろうか。

サルカンも、「身だしなみをよくしろ」と言っていたっけ……。

かりかりしながら唱えた〝ヴァナスターレム〟は、そんな気分を映し出す姿にわたしを変えた。重たい赤の絹のドレスは、ごわごわして着心地が悪くて、怒りの炎のようなオレンジ色のリボンとフリルでふちどられていた。〈ハヤブサ〉に腕を借りれば、裾が大きく広がって足もとの見えないドレスでもうまく階段をおりられたのかもしれないが、階段の上で再度それとなく差し出された彼の腕を、わたしは鼻であしらった。そして、きゃしゃな靴のかかとで一段一段のへりをさぐりつつ、おそるおそる階段をおりた。

後ろ手を組んでわたしの歩調に合わせて歩いていた〈ハヤブサ〉が、退屈しのぎのように尋ねた。「審査というのは、おうおうにして厳しいものになる。まあ、当然だけれどもね。それでもちろん、サルカンはきみのために審査を受ける準備をしてくれたのだろうね？」彼はやんわりと問いかけるようなまなざしを寄こした。わたしはなにも答えなかったけれど、くちびるを嚙んでいるところを見られてしまった。「そうか」と、彼がつづける。「もし、きみが審査を厳しいものだと感じたら、わたしたちで――つまり、わたしとふたりで協力する魔術を審査官に見せるという手もあるんだよ。それなら、きみはまちがいなく魔法使いとして承認されるだろう」

わたしは〈ハヤブサ〉をじろりと見ただけで、なにも答えなかった。なにをしたって、彼はそれを自分の手柄にするにちがいない。でも、自分の提案をそれ以上は押しつけず、わたしの冷ややかな視線にも気づいていないかのように、にっこりと笑った。空の高みを旋回し、獲物を仕留める機会をうかがうハヤブサそのものだ。彼に導かれて、アーチ通路を抜けた。通路の入口を二名の若い長身の衛兵が守っており、ものめずらしそうにわたしを見た。そして、このアーチ通路の先にあるのが、魔法使いの殿堂、カロヴニコフだった。

その奥深い巨大な洞窟のような部屋にはいるとき、思わず足が止まりそうになった。青い空を背景に、ちりぢりの雲と天使と聖人が描かれた巨大な天井画が、さながら天国への入口のようだった。天井を囲むように大きな窓がいくつもあり、午後の日差しが降りそそいでいた。わたしは上を見あげているうちに眩暈(めまい)を起こし、倒れないようにそばのテーブルに両手をついた。壁はどこもかしこも本で埋め尽くされていた。壁のなかほどに部屋をひとめぐりするバルコニー式の通路がある。その通路から上も書棚になっていた。天井まで何脚も梯子(はしご)がかけられ、そのひとつひとつがレールで動かせるようになっている。どっしりとした樫(かし)材の脚に大理石の天板をのせた作業台が部屋の奥まで整然と並んでいた。

「だれもが早くかたをつけるべきだと思ってるよ。それを引き延ばすなんて、職権の濫用もはなはだしい」見えないどこかから、女性の声が聞こえてきた。女性の声なのに太くてよく響き、温かみも感じさせる声だが、その言葉には怒りがこもっていた。「〈聖魔(せいま)の遺宝(いほう)〉が証明したとかどうとか、めそめそ訴えられても困るんだよ、バロー。どんな魔法だろうが、効かないことはある。そう、あの神聖なる〝聖ヤドヴィガのヴェール〟だってね。やめておくれ、そんな目で見るのは。罰当たりだと思ってるんだね。だいたい、ソーリャが政治的な欲をかいて、あんな計画に首を突っこまなきゃよかったんだけど――」

「おやおや、アローシャ、ずいぶんだね。成功に危険はつきものだよ」〈ハヤブサ〉が、自分の名が出たことに気づいてやんわりと言った。彼のあとを追って壁沿いに進むと、壁の途中に奥まったアルコーヴがあり、三人の魔法使いが大きな丸テーブルを囲んでいた。横幅の広い窓がひとつあり、午後の日が差しこんでいる。宮殿の薄暗い廊下をずっと歩いてきたので、まだこの明るさになじめず、わたしは目を細めて三人のようすをうかがった。

〈ハヤブサ〉からアローシャと呼ばれた女性は、黒檀のようにつややかな黒い肌の持ち主で、背はわたしより高く、肩幅はわたしの父より広かった。黒い髪が頭にぴったりと添うように細かく編まれ、服装は男のようだ。たっぷりある赤い木綿のズボンを長靴に突っこみ、革製の上着をはおっている。長靴と上着には、美しい金銀の複雑な浮き出し加工がほどこされていた。彼女はそのすべてをみごとに着こなしている。滑稽なほど大げさなドレスに身を包んだわたしは、羨望をもって彼女を見つめた。

「成功?」と、アローシャが言った。「あんたの言う成功って、虚のように中身のない抜け殻を宮廷に連れ帰って、ただちに火炙りにすること?」

わたしは両手でぎゅっとこぶしを握った。でも、〈ハヤブサ〉はほほえみを返した。「その議論はあとまわしにしないか。わたしたちは、王妃の審判のためにここに来たわけじゃないのでね。さて、アグニシュカ、紹介しよう。こちらが、アローシャ、われらが刀剣の女神だ」

彼女はにこりともせず、胡散臭そうにわたしを見た。あとのふたりは男性だった。ひとりは、クラリアにはいる手前の十字路で王妃を調べた、あのバロー師だ。彼のほおには一本のしわもなく、髪もまだ褐色でたっぷりとあったが、彼はなんとかして自分を老人に見せようと苦労しているようだった。丸い顔に丸い鼻眼鏡をかけ、わたしをいぶかしむようにじっと見た。「ほう、こちらが魔法使い見習いの娘さんかね？」

もうひとりの男性はバロー師とは正反対で、ほっそりした長身に金糸の精緻な刺繍のある深いワインレッドの胴着をまとっていた。黒いあごひげが長く伸び、先端がくるりと丸くなっている。彼は椅子に腰をあずけ、長靴をはいた足をテーブルに乗せていた。その足のそばに短くて太い金の延べ棒が積まれ、そのかたわらに置かれた黒いヴェルヴェットの小さな袋から、きらきらした赤い小粒の宝石がテーブルにこぼれている。

彼は二本の金の延べ棒を左右の手に持ち、なにかの作業に没頭していた。くちびるが休むことなく、かすかに動きつづけている。彼が金の延べ棒の端と端をぶつけると、棒は一本につながり、みるみる金の輪に変化した。「そして、こちらが凄腕の匠、ラゴストック」と、〈ハヤブサ〉が言った。

ラゴストックは頭を動かすこともなく、無言のまま、目だけを上下に動かしてわたしを一瞥し、それ以上はなんの関心も示さなかった。それでも、強い疑念を示すアローシャの真一文字の口よりは、彼の無関心のほうがましだった。「で、サルカンはあんたをどこで見つけたの？」と、アローシャが尋ねた。

もうすでに、王妃の救出劇がさまざまなかたちで彼らに伝わっているようだ。でも、マレク王子と〈ハヤブサ〉のことだから、彼らにとって都合のよいことしか語っていないにちがいない。それに、ふたりがわたしのすべてを知っているわけじゃない。わたしはぼそぼそと、言葉につっかえながら、サルカンとの出会いについて説明した。〈ハヤブサ〉が目を輝かせ、耳をそばだてているのがうとましかった。ドヴェルニク村と家族のことは、できるかぎり話さないようにした。〈ハヤブサ〉が、わたしをあやつる道具としてカシアをすでに使っているのだから、用心するに越したことはない。

わたしは、選ばれると思っていたカシアの不安を自分のことのように語り、あたかも両親が進んでわたしを〈ドラゴン〉に差し出したかのように話をつくった。父が樵夫であることは、はっきりと言った。もう〈ハヤブサ〉に伝えていたし、そのときの彼の小ばかにした反応からすると、彼らも同じように、名前を聞き出すまでもないと考えるだろうと判断したからだ。だれの名前も出さなかった。ダンカとヤジーは、〝女村長〟と〝牛飼いのひとり〟で通した。カシアのことは〝幼なじみ〟と言い、いまも親友であることは伏せて、彼女を〈森〉から助け出したことだけ話した。

「ははあ。おまえがうまく頼みこんだおかげで、〈森〉がその娘を返してくれたってわけだな？」ラゴストックが手もとの作業から顔をあげず、からかうように言った。いまは小粒の赤い宝石を、親指を使って金の輪に押しこんでいる。

「〈ドラゴン〉が……その、サルカンが――」その名を口にすると、わずかながら気持ちが上向き、心強くなれた。「サルカンが言うには、〈森〉が罠を仕掛けるために、わざと彼女をわたしに返したんだろうって」

「なるほどね。そのころには、サルカンも正気をなくしてたってわけだ」アローシャが言った。「でなきゃ、どうしてその娘をすぐに殺さなかった？　あれほど法に精通した人が」

「その……サルカンはわたしに浄化をゆだねました。わたしが彼女に浄化術を試すことを許したんです。そして、魔術が効果をあげて――」

「もしくは、あんたがそう思いこんだ」アローシャがやれやれと言うように首を振った。「小さな憐(あわ)れみが大けがのもと。あとは破滅に向かってまっしぐらだね。でもまあ、サルカンがそうなるなんてね、驚いたよ。若い娘にうつつを抜かして正気を失うなんて、あの人らしくもない」

返す言葉が見つからなかった。そうじゃないと否定したかった。ちがうんです、そんなんじゃありませんでした。そう言いたかったけれど、言葉が喉に詰まって出てこなかった。「そして、なんとこのわたしまで、このお嬢さんの虜になっている――きみはそう思っているのかな?」と、〈ハヤブサ〉がおもしろそうに言った。「おまけに、マレク王子まで?」

アローシャは蔑むように彼を見つめた。「あの事件のころは、マレクもまだ八歳の少年で、一ヵ月間、国王に泣いてすがったものだよ。ポールニャ国のすべての軍隊と魔法使いを〈森〉に送りこみ、母上を助け出してほしいって。でも、彼はもう子どもじゃない。もっと分別を持つべきだね。ソーリャ、あんたもだよ。いったい何人の兵士を、この〝聖戦〟のために犠牲にした?あんたたちは三十名の騎兵を、歴戦の強者たちを引き連れていった。ひとりひとりが鍛え抜かれた戦士。彼らに持たせた剣は一本残らず、あたしの鍛冶場から――」

「しかし、われわれは王妃を奪還した!」〈ハヤブサ〉の口調が急にけわしくなった。「それを成果と呼べないのか?　きみにはどうでもいいことなのか?」

ラゴストックが、金の輪から目をあげることなく、シュッと耳ざわりな短い息を吐き出した。「そんなこと、いまはどうでもいいだろう。国王から、この娘に魔法使いの審査を受けさせよというお達しなんだ。だったら、早くすましちまおうぜ」その言い方からすると、彼は審査に長く時間をかけるつもりもないようだ。

バロー師が咳払いをした。彼はペンを取り、インク壺にペン先をひたし、わたしのほうに身を乗り出すと、小さな眼鏡のふち越しにわたしをじっと見た。「審査を受けるにはかなりお若いようだが……きみは、いつから魔法の師についたのかね？」

「去年の収穫祭からです」わたしはそう答え、居合わせた全員から、まさか、という視線をいっせいに浴びた。

魔法使い名鑑への登録を申請するまでに、ふつうは七年の修業期間を要するということを、わたしはサルカンから聞かされていなかった。それからたっぷりと三時間、彼らから魔法の課題をつぎつぎに出され、わたしは呪文(じゅもん)の半分をしくじり、へとへとになった。しまいにはバロー師まで、サルカンがわたしに恋心をいだいて分別を失った、あるいは、自分たちを困らせたくてわざとこんなばかな見習いを審査に送りこんだ、という説を信じそうになった。

〈ハヤブサ〉はまったく助けてくれず、傍観者として穏当な関心を示しているかのように、魔法使い三人の協議を見守った。そして彼らから、わたしがどんな魔術を使うのを見たか、と尋ねられると、こう答えた。「さあ、正確には証言はできないなあ。師と見習いの魔術を見分けるのが、いつもむずかしかった。なにしろ、サルカンがつねにそばについていたからね。だからむしろ、きみたちに判断をまかせたい」そして、ここまで来る途中の提案をわたしにもう一度ほのめかすように、目を伏せたまま、睫毛(まつげ)の下からちらりとわたしを見た。

わたしは歯ぎしりし、バロー師にもう一度訴えることにした。同情を引き出すなら彼しかいないと思ったけれど、そのバロー師でさえ、かなり気むずかしくなっている。「前にも言ったように、わたしにはこういう種類の呪文は無理なんです」と、わたしは言った。

「呪文には、どんな種類もありはせぬ」バロー師は憤然と答え、あごを噛みしめた。「きみには、療術から秘薬の調合まで、あらゆる要素と親和性を考慮に入れた課題をあたえた。これらの魔術を、〝こういう種類〟と呼ぶような、さらに大きな範疇などは存在しない」

「でも、それは、あ、な、た、がたの魔法であって……バーバ・ヤガーの魔法とはちがうんです」彼らにわかってほしくて、その一例として〝妖婆ヤガー〟の名前を出した。

バロー師がますます疑わしげなまなざしになった。「ヤガーだと？　いったい、サルカンはきみになにを教えたのかね？　バーバ・ヤガーはただの民話だ」彼はわたしを見つめて、つづけた。「ヤガーの妖術は、ほんものの魔法使いをまねて、そこに奇天烈な趣向を加味しただけにすぎない。それが歳月をへて、大げさに吹聴され、神秘的な存在にまつりあげられたのだ」

わたしは口をぽかんとあけてバロー師を見つめた。頼みの綱を断ち切られた気がした。バロー師だけが、わたしを丁重に扱ってくれたのに……。その彼が、バーバ・ヤガーはほんものではないと、真顔でわたしに告げている。

「なんだ。時間を無駄にしたな」と、ラゴストックが言った。よくも言えたものだ。彼は一度だって作業の手を止めなかった。いま、彼の手にある宝石を埋めこまれた金の輪は、まんなかに大きなくぼみができて、そこに特大の宝石がはいるのを待つだけになっている。その輪に封じこめられた魔力が、かすかなうなりをあげているのを感じとることができた。「初級呪文をいくつか披露されたところで、それが魔法使い名鑑に名を連ねるだけの価値があるとは思えんな。まあ、サルカンになにが起こったかについては、アローシャの見立てが正しいんだろう」ラゴストックはそう言うと、わたしを上から下までじろりと見た。「理由はわからん。しかし、蓼喰う虫も好きずきと言うからな」

くやしくて腹が立った。でも、腹が立つ以上に恐ろしかった。審判はこの午前のうちにもはじまるという噂だった。鯨骨製のコルセットが苦しかったけれど、わたしは思いっきり息を吸いこむと、椅子を押して立ちあがり、スカートの下で両脚を踏んばった。「**フルミーア！**」片足のかかとをガツンと石の床に打ちつけた。その一撃がわたしの体に跳ね返り、体のなかで反響し、魔力の波となってふたたび外に向かってほとばしった。わたしの周囲が、この城全体が、眠れる巨人のようにゆさゆさと揺れ、頭上のランプから吊りさがった宝石がぶつかり合ってチリンチリンと鳴った。そして、書棚から本がつぎつぎに落ちてきた。

ラゴストックがあわてて立ちあがって椅子を倒し、その拍子に、手にしていた金の輪をテーブルに落とした。バロー師は困惑に目をぱちくりさせ、部屋のあちこちを見まわした――この事態の説明を、わたしではなく、ほかのなにかに求めるように。わたしは両手を握り、あえぎながら立っていた。頭のてっぺんからつまさきまで、体のなかで〝フルミーア〟がまだ鳴り響いている。わたしは声を張りあげた。「魔法使い名鑑に入れるの？　どうなの？　それとも、もっと見たい？」

彼らはまじまじとわたしを見つめた。だれもひと言も発しない。中庭から叫びがあがり、人々の走る気配がした。衛兵たちが剣に手をかけ、部屋に踏みこんできた。わたしはこのときはじめて、自分が王の都にある王の宮殿を震わせたあげく、この国の最高位にある魔法使いたちを怒鳴りつけていることに気づいたのだった。

彼らはわたしを、魔法使い名鑑に加えた。地震について説明を求める国王に対して、わたしのしわざだと報告され、それからは魔女であることを疑われなくなった。でも、魔法使いたちはそれをあまり喜んではいなかった。ラゴストックなどは恨み(うら)をいだくほど怒っていた。彼のほうからわたしを侮辱したのに、なんとも理不尽な話だ。アローシャは、わたしが邪(よこしま)な目的があって能力を隠しつづけていたのではないかと、ますますわたしへの疑念を深くした。バロー師は、わたしの存在が自分の経験の埒外(らちがい)にあることを認めようとしなかった。わたしを邪険に扱うようなことはしなかったけれど、サルカンと同じように、理論的に説明したいという激しい飢えに取り憑(つ)

かれ、その熱情に水をさすことはだれにも許されなかった。バロー師にとって、魔法書に書かれていないことは存在しないも同然であり、もし三冊の魔法書に同じ記述が見つかれば、それは確固たる真実になるのだった。そして、〈ハヤブサ〉だけがわたしに笑みを向け、そのいかにもひそかに楽しんでいるようすがわたしをいらだたせた。そもそも彼がそばでにんまりと笑っていなければ、わたしは地震なんか起こさなくても、うまく審査を切り抜けられていたかもしれない。

　任命式の日の朝、わたしは図書室で否応なく彼らと再会した。四人がそばにいると、わたしは〈ドラゴン〉の塔で暮らしはじめたころ以上に、親しんできたものすべてから切り離されてしまった孤独を感じた。いや、孤独よりももっと悪い。ここにいる人たちは、わたしをうとましがり、厄介者だと見なしている。わたしが雷に打たれて死んだら、みんなはほっとするかもしれない。少なくとも、悲しむことはないだろう。でも、そんなことは気にしないでいようと心に決めた。だいじなことはひとつだけ、カシアを守るために審判の証言台に立つことだ。いまでは、宮廷にいるだれひとり、カシアのことを考えていなかった。わたしにとってはこんなにだいじなカシアでも、彼らにとっては取るに足りない存在なのだ。

　任命式に先立つ〝命名の儀〟は、儀式というより新たな試験のようだった。わたしをテーブルにつかせると、魔法使いたちが水のはいったお椀、それぞれ赤、黄、青の粉がはいった三個のお椀、一本の蠟燭、金文字が彫られた鉄製のベルを、わたしの目の前に並べた。そしてバロー師が、命名の呪文をしるした羊皮紙を差し出した。命名の呪文は、舌がもつれそうに長い九語から成っていて、それぞれの音節を正しく発音し、それぞれの語に正しい強弱をつけるために必要な註釈まで念入りに書き添えてあった。

わたしは、重要な音節を嗅ぎ分けようと苦労しながら、口のなかでぶつぶつと呪文をつぶやいた。でも、それらの言葉はわたしの舌になじまなかった。ばらばらにされることを拒んでいるかのように抵抗した。「どうなんだ？」と、ラゴストックがじれったそうに尋ねた。

わたしは舌が捻挫しそうな呪文をどうにか最後まで唱えながら、お椀にはいった色粉を水のなかに落とした。あっちからひとつまみ、こっちからひとつまみ。それでも呪文の魔力は活性化せず、どんよりしていた。結局、三種の色粉をスカートにこぼし、茶色の汚い色水をつくっただけだった。もうこれ以上はなんともならないとあきらめ、今度は色粉に火をつけ、目を細めて煙を見つめながら、手探りでベルをつかんだ。

そして、自分のなかの魔力を押し出した。ベルが手のなかで鳴った。こんな小さなベルから出てくるとは思えない、深い余韻を持つ音色だった。たったひとつの音が、まるで朝の祈りの時間に教会の大聖堂から街じゅうに響きわたる鐘の音のように、部屋の空間を満たした。そして、ベルはわたしの指のなかで、なおも小さく震えつづけた。わたしは期待を込めてそれをテーブルにおろしたが、羊皮紙に名前が浮かびあがるわけでも、炎が文字を描くわけでもなかった。まったくなにも変わらない。

魔法使いたちはみんな、気むずかしそうにしていたけれど、だれもわたしと目を合わせようとしなかった。バロー師がいささかじれったそうに、アローシャに言った。「これは、なにかの冗談かね？」

アローシャが眉をひそめた。ベルに手を伸ばしてつまみあげ、引っくり返す。そのベルの内側には〝舌〟がついていなかった。全員がそれを見つめ、わたしはそれぞれの顔を見た。「名前はどこからやってくるの？」と尋ねた。

「ベルが告げるはずだった」アローシャが短く答えた。彼女はベルを返し、一回振った。やわらかな音が響いて、深い余韻を残す。彼女はもう一度、ベルを調べた。

結局、わたしの名前をどうしたらいいのか、だれにもわからなかった。全員が黙って立ちあがったあとも、バロー師はこんなのは異例の事態だとぶつぶつ言いつづけた。すると〈ハヤブサ〉が——彼はわたしに関するなんであろうが、おもしろがってやろうと固く決意しているらしい——軽い調子で言った。「われらが新しき魔女の名前は、彼女自身に決めさせてはいかがだろう？」

ラゴストックが言った。「いっそ、おれたちが決めたらいい」

彼にだけは、まかせたくなかった。ばかじゃないから、それぐらいはわかる。ラゴストックに命名をまかせたら、どうせ〈こぶた〉とか〈ミミズ〉とかにされるに決まっている。でもそもそも、彼らが名づけるということからまちがっているような気がした。それについてしばらく、ああでもないこうでもないと考えつづけているうちに、ひとつのひらめきが訪れた。そう、わたしは自分の名前を変えたくない――それが、魔法という長い尻尾(しっぽ)をたらした新しい自分のためであったとしても。この長い裾で宮殿の廊下のほこりを拾いあげる、派手で大げさなドレスを着たくないのと同じくらいに、わたしは新しい名前を自分につけるのがいやだった。そこで、息を深く吸いこんでから言った。「いまの名前でまずいってことはないと思うの」

　こうしてわたしは、〈ドヴェルニク村のアグニシュカ〉として国家魔法使いに任命されるため、国王に拝謁(はいえつ)することになった。

　ところが、拝謁のときが近づくと、わたしは新しい名前を辞退したことを、いささか後悔した。ラゴストックが、たぶんわたしに対する嫌がらせで、国王にとってこのような儀式は瑣末(さまつ)な公務で、とりわけ時期はずれの式に時間をかけるはずがないと耳打ちしてきた。いつもなら魔法使いの任命は、騎士(ナイト)の叙任(じょにん)とともに、春と秋におこなわれるものらしい。ラゴストックの話がほんとうなら、むしろ感謝したいくらいだった。拝謁の間(ま)の端に立つわたしの目の前には、怪物の赤い舌のような絨毯(じゅうたん)が、はるか先の玉座(ぎょくざ)までつづいていた。着飾った貴族たちが絨毯の両側に並び、わたしに視線をそそぎ、たっぷりとした袖で口もとを隠しながら、なにごとかをささやき合っている。

ここにいるのが、ほんとうの自分だとは思えなかった。不恰好なドレス姿の自分の隠れみのになるのなら、いっそ新しい名前をつければよかったと思いはじめた。わたしは奥歯を嚙みしめ、赤い絨毯の上を歩き、はるか先の玉座に向かった。ようやく玉座にたどり着くと、国王の足もとにひざまずいた。王様は、わたしがはじめて宮廷に足を踏み入れたときと同じように、疲れて見えた。ひたいを取り巻く黄金の王冠が、王様には重すぎるのかもしれない。でもそれは、たんなる肉体の疲労じゃなかった。白髪交じりの茶色のあごひげをたくわえた顔には、ヤジーの妻、クリスティナと同じような、あしたのことが心配で眠れない人のしわが何本も刻まれていた。

国王が両手でわたしの手を包み、わたしは甲高い声で、たどたどしく忠誠を誓った。国王は長いけれど慣例どおりの言葉を返し、うなずいて退去をうながした。

ひとりの小姓が玉座の横から、さがれと小さく手で合図をはじめた。でもわたしは、遅まきながら、王様になにか願い出るとしたらいましかないと気づいてしまった。

「国王陛下、失礼ながら申し上げます」と、わたしは切り出した。わたしの声が聞こえる玉座に近い人々から、いっせいに非難のまなざしを浴びた。でも、それを懸命に無視してつづけた。

「サルカンからの手紙をお読みになったかどうかは存じあげませんが――」

長身で強そうな従僕のひとりが、わたしの片腕をつかみ、国王にはこわばった笑みを向けてお辞儀し、わたしを引きずっていこうとした。わたしは、バーバ・ヤガーの大地の呪文を小さくつぶやいて床に足を踏ん張り、従僕を無視した。「いまこそ〈森〉を打ちのめす好機です。でも、サルカンは軍隊を持っていません。そして……わたしは……そう、すぐにも〈森〉に向かいたいんです！」両腕をつかんで玉座から引き離そうとしはじめた従僕を、シュッと威嚇した。

「それを説明させていただきたくて――」

「もうよい、無理強いするのはよしなさい」国王が従僕に言った。「新しき魔女と、しばし話をする」国王はこのときはじめて、わたしとほんとうに目を合わせ、どこかおもしろがるように言った。「手紙は読んだ。ただし、あと数行はあってもよかった。とりわけ、そちのことについては」わたしはくちびるを噛んだ。「さて、国王であるこのわたしに、そちはなにを求める？」

いま心から求めることを言いたくて、わたしのくちびるが震えた。カシアを助けて！　わたしはそう叫びたかった。でも、できない。自分にはできないとわかっていた。それではあまりに自分勝手だ。わたしは自分のために、わたし自身が満たされるために、それを求めている。ポールニャ国のためじゃない。国王は王妃を赦免することなく、法の定めるとおりに審判にかけようとしている。そんな人に、カシアを助けてくれとは頼めない。

わたしは国王の顔から視線を落とし、その靴のつまさきを見た。長いローブをふちどる毛皮の下から、金の浮き出し模様がほどこされた靴の、丸くそった先端がのぞいていた。「〈森〉と戦うための兵団を」と、小さな声で言った。「いま出せるだけ、ありったけの兵をお願いします、国王陛下」

「そうやすやすと兵を出せるものではない」国王はそう言って、片手をあげた。わたしははっと息を呑んだ。「しかし、なにができるか確かめさせよう。スピットコ卿、この件を引き受けてくれ。もしかしたら、中隊ぐらいは送り出せるかもしれぬな」玉座のかわたらに控えていたひとりの男が、受諾のしるしに一礼した。

わたしは安堵でいっぱいになり、命じられるままに足早に退出した。従僕が横を通りすぎるわたしを険悪な目でにらんだ。わたしは玉座の奥にある部屋に通された。そこは玉座の間よりうんと小さな控えの間で、王室秘書官を務めるいかめしい顔つきの老人がいて、まず非難の目をわたしに向けてから、名前の綴りを教えるようにと言った。きっと、玉座の間のわたしの発言がこの部屋まで聞こえていたのだろう。

彼は革で装幀された大きな本を開き、空白のページのいちばん上にわたしの名前をしるした。自分の名前が正しく綴られているかどうかが気になって、わたしは身を乗り出した。秘書官は不快そうにしたけれど、王様のはからいに感謝いっぱいで、そんなことは気にならなかった。王様はけっして道理のわからないおかたではなかった。きっと、あのおかたなら、カシアを審判にかけても赦免してくださるだろう。もしかしたらすぐにも兵団とともに馬を走らせ、ザトチェク村でサルカンと合流し、〈森〉を攻めることもできるんじゃないだろうか。

わたしは秘書官が名前を書き終えたところで尋ねてみた。「審判はいつはじまるんですか？」

彼は新たに関心を移した書類から顔をあげ、いぶかしげにわたしを見つめた。「確かなことは言えないな」そう言うと、外に向かう扉のほうに目を移した。フォークで背中を突かれるよりわかりやすい退出の催促だった。

「だけど、審判はすぐにも開かれるんじゃないんですか？」

書類をにらんでいた彼がふたたびゆっくりと頭をもたげ、まだここにいるなんて信じられないという顔をした。そして言った。「いずれ、開かれるだろう」彼はきわめて正確な発音でつづけた。「国王陛下がそう宣言なさったときに」

19 社交界

それから三日たっても審判は開かれず、わたしはまわりの人すべてに腹を立てていた。サルカンからは、魔法使いとして認められて宮廷で力を得るように、と言われたけれど、それは宮廷のことをよくわかっていないと得られない力なのかもしれない。それでも、王様の魔法使い名鑑に登録されることにある種の魔法がはたらくということは、なんとなくわかってきた。任命式が終わって王室秘書官と言葉を交わしたあと、わたしはつぎになにをしたらいいのかわからず、途方に暮れて自分にあてがわれた小さな部屋に戻った。すると、部屋のベッドに腰かけて三十分とたたないうちに、五回もドアがノックされた。メイドが晩餐会や夜会への招待状を届けにきたのだった。最初はなにかのまちがいだろうと思ったが、ただのまちがいがこんなに重なるはずがない。ただ、この招待状をどうしたらいいのか、そもそも、なぜこんなものが届けられるのか理解に苦しんだ。

「きみは、はやばやと人気者になったようだね」〈ハヤブサ〉ことソーリャの声がした。新たなメイドが新たな招待状を届けにきたあと、わたしが扉を閉めるより早く、彼が影のなかからあらわれて勝手にドアをくぐった。

「こういうのって、ここでは当たり前のことなの？」わたしは用心深く尋ねた。晩餐会や夜会に出ていくのも王様の魔法使いの務めなのだろうか、と疑いはじめていた。「ここの人たちは魔法を必要としているの？」

「まあ、結果として、そういうことはあるかもしれない。でも、いまは、最年少で王様の魔法使いになったきみを、社交界に披露する特権にあずかりたいのだろう。きみの今後の予定について、すでに噂が飛び交っているようだね」彼はわたしの両手から招待状を引き抜き、すばやく目を通し、そのうちの一通を差し出した。「ボグスラヴァ伯爵夫人、さしずめ役に立ちそうなのはこれかな。ボグスラヴァ伯爵は国王のご意見番だ。王妃の件についても国王から相談を受けるにちがいない。伯爵夫人の夜会には、わたしが案内してあげよう」

「けっこうよ！」と、わたしは言った。「そういう人たちって、わたしに来てほしがってるだけなの？　わたしのことを知りもしないのに」

「いやいや、充分に知っている」ソーリャが落ちつきはらって言う。「彼らはきみが魔女だと知っている。いいかい、最初に彼らのなかに出ていくときは、わたしにエスコートさせたほうがいい。宮廷というのは慣れない者にとって、ときに……難儀な場所となる。そして、わたしたちの求めるものはひとつじゃないか？　王妃とカシアの赦免だ」

「カシアを救おうなんて、これっぽっちも思ってないくせに。わたしは、あなたがほしいものを手に入れるやり方が気に入らない」

それでも彼は、礼をわきまえた態度を崩さなかった。丁重に一礼し、部屋の隅の暗がりに身を引いた。「わたしのことを、少しずつでも、考え直してもらえるとありがたい」姿を消しても、声だけが暗がりのどこかから聞こえてくる。「きみが困っていれば、わたしは友として助けよう。それを心に留めておきたまえ」わたしはボグスラヴァ伯爵夫人の招待状を声のするほうに投げつけた。招待状は部屋のからっぽの片隅にぱたりと落ちた。

わたしはソーリャをまったく信用していなかった。でも、彼の言葉には多少の真実が含まれているような気もした。たしかに、わたしは宮廷についてなにも知らない。いまさらながらにそれを痛感した。ソーリャの話を信じるなら、わたしの知り合いでもないその女性の夜会に顔を出せば、彼女は喜び、それを夫の伯爵に伝え、伯爵は王妃の処刑をやめるように国王に進言してくれるのだろうか？　そして国王がその進言を聞き入れてくれるのだろうか？　どうにも、ぴんとこなかった。そもそも、わたしの名が王様の魔法使い名鑑に書きこまれただけで、見知らぬ人々がつぎつぎに招待状を寄こすのが不思議でしょうがない。だけど、現に招待状が――つまずいてしまいそうなほどたくさん、目の前にある。

ああ、サルカンと話ができたらどんなにいいだろう。彼の助言がほしかったし、愚痴を聞いてほしかった。バーバ・ヤガーの魔法書を取り出し、彼と会話できる方法はないものかとページをめくったが、それらしい呪文は見つからなかった。いちばん使えそうなのは、〝キアールマス〟という呪文で、隣村に声を届けるために使うと説明されていたけれど、隣村ならいざ知らず、馬で八日間かけて国土を縦断するほど遠い土地に届くような大声をあげることなんて、だれも許してくれそうになかった。たとえ、クラリアの全住民の鼓膜を破るような声をあげたところで、きっと途中で山に阻まれてしまうだろう。

結局、いちばん早い晩餐会に出席することにした。なんにせよ、おなかがぺこぺこだった。最後にポケットにおさめたパンはすっかり干からびていた。こうなってしまうと、呪文でべつの食べものに変えるのはむずかしいし、そのままで食べても空腹は満たされそうにない。城のどこかに厨房があるはずだが、わたしがいつもとちがう廊下を歩くだけで、召使いたちが不審そうな目を向けた。もし台所にはいっていったら、どんな顔をされるかは想像したくもない。自分と同じ年頃のメイドを呼びとめて、食事を持ってきてと頼むのも気後れがした。ドレスを着て貴婦人らしく見せているけれど、ほんとうに貴婦人になったみたいにえらそうにふるまうなんて……。

いくつもの階段をのぼってはおり、いくつもの廊下を抜け、ようやく宮殿の中庭に出ると、わたしは意を決して扉を守る衛兵に、招待状に書かれた屋敷までの道を尋ねた。衛兵は、召使いたちと同じ不審そうな目でわたしを見つめたけれど、招待状の住所を見て言った。「外壁から三軒手前の黄色いお屋敷です。道をまっすぐ行って大聖堂を越えたところにあります。〝椅子〟をご用意しましょうか？　お嬢様……？」彼は最後に迷ったように付け加えた。

「いいえ」わたしは、その問いかけの意味もわからないまま、城をあとにした。

　歩いて長くはかからなかった。城は、外からの攻撃に備えて、二重の城壁に囲まれており、高貴な人々は——もしかしたら裕福な人々も——外壁より内側に屋敷を構えていた。黄色い屋敷の従僕(じゅうぼく)も、入口にたどり着いたわたしをしげしげと見つめた。それでも彼はわたしのために扉をあけてくれた。そして今度は、わたしのほうが玄関口に立ち止まり、目を丸くする番だった。ここに来るまで、男がふたりがかりでかつぐ、正体不明の背の高い奇妙な箱を何度か見かけた。その奇妙な箱がいま、黄色い屋敷の入口の、わたしがあがってきた階段の下まで運ばれてきた。ひとりの従僕がその箱の側面についた扉を開いた。なんと、箱のなかに〝椅子〟がはいっていた。そして、そこから若い貴婦人がおり立った。

　従僕が片手を差し出して貴婦人がおりるのを助け、彼女を屋敷の玄関階段の下まで導いた。でも、彼はそこで役目を終えて、もとの場所に戻った。若い貴婦人が階段下からわたしを見あげた。わたしは、とまどいつつも、「助けましょうか？」と声をかけた。彼女の立ち方は足をけがした人のようには見えなかったけれど、ドレスのスカートの下がどうなっているかはわからない。それに、足を傷めていないのなら、どうして、あんなへんてこで窮屈な箱にはいって、ここまでやってくるのだろう？

彼女はただわたしを見つめ返すだけだった。そしてさらに、彼女のあとからふたつの〝椅子〟が到着し、晩餐会の客を吐き出した。ああ、やっとわかった。晩餐会に出席するような人たちは、こうやってあちこちに移動するわけだ。「歩いてくる人はいないの？」わたしは驚いて、彼女に尋ねた。

「だって、泥まみれになってしまうのじゃなくて？」彼女が答えた。

わたしたちは同時に視線を落とした。わたしの紫のヴェルヴェットと銀のレースで仕立てられたドレスの、荷馬車の車輪よりも大きく裾の広がったスカート部分に、べったりと泥がついている。

「そうみたいね」わたしは、暗澹とした気分で答えた。

こうして、わたしはリズヴァールのレディ・アリチアとお近づきになった。彼女といっしょに屋敷にはいると、すぐに女主人がわたしたちのあいだに割ってはいった。女主人はまずレディ・アリチアにおざなりな挨拶をし、それからわたしの両腕をつかみ、両ほおにキスをした。「ようこそ、レディ・アグニシュカ。いらしてくださるとは光栄の至りですわ。まあ、なんてすてきなお召しもの。きっとあなたが流行をおつくりになるわよ」ほほえむ女主人をわたしは困惑しながら見つめた。招待状にあった彼女の名は頭からすっかり抜け落ちていたが、なんの不都合もなかった。わたしがお礼と感謝をもごもごと口にしているあいだに、女主人の香水の染みこんだ腕がわたしの腕にからまり、客たちの集まった居間にぐいぐいと引っ張っていたからだ。

　彼女はそこにいる全員に、わたしを得意げに紹介してまわった。わたしはソーリャがいっそう憎らしくなった。彼の言ったとおりになったことがなんとも腹立たしい。だれもがわたしと知り合えたことを喜んでいた。だれもが慎重にわたしに対応した――ともかくも最初のうちは。魔術について尋ねることはなく、王妃の救出にまつわる裏話を知りたがった。ただし、礼儀を重んじて、あからさまな質問はしなかった。たとえば、「キメラ獣が王妃様を守っていたと噂に聞いておりますが……」と言葉じりをにごし、期待を込めて、わたしが話しはじめるのを待つというように。

　なにか言葉を返したほうがよかったのだろう。かしこく受け流すか、あるいは、驚きに満ちた冒険譚を語ってみせるか。彼らは感動を味わい、わたしにヒロインを演じさせたいだけだった。けれどもわたしの頭には、あのおぞましい殺戮と、噴き出して地面に吸いこまれていく血の記憶がよみがえり、その場から逃げ出したくなった。たじろぎ、まごつき、わたしはそっけなく「いいえ」と答えるか、あるいはなにも答えなかった。どちらにせよ、会話はそこで終わった。わたしの社交術に失望した女主人は、しまいには部屋の片隅の木――家のなかに鉢を置いてオレンジの木を育てているのだ――のそばにわたしを捨てて、毛を逆立てた客たちをなだめにいった。

もしここでカシアのためにできることがあったとしても、わたしはそれと正反対のことをしていると痛感した。不本意ながら、ソーリャをさがしにいくしかないのだろうか、と考えはじめたとき、レディ・アリチアが近づいてきた。「あなたが新しい魔女とは気づかなかったわ」彼女はわたしの腕を取り、秘密を分け合うように言った。「もちろん、あなたには〝椅子かご〟なんて必要ないわよね。ねえ、聞かせて。巨大な蝙蝠になって、空を旅することもあるの？　〝妖婆ヤガー〟みたいに――」

バーバ・ヤガーの話が、〈森〉以外の話ができることをありがたく思った。もっとありがたいのは、ソーリャのほかに、ここでうまくやっていくための手引きをしてくれる人が見つかったことだった。晩餐が終わるころには、翌日の朝食をアリチアと食べ、同じ日のお茶会と晩餐会にもいっしょに行く約束をしていた。結局、それから二日間、わたしたちはほとんどの時間をいっしょに過ごした。

正直なところ、アリチアと友だちになったとは思わなかったし、友だちをつくりたい気分でもなかった。毎日、宮殿と社交の催しのあいだを徒歩で往復するとき、わたしは否応なく、王室の衛兵たちが寝起きする兵舎の横を通りすぎることになった。兵舎の内庭には殺伐とした鉄製の台座があり、その一部が黒ずんでいた。そこは、穢れ人が首を刎ねられ、遺体を焼かれる場所だった。アローシャの鍛冶場もこの近くにあって、火炉が燃えているのを何度か見かけた。アローシャとハンマーの黒いシルエットが、飛び散るオレンジ色の火の粉のなかに浮かびあがっていた。「穢れ人に示せる情けは、切れ味のよい刃だけ」と、アローシャはにべもなく言った。わたしが一度でいいから、カシアに会ってほしいと頼んだときだった。それ以来、どこかの屋敷の息苦しい部屋でキャビアをのせた小さなパンを食べ、砂糖入りの甘い紅茶を飲み、知らないだれかとのおしゃべりに努めているときも、いままさにアローシャが首斬り役人のために斧を研いでいるかもしれないと考えずにはいられなくなった。

でも、レディ・アリチアは不作法な田舎娘の面倒をよく見てくれた。年上とはいえ、一、二歳しか年齢がちがわないのに、彼女はすでにお金持ちの男爵と結婚し、その男爵は毎日をカードゲーム三昧で過ごしていた。彼女は社交界に顔がきき、知らない人はいなかった。わたしは感謝した、というか、感謝しなければと思った。自分がよい連れではなく、社交界のしきたりに疎いことを、少し後ろめたく感じていた。レディ・アリチアが、わたしのドレスを飾るけばけばしいレースをほめてくれるとき、返す言葉に詰まった。彼女に説得された哀れな青年貴族がわたしに怖々とダンスを申し込み、わたしが彼のつまさきを踏みつけて踊りをむちゃくちゃにし、まわりから好奇の視線を浴びても、アリチアだけは大声でほめそやしてくれた。そんなときも、わたしは返す言葉に詰まった。

わたしは三日間、彼女にからかわれていることにまったく気づかなかった。三日目の午後、わたしたちはある男爵夫人の屋敷で催される音楽の集いに出かけることになった。どんな集まりにも音楽がつきものだったので、どうしてわざわざ〝音楽の集い〟と呼ぶのかわからなかったけれど、それについて尋ねると、アリチアは声をあげて笑った。それでもわたしは約束を守り、昼食をすませたあと、その催しのある屋敷まで歩いていった。銀色のドレスの裾を精いっぱいたくしあげ、ドレスとおそろいの頭飾りのバランスをどうにか保ちながら。その頭飾りは、わたしの頭上から鳥の翼のように長い弧を描いてたれさがり、適切な場所からわずかにずれただけで、前にも後ろにも落ちていきそうになった。そしてついに、その屋敷の部屋に通されたとき、わたしは扉口でうっかりドレスの裾を踏みつけてよろめき、頭飾りが耳の後ろまでずり落ちてしまった。

アリチアがわたしを見つけ、部屋を横切ってきた。いかにも大げさな身ぶりでわたしの両手を取り、彼女は息をはずませながら言った。「あらまあ！ なんて愛くるしい、斬新な頭をした天使ちゃんなの。わたし、こんなの、見たことなくてよ」

心をかすめたことが、そのまま言葉になった。「わたしのこと、ばかにしてる？」わたしははじめて侮辱されていることに気づいた。すると、それまでの彼女の言動がひとつにまとまり、わたしには理解しがたい意地悪さが浮かびあがった。でも、最初は信じられなかった。彼女の動機がわからなかった。わたしに話しかけろとか、わたしの連れになれとか、だれかから命じられたわけでもないのに、どうしてわざわざ、こんな不快なことをしようと考えるのだろう?

でも、もう疑いようがなかった。アリチアは目を大きく見開き、驚いた表情をつくった。なによりそのわざとらしい驚きの表情が、わたしの問いかけにそのとおりと答えていた。彼女はわたしを侮辱したいのだ。「おやまあ、どうしたの? ニーシュカちゃん」今度は、わたしを子どものように扱いはじめた。

わたしはアリチアの手から自分の両手を引っこ抜き、彼女を見つめた。「アグニシュカでお願い!」ぴしゃりと返した。「そんなにわたしの頭飾りがお気に入りなら、同じにしてあげる」そして、「**カトボール**」と短い呪文を唱えた。アリチアのひたいの上にのった頭飾りがずるっと後ろにさがった。それといっしょに、顔の両側の美しい巻き髪が剝(は)がれ落ちた。付け毛だったのだ。彼女はヒッと声をあげ、その付け毛を拾って、一目散に部屋から逃げ出した。

でも、それが最悪の出来事ではなかった。もっと最悪なのは、部屋のあちこちから聞こえる忍び笑いだった。アリチアとダンスを踊った男たち、アリチアが親友と呼んだ女たちが笑っていた。わたしは葡萄(ぶどう)の木の鉢の陰に隠れ、部屋にいる人々の目から逃れようとした。ところが、そこにいても、豪華な刺繡(ししゅう)――何人もの女性が一年がかりで仕上げるような手の込んだ刺繡――の上着を着た青年がにじり寄ってきて、うれしげに、アリチアはこれから少なくとも一年間は社交界に顔を出せないだろうと耳打ちした。まるで、わたしがそれを聞いて喜ぶとでも思っているみたいに。

わたしはその青年から逃れ、使用人専用の通路にはいった。いつも持っているバーバ・ヤガーの魔法書を必死でめくり、緊急脱出の呪文をさがした。広間に戻って玄関から出ていかなくてもすむように、その呪文を使って屋敷の壁を通り抜けた。毒気に満ちた祝福の言葉を、もうこれ以上聞きたくなかった。

監獄から逃げ出すように、息を切らしながら黄色いレンガ壁を抜けた。目の前に小さな広場があり、ライオンの口から水がごぼごぼとあふれる噴水塔に日が差し、水盤の水が輝いていた。噴水塔のてっぺんで彫刻の小鳥たちがやさしい声でさえずっている。ひと目見て、ラゴストックの魔術による作品だと察しがついた。噴水池のへりにソーリャが腰かけ、日を受けて輝く池の水に指先をひたしていた。

「きみが自力で逃げ出せたと知ってうれしいよ」と、彼は言った。「きみなりに覚悟して、あそこまで歩いていったのだとしても」あの屋敷では彼の姿を見かけなかった。でもきっと、アリチアが恥をかいたことも、わたしが恥をかいたことも、一部始終を知っているのだろう。そして、表向きは神妙な顔をしていても、内心では、わたしが愚かなまねをして物笑いになったことを喜んでいるにちがいない。

わたしは、アリチアがわたしに魔法を求めたり秘密をさぐったりしないことに、ずっと感謝していた。彼女がべつのなにかを求めているなんて考えてもみなかった。考えていたとしても、それが悪意をぶつけて憂さを晴らす相手だなんて、思いつきもしなかった。ドヴェルニク村では、村人どうしで意地悪の応酬をするような愚かなことはしなかった。もちろん、口げんかはあったし、虫の好かない人もいた。怒ったときには、村人どうしでつかみ合いにもなった。それでも実りの季節がくれば、隣近所が集まり、収穫や脱穀を手伝った。〈森〉の影が迫ってくるときに、いがみ合っているわけにはいかないからだ。そして村のだれひとり、なにが起ころうと、魔女にぶしつけな態度はとらなかった。「高貴な女性というのは、もっと思慮があるものだと思ってたわ」と、わたしは言った。

ソーリャは肩をすくめた。「彼女はきみを魔女だと信じていなかったんじゃないかな」

いいえ、アリチアはわたしの魔法を見た——と口を開きかけて気づいた。おそらく、あれ以前は見ていなかった。たとえば、雷鳴とともに銀色の火の粉を散らし、飛び交う鳥とともに部屋にはいってくるラゴストックのように華々しい魔法を見せてはいない。あるいは、ソーリャのように、優雅なローブをまとって影のなかから姿をあらわし、また影のなかに消えることもない。彼のきらりと光る鋭い目は、宮廷で起こるすべてを見通しているかのようだった。彼らに引き替え、わたしにはおよそ魔法使いらしいところがなく、自分の部屋で魔法のドレスに着替え、どこへでも頑固に歩いていった。そして、ドレスの下のきついコルセットが、ささやかな呪文を唱えることさえ億劫にするほど、いつも胸を締めつけていた。

「じゃあ、どうやってわたしが魔法使い名鑑に名前をのせることになったと彼女は考えてるわけ？」わたしは尋ねた。

「そりゃあ、ほかの魔法使いがやったことだと考えたんじゃないかな」

「つまり、サルカンがわたしに首ったけになって、それでわたしを推薦したとか？」わたしはとげとげしく言った。

「ついでに、マレク王子もだね」ソーリャが大真面目な顔で言うので、わたしは驚いて彼を見つめた。「おかしいかな？　アグニシュカ、きみが社交界の人々にそう思われていることぐらい、もう理解してもよさそうなものなのに」

「理解したくもない！　あの人たちは、アリチアがわたしをからかうのを見て、喜んでたわ。そして、わたしが彼女に仕返しすると、今度はそれを喜んだ」

「当然だよ。彼らは、きみという餌に最初に食いついた人間が血祭りにあげられるのを見るのがうれしいんだから。つまり、きみもそんなゲームの参加者のひとりだ」

「わたし、罠を仕掛けたつもりはないから！」ついでに、だれだってそんなことは考えないから、と言いたかった。とにかく、まともな神経を持った人間がそんなことを考えるはずがない、と。でもあの人たちには、どこか不快な、ねっとりしたものを感じていた。

「いやいや、きみが罠を仕掛けたとは思っていない」ソーリャが真顔で言った。「しかし、彼らにはそう思わせておけばいい。きみがなにを言おうが、彼らはそう思うのだから」ソーリャは噴水池のふちから立ちあがった。「べつに取り返しのつかないことをしたわけじゃない。今夜、晩餐会に顔を出せば、人々は前よりきみに好意的になっているだろう。で、まだわたしのエスコートを受け入れる気にはなれないのかな？」

　その答えとして、わたしは身をひるがえし、彼のもとから歩み去った。背後からおもしろそうに息だけで笑う声が聞こえてきたけれど、ドレスの長い裾を地面に引きずって足を速めた。

　雷雲のような黒い雲が心にかかったまま、小ぎれいな広場を離れて、外壁門の真正面にある草地の広場に出た。そこは人声で騒がしかった。外壁の門から内壁の門までつづく大通りに干し草だわらと樽（たる）が並んで、どこかに運ばれるのを待っている。わたしは干し草だわらのひとつにすわり、考えごとをした。認めたくないけれど、今度の件に関してはソーリャの言うことが正しいような気がした。つまり、わたしに声をかけてくる宮廷人たちは意地悪なゲームが好きなのだ。お上品な人たちは、わたしなんかと本気で関わりたいとは思っていない……。

　わたしには相談したり助言を聞いたりできる人はひとりもいなかった。召使いや兵士たちも、わたしとは関わり合いを持ちたくなさそうだ。役人たちも、つぎの用事に向かって足早に歩いていく。彼らは通りすぎるとき、いぶかしげな目でわたしを見た。道ばたの干し草だわらにすわった身なりのよい女。そのサテンとレースで仕立てられた華やかなドレスの裾は、草と土まみれ。手入れのゆきとどいた庭園にたった一枚落ちた、じゃまっけな葉っぱのようだ。そう、ここはわたしのいる場所じゃない。

さらにみじめな気持ちをかき立てるのは、自分がカシアの、サルカンの、そして故郷の人々の役に立っていないことだった。審判の証言台に立つ覚悟はあるのに、肝心の審判が開かれない。兵団を出してくれるように国王に願い出たけれど、なんの動きもない。この三日間、これまでの人生すべての分を足した以上に社交の集まりに出かけてみた。でも結局、たぶん人生で親友など持てたためしのない愚かな若い女の評判をだいなしにしただけだった。

不満と怒りにまかせて、わたしは〝ヴァナスターレム〟を唱えた。声を落とし、一台の馬車とつぎの馬車が通りすぎる一瞬を利用して。わたしは自分の本来の姿に——ただの樵夫(きこり)の娘に戻っていた。さっぱりした手織り布のスモックドレス。スカートの丈は長すぎず、歩きやすい靴をはいた足もとがちゃんと見えるし、エプロンにはふたつの大きなポケットがついている。呼吸が楽になり、自分が周囲から見えない存在になったことに気づいた。もはやだれも、わたしがだれで、なにをしているかを気にしなかった。

ただし、見えない存在になったせいで、危険な目に遭(あ)った。深く息がつける喜びにひたって大通りの端に立っていたとき、一台の馬車が通りかかった。車体が車輪の上にかかるほど大きくふくらんだりっぱな馬車で、四隅に従者がぶらさがるように乗っていた。わたしはその馬車に跳ね飛ばされそうになり、あわてて跳びのき、ぬかるみに足を突っこんだ。靴がぐしょぐしょに濡れ、スカートには泥はねが散った。でも、気にしなかった。わたしは一週間ぶりに自分を取り戻し、大理石の床ではなく、土の地面に立っていた。

大きな馬車を追って斜面をのぼった。もう長い裾がじゃまをしないから、大股でずんずんと歩けた。わたしは内城壁のなかにある城の中庭にはいった。白い服に鮮やかな赤の飾り帯をたらしたどこかの国の大使がすでに馬車からおりていた。大使を出迎えるために、シグムンド王太子が廷臣たちを引き連れて姿をあらわし、儀仗兵がポールニャ国の旗と、もうひとつ、赤と黄の地に斧をあしらった旗を持って、あとにつづいた。見たことのない旗だった。その大使は今夜の公式晩餐会に出席するためにやってきたにちがいない。あんなことがなければ、アリチアといっしょにわたしも出席することになっていた。儀仗兵たちは薄目をあけて歓迎の儀式を見守っていた。〝**わたしはかまう価値もない小さき者です**〟と彼らにささやきながら、そばを通りすぎた。ちらりと見ることはあっても、彼らはだれひとり、わたしを咎めなかった。

不便な場所にある自分の部屋から一日に三度も社交の集まりに出かけたことにひとつだけ成果があったとすれば、それは広い宮殿でも迷わなくなったことだった。廊下を召使いたちが行き交っていたけれど、みんなリネンや銀器をかかえて晩餐会の準備に忙しく、泥はねをつけた厨房メイドに関心を示す余裕のある者はいなかった。わたしはウナギのように彼らのあいだをかいくぐり、〝灰色の塔〟につづく長くて薄暗い廊下を進んだ。

塔のいちばん下の階で見張りをする四人の衛兵は退屈そうにあくびをしていた。「娘さん、階段をまちがえたようだね」いかにも人のよさそうな兵士が言った。「厨房はこの廊下をまっすぐ行った先だよ」

わたしはその助言をありがたく頭にしまい、ここぞとばかりに、この三日間、だれもがわたしに向けた目で彼らをじっと見た。つまり、あなたがなにも知らないことに驚かされている、という目で。「わたしがだれか知らないの？　わたしは、魔女のアグニシュカ。カシアに会うためにここへ来たの」さらに言うなら、王妃のようすを見るために――。こんなに審判の開始が遅れているのは、国王が王妃の回復を待っているからだとしか思えなかった。

衛兵たちはとまどったように顔を見合わせた。彼らがどうするかを決断する前に、わたしは「**アラーマク、アラーマク**」とささやき、彼らの守る鍵のかかった扉に突き進み、それを通り抜けた。

衛兵たちは、あえて魔女にけんかを売るようなまねはしなかった。少なくとも、わたしを追ってくる者はいなかった。わたしは狭い螺旋(らせん)階段を上へ上へとのぼり、ようやく、あの飢えた小鬼みたいなノッカーのついた扉の前にたどり着いた。大きく開いた口のような取っ手に触れると、わたしの手を味見するようにベロリと舐められた気がした。わたしはおそるおそる取っ手をつかみ、ノッカーを鳴らした。

〈ヤナギ〉が出てきたらなにを言うかは頭のなかに用意してあったし、いざとなったら、彼女を突き倒して前に進むつもりだった。〈ヤナギ〉はとりすました淑女だから、わたしと揉み合って自分の品位を落とすような行動には出ないだろう。でも、彼女は扉口にあらわれなかった。扉に耳を押し当てると、だれかが怒鳴る声がかすかに聞こえた。驚いて後ずさり、どうしようかと考えた。あの衛兵たちに叫んで助けを求めたら、彼らは扉を蹴破ってくれるだろうか？　無理だろう。扉は鋲を並べた頑丈な鉄製で、鍵穴さえ見つからなかった。

わたしはノッカーの小鬼の頭を見つめた。小鬼もわたしを薄目で見つめ返してきた。からっぽの口がしきりと飢えを訴えている。じゃあ、こいつの腹を満たしてやったら……？　試しに、明かりを灯す、かんたんな呪文を唱えた。小鬼はさっそく魔力を吸いこみはじめた。でもわたしが呪文に魔力をそそぎつづけると、やがて片手に、蠟燭の揺れる炎ほどの小さな明かりが灯った。小鬼の飢えは底なしで、わたしのあたえる魔力をガツガツとむさぼった。それでもどうにか魔力の一部を銀色に輝く細い支流にして、自分のなかの小さな池に集められるようになった。そうして集めた魔力を一気に解き放った。「**アラーマク！**」わたしは破れかぶれで扉に向かって跳んだ。そこにありったけの力を使った。わたしの体は扉の向こう側へと通り抜け、床を転がり、あおむけになった。もうどこにも力は残っていなかった。

わたしのほうに走ってくる足音が聞こえ、カシアの顔がのぞきこんだ。「ニーシュカ、だいじょうぶ？」

怒鳴る声は、つづきの間から聞こえていた。マレク王子がこぶしを握って部屋のまんなかに立ち、〈ヤナギ〉に大声で怒鳴っていた。〈ヤナギ〉は怒りに硬直し、顔が青ざめている。ふたりとも、扉から転がり出てきたわたしには、ほとんど気づいていなかった。相手に対する激しい怒りでそれどころではなかったのだろう。

「母上を見ろ！」マレク王子が片手を振りあげ、王妃を示した。王妃は前に見たときと同じ窓辺の椅子にすわり、ぴくりとも動かず、超然とすわっていた。大きながなり声にひるんでもいない。「この三日間、母上の口からはひと言も出てこない。よくもこれで療術師を名乗れたものだな。おまえのしたことで、なにか効果があったか？」

「いいえ、見えるかぎりにおいては」〈ヤナギ〉が氷のような冷ややかさで返した。「必要とされることはすべてやりました。手を尽くしました。手順をまちがってもおりません」そしてとうとう、彼女のほうが先にわたしに気づいた。〈ヤナギ〉は体を返し、蔑みのまなざしを床にしゃがみこんだわたしに向けた。「この娘は、王国にとって〝奇跡の魔女〟だとか。だとしたら、あなたのベッドからはしばらく遠ざけておいたほうがよろしいのでは？　少なくとも、分別あるふるまいができるようになるまでは。この者のしつけはあなたにおまかせします。わたくしに押しつけられて努力が足りないと怒鳴りつけられるのはまっぴらですから」
〈ヤナギ〉は、すました顔でドレスの裾を片側に引き寄せ、注意深くわたしに触れないように横を通りすぎた。扉の閂が彼女の手のひと振りではずされ、鉄扉がひとりでに開いた。こうして彼女が出ていくと、石の絞首台に刃が落ちてくるように勢いよく重い鉄扉が閉じた。

　わたしのほうを振り返ったマレク王子はまだ怒っていた。「またおまえか！　重要な証言者になるというのに、城のなかを台所女のような姿でうろうろしているとはどういうことだ。だれがこんなやつの口から出てくる証言を信じるものか。わたしが魔法使い名鑑に加えてやって三日がたつというのに――」

「加えてやった！　あなたの力で？　ご冗談を！」わたしは憤慨し、カシアに腕を借りながら、よろよろと立ちあがった。

「この三日間で、おまえのしたことはなんだ。宮廷貴族のあいだをめぐり歩き、自分は使えない田舎っぺだと宣伝してまわっただけではないか！　そして今度はこれか！　ソーリャはどこだ？ここでの身の処し方をおまえに教えねばならんというのに」

「ここにいつまでもいるつもりはありません」と、わたしは言った。「ここの人たちにどう思われようが、かまわないわ。彼らがなにを考えようが、ぜんぜん重要じゃないもの！」

「重要に決まっているだろう！」マレク王子がわたしの腕をつかんで、カシアから引き剝がし、引きずった。その手を振りはらう呪文を唱えようとしたけれど、彼のほうが先にわたしを窓辺まで引っ張って、宮殿の中庭を指差した。わたしは窓の外を見おろし、首をかしげた。急を告げるようなことはなにも起こっていない。あの赤い飾り帯をつけた大使が、シグムンド王太子とともに建物にはいろうとしているところだ。

「兄上といっしょにいる男は、モンドリア公国の大使だ」マレク王子が凄むように低い声で言った。「モンドリア公国の世継ぎ、公太子が去年の冬に死んだ。そして、もうすぐ半年の喪があける。どういうことだかわかるか？」

「さあ……」わたしはとまどった。

「夫を亡くしたモンドリア公国公太子妃が、ポールニャ国王妃の座を狙っているんだ！」マレク王子が声を張りあげた。

「でも、王妃様はまだ生きていらっしゃる……」カシアが言った。と同時に、カシアもわたしもはっと気づいた。

わたしは恐ろしさに凍りつき、マレク王子を見つめた。「でも王様は……」心に思いつくままを口にした。「王様は王妃様を愛して……」それ以上はなぜか言えなかった。

「国王は審判を先に延ばし、時間稼ぎをしている。それはおまえにもわかるな?」マレク王子が言った。「王妃奪還が人々の記憶から薄れ、ほとぼりがさめるころ、国王は廷臣たちに見て見ぬふりをするよう求めるだろう。そのとき、王妃がひそかに処刑されることもありえない話ではない。そこで聞くが、おまえには、わたしを助ける覚悟があるのか? わたしを助けもせず、城のなかをうろつきまわるだけなら、やがて雪の季節が訪れ、王妃が首を刎ねられ、焼かれる日がやってくるだろう。そのときは、おまえの愛する友人もいっしょだ。処刑場に人が集まることもない、凍てつく寒さのなかだからな」

わたしは指をきつく曲げ、カシアを守るように彼女の手を握りしめた。あまりに残酷すぎて、気が遠くなりそうだ。わたしたちはハンナ王妃を〈森〉から奪い返し、都に連れ帰った。それはいったい、なんのためだったの? 王妃の首を刎ねて、国王に新たな王妃を迎えさせるため? ポールニャ国の地図に新たな公国を加えるため? 国王の王冠に新たな宝石を添えるため?

「でも、王様は王妃様を愛してたわ」わたしはふたたび言った。愚かだとわかっていても、抗わずにはいられなかった。あの物語——国王に愛された行方知れずの王妃の物語のほうが、いまマレク王子から聞かされた話より、ずっとましだった。

「それがなんだ! だから、いまの国王の愚かさが許されるとでも言うのか?」マレク王子が言った。「美しき王妃は、宮殿の庭園で彼女を歌で誘惑したローシャ国の若者と手をたずさえて国王のもとから去った。それが、母親について幼いわたしが聞かされたすべてだった——それを言う連中の命を奪ってやれるような年頃に成長するまでは。幼いころは、国王の前で母親の名を口にしてもいけないと言われていた」

マレク王子は、椅子にすわったハンナ王妃を見おろした。その顔は白い紙のようにどんな表情も浮かべてはいない。そして王子の顔には、少年のころの彼の面影が浮かんでいるような気がした。口さがない宮廷人たちから逃れ、母親がいなくなった庭園に身をひそめる少年——だれもが母親の噂をささやき、にやにや笑っている。やれやれと首を振り、悲しみを装いながら、その陰で、最初からすべてお見通しだったなどと言ってのける人々……。

「じゃあ、わたしからも聞くわ。そんな連中にすりよって、彼らの踊りを踊れば、あなたは王妃とカシアを救えると思ってるの?」

マレク王子が王妃から視線をあげて、わたしを見つめた。彼はこのときはじめて、わたしの話をまともに聞こうと思ったようだ。胸がふくらみ、しぼみ……深い呼吸が三回つづいた。「いや、思わない」彼はついに口を開いた。「連中はみんなハゲタカ、そして、父上はライオン。連中は首を横に振り、それは恥だと言いながら、結局は、父上の投げた骨を拾う。おまえなら、父上をたぶらかし、王妃を赦免するようにあやつれるのではないか?」マレク王子が言った。いともたやすく。国王を魔法でたぶらかせと命じているとは思えない軽い口調で。人の心を無理やりねじ曲げるなんて、あのおぞましい〈森〉のやり口と同じなのに……。

「無理よ！」わたしは驚いてそう返し、カシアを見つめた。カシアは、王妃のすわった椅子の背に片手をあずけ、金色に輝く肌とまっすぐな背筋で、少しも動揺することなく立っていた。彼女はわたしに向かって、ゆっくりと首を振った。彼女は赦免を求めていないのだ。周囲の人々を裏切り、わたしといっしょに〈森〉へ逃げることも求めていないのだ。たとえ、王妃といっしょに国王に殺されることになったとしても……。わたしはごくりとつばを呑んだ。「無理よ」と、もう一度言った。「そんなこと、わたしはやらない」

「だったら、おまえはなにをするつもりだ？」マレク王子が怒りの声をあげ、わたしが答えるのを待たずに、部屋から去った。待っていたとしても、同じことだった。わたしには彼の問いかけに対する答えがまったく見つからなかったのだから。

20

カロヴニコフと穢(けが)れの書

　みすぼらしい身なりをしていても、カロヴニコフの衛兵たちは、わたしがだれかわかってくれた。観音開きの重い扉が開かれ、また閉じた。わたしは扉に背中をあずけて立った。上を見あげれば、天井には金箔(きんぱく)と空を飛び交う天使の絵。床から天井まで本をびっしりとおさめた書棚がはるか先までつづいている。書棚は反対側の壁をめぐって、また扉のほうに戻ってくる。壁のところどころに奥まったアルコーヴがある。人は部屋全体でわずか数人。長いローブをまとった若い男女の魔法学徒で、それぞれのテーブルで書物や蒸留器をのぞきこんでいる。だれもが作業に没頭し、わたしに関心を示すこともない。

　〈カロヴニコフ〉はわたしを歓迎していなかった。〈ドラゴン〉の書斎よりもよそよそしく、温かみに欠けていた。それでもここは、わたしにとって使える場所だ。どうしたらカシアを救えるのかはまだわからないけれど、舞踏会の広間にいるよりは、ここにいるほうが正解に近づける確率は高いはずだった。

いちばん近くにあった梯子を最初の書棚のまんなかまで動かし、服の裾をたくしあげて、梯子のてっぺんまでのぼった。こういうさがしものには慣れていた。わたしは、近くの森に行くときも、なにをさがすかは最初から決めていなかった。見つかるものを見つけにいき、見つけたものをどうするか、あとで考えた。マッシュルームが見つかれば、翌日はマッシュルームのスープ。平らな石がいくつか見つかれば、それで近所の道の穴ぼこをふさいだ。ここならきっと、バーバ・ヤガーの魔法書のように、わたしに向こうから語りかけてくる本があるだろう。ひょっとしたら、きらびやかな金文字で飾られた書物の山の片隅から、バーバ・ヤガー自身が著したべつの本だって見つかるかもしれない。

わたしは精いっぱい手早く作業を進めた。ほこりっぽい本、読まれた形跡の乏しい本にはとくに注意をはらった。すべての本の背表紙に触れて書名を読みとった。それはどうやっても手間のかかる仕事だったし、忍耐を必要とした。ひとつひとつの書棚の幅が広くて、床から天井までの高さに棚が十三段。その書棚を端から順に調べていった。そして十二本目まで調べたあたりで、わたしの役に立つ本がここで見つかるものだろうかと不安になった。わたしの両手が触れる本はどれもこれも味気なく、心惹かれるところがなかった。

作業に没頭しているうちに、夜が更けた。数人いた魔法学徒がいつのまにか退出し、天井に等間隔で吊された魔法ランプが、眠りにつくように、熾火くらいのほのかな光になった。ただ、わたしの頭上のランプだけが煌々と灯っている。背中やくるぶしがひどく痛かった。遠くまで手を伸ばそうと、梯子の支柱に足をからめて無理な姿勢をとりつづけたからだ。気づくと、部屋の片側の壁を四分の一あたりまで進んでいた。しだいに背表紙を目で追うだけになったので、十冊に一冊はきちんと見ていなかった。もしサルカンがここにいたら、わたしのずさんな仕事ぶりに皮肉のひとつもつぶやいたことだろう。

「なにをさがしているのかね？」

突然声をかけられて驚き、わたしはあやうくバロー師の頭の上に墜落しそうになった。すんでのところで梯子の支柱をつかんで落下をまぬがれ、金属の接合部で足をすりむいた。書棚と書棚のあいだに狭い通路があり、その奥に秘密の小部屋につづくドアがあった。バロー師はそのドアからいきなり出てきたのだった。両腕にかかえた四冊の厚い本を書棚に返しにきたようだ。彼は床から怪訝そうにわたしを見あげた。

わたしは気が動転したまま、突拍子もない答えを返した。「サルカンをさがしているんです」

バロー師が、わたしの前にある棚の書物をしげしげと見あげた。この娘は、本のあいだに〈ドラゴン〉がはさまっていると本気で信じているのか、といぶかしむように。でも、バロー師に返したとっさの答えは、自分がほんとうはなにをさがしていたのかをわたし自身に教えてくれた。

そう、わたしはサルカンを求めていた。ここにサルカンがいて、本の山から顔をあげ、ずさんな仕事ぶりをなじってくれればいいのに、と思っていた。〈森〉がすでに報復を開始しているのなら、彼がいまどうしているかを知りたかった。カシアを処刑しないように王様を説得するにはどうしたらいいいか、彼から知恵を授かりたかった。

「サルカンと話したいんです」と、わたしは言った。「サルカンに会いたいんです」バーバ・ヤガーの魔法書にそれをかなえる魔法がしるされていないことはすでに知っていた。サルカンからそういう種類の呪文を教えられたこともなかった。「この王国のべつの地方にいるだれかと話したいとき、あなたならどんな呪文を使いますか？」わたしがまだ言い終わらないうちに、バロー師は首を横に振った。

「遠距離交信の術は、お伽ばなしの世界にしかない。調子のいい歌唄いたちがなにを言ったとしても、本気にしてはいけないね」彼は教えさとすように言った。「かつてヴェネチアで、同じ水銀の壺からつくられた一対の手鏡で交信する魔術が開発された。手鏡のひとつを王が持ち、もうひとつを戦場の前線にいる指揮官が持つ。そうやって互いに交信する。その一対の手鏡を先々代のポールニャ国王がお買い求めになった。〝火の心臓〟の五瓶と引き替えに」王国をひとつ買うような途方もない高値に、わたしは思わず声をもらした。「魔法が感覚を押し広げ、視力や聴力を研ぎすますことはある。声を増幅させることもある。声を木の実に閉じこめ、あとで取り出す魔術も存在する。しかし、きみの幻を瞬時に、この王国を縦断するほど遠くにいるだれかに届け、すぐに相手の声が返ってくるというのは無理難題だ」

まだ納得できないところはあったけれど、バロー師の話からすると、遠距離交信ができる魔術は存在しないらしい。もし魔法で遠くと交信できるなら、サルカンは使者を送ったり書状を書いたりする必要もなかったわけだ。彼は瞬間移動の術を使ったけれど、あの谷のどこかとどこかを、つまり彼の領地のなかを行き来するときにかぎられていた。一瞬にして都まで飛んでまた戻ってくるのは不可能なのだろう。

「バーバ・ヤガーの魔法書のような本はありませんか？　あったら、調べてみたいんですが……」バロー師がバーバ・ヤガーの魔法を認めていないことは知っていたけれど、尋ねずにいられなかった。

「いいかね、アグニシュカ。この図書室はポールニャ国における魔法学研究の中心だ」バロー師が言った。「ここの書物は、蒐集家（しゅうしゅうか）の気まぐれで集められたものでもなければ、本の売り手からうまい口上で押しつけられたものでもない。値が張るとか、高貴な人々の目を楽しませる金文字を使っているとか、そんな理由でここにあるわけでもない。すべての書物が、少なくとも二名の、国王に仕える魔法使いの精査を受けている。書物としての価値を吟味したうえで、そこに書かれた少なくとも三つの魔術が実際に試されている。したがって、この図書室にあるすべての書物は、ここに収蔵するに値する真価と力を備えている。わたしは、二流の研究を排斥することに生涯を費やしてきた。魔法学の黎明期には、好奇心や娯楽を満たすことだけが目的の書物も数多くあった。しかし、いまここに、そのような書物は一冊として収蔵されていない」

わたしは梯子の上からバロー師を見おろした。生涯を費やしてきた、ですって?! きっと、わたしに使えそうな魔法書はことごとく彼に見つけられ、ここからつまみ出されてきたにちがいない。梯子の支柱に片手をかけて下まですべりおりるわたしを、バロー師は眉をひそめて見つめていた。木登りする人間のことも、たぶん彼はこんな目で見るのだろう。「じゃあ、ここに置くに値しない本はぜんぶ燃やしてしまったんですか?」尋ねずにはいられなかった。

まるで自分が火炙りにしてやると脅されたかのように、バロー師はたじろいだ。「たとえ魔法の力を備えていなくとも、本はたいせつに扱わなければならない。それどころか、わたしは二流の本を大学図書館に送り、魔法学の研究資料として役立てようとさえ考えた。ところが、アローシャがそのような本をここで厳重に管理するように主張したのだ。彼女の危惧はもっともであり、わたしには反対できなかった。そのような二流の魔法書が下層階級のふとどきなやからを引きつけるのはよくあることだ。よからぬ本を手に入れたばかりに、街の薬剤師が危険な悪党に変わることもある。もちろん、わたしは大学図書館の文書管理係を信じているし、適切な指示と厳しい監視の目さえあれば、経験豊かな彼らが劣悪な二流書を安全に——」

「で、その二流書は、どこにあるんです？」わたしは彼の話の途中で尋ねた。

バロー師に案内された小部屋には、ぼろぼろになった古い本が山のように積まれていた。小さな窓さえなく、空気がよどんでいるので、入口のドアは細くあけたままにしておいた。わたしは期待で胸をふくらませ、本の山を調べにかかった。最初からぐちゃぐちゃなので、手に取った本をもとの場所へ戻さなくてもよかったが、期待に反して、ここの本の大半は、図書室の本と同じように、わたしには役立ちそうにないものだった。退屈な魔法史の本を何冊もわきへ押しのけた。日常的な呪文やまじないを書きつらねた厚い本も何冊か見つかったけれど、その半分は、人力でやるときの二倍の時間がかかり、五倍の混乱を招くようなしろものだった。わたしの目から見れば正統な魔法書に思える本も何冊かあったけれど、バロー師の厳しいふるいにかけられて、この小部屋に送りこまれたのだろう。

なかには、かなり風変わりなものもあった。そのひとつはいかにも魔法書らしい厚い書物で、ページには奇妙な文章や絵や、〈ドラゴン〉が記録に使うような略図があふれていた。でも、なにが書いてあるのかさっぱりわからない。十分間、わたしはページをめくりながら頭をひねり、そのうち、これを書いた人の頭がおかしいんじゃないかと思いはじめた。これは魔法使いのふりをした、あるいは魔法使いになりたかった、頭のおかしな人が著した本だ。ほんものの呪文ではないし、でっちあげにもなっていない。やりきれない悲しい気持ちで、その本を暗い片隅にそっと押しのけた。

そしてとうとう、わたしの片手が一冊の小さな本をさぐりあてた。小さくて薄くて、表紙は黒い革製だった。一見すると、母さんが祭日の料理のレシピを書きとめていたノートのようだ。その温かさと親しみやすさが、すぐにわたしの心をとらえた。粗末な紙が黄ばんでぼろぼろになっていたけれど、そこには美しい筆跡で、心休まる日常的な呪文がしるされ、挿絵が添えられていた。ページをめくっていると、笑みがこぼれた。表紙の裏には中身と同じ筆跡で〝オルシャンカのマリア、一二六七〟としるされていた。

驚くと同時に、なるほどという気持ちになった。マリアというこの魔女は、三百年以上も前に、わたしたちの谷に住んでいたのだ。谷に人が住みはじめて間もないころだろう。谷でももっとも古いとされる、オルシャンカの町に建つ石造りの教会には、〝一二一四〟と刻まれた大きな礎石があった。その時代には、すでにバーバ・ヤガーも生まれていただろうか？　なぜか、ヤガーのことが頭に浮かんだ。ヤガーはローシャ人だった。よその土地からやってきたポールニャ人が国をつくっているころ、〈森〉の反対側のローシャ国にはヤガーが暮らしていたのだろうか？

この本が助けにならないことはわかっていた。両手のなかでこの本は安心感をあたえてくれるが、それは焚（た）き火をいっしょに囲む友の心づかいと同じで、悪い事態を変える力はない。大きな町にはたいてい、ある種の病気や作物の病を治す魔女がいるものだ。マリアもそんな魔女のひとりだったのだろう。束(つか)の間、わたしには彼女の幻が見えた。大柄で快活な女性が、赤いエプロンをつけて、庭を掃いている。足もとには子どもたちとにわとり。赤ん坊の風邪(かぜ)を心配する若い父親がやってくると、彼女は家のなかにはいり、咳止め(せきど)薬を調合する。そして、帽子もかぶらず町の向こう端から駆けてきた父親の差し出すカップに薬をそそぎ、服(の)ませ方を教える——。彼女のなかには、おだやかでやさしい魔力の小さな池があった。でも、その小さな池から激しい魔力が——彼女の日々の暮らしを押し流してしまうような魔力がほとばしることはない。わたしはため息をつき、本を服のポケットにおさめた。この部屋にこれを捨て置く気にはなれなかった。

崩れた本の山のなかから同じような本をさらに二冊発見し、ページをめくって、使えそうな呪文をいくつか拾った。よき助言も少しだけ得た。本にはしるされていなかったが、この二冊の本を書いた人たちも、たぶん、わたしと同じ谷の出身だった。ひとりは農夫で、雲を呼んで雨を降らす魔法について書いていた。そのページには、雨雲の下に広がる野原と遠くの山々の絵が添えられている。その灰色の山々の稜線(りょうせん)は、わたしが幼いころから慣れ親しんできたものだった。

呪文の下に注意書きがあった——「**雲が灰色になったら気をつけること。雲を呼びすぎると、雷まで連れてくる**」。わたしは、〝カールモズ〟という短い呪文の文字に指先で触れた。わたしだったら、雷雲を呼ぶことになってしまうだろう。雷雲と、フォークのように大地を突き刺す稲妻を。ぞくりとして本を閉じ、わきへ押しやった。ソーリャはこの手の派手な呪文をわたしといっしょに披露し、魔法使いの審査を助けたかったのかもしれない。

どれもこれも、わたしがいま求めているものではなかった。わたしはまわりの本を押しのけ、小さな空間をつくった。身をかがめて一冊の本を読みながら、もう片方の手で山のなかから本をさぐった。

やがて、指先が一冊の書物の盛りあがった革表紙の波打つ表面をとらえた。触れた瞬間、さっと手を引っこめ、思わず体を起こした。なんともいやな感じをすぐには振りはらえなかった。

あれは遠い冬、わたしは十二歳にもなっていなかった。近所の森に採集に出かけ、一本の木に白い袋状のぶよぶよしたものがくっついているのを見つけた。それは朽ち葉に埋もれ、根の分かれ目に付着していた。わたしは小枝の先でそれを何度か突いた。それから働いている父さんのところまで走り、父さんを連れて戻ってきた。父さんは、その木の周囲の木々を切り倒して防火帯をつくり、ぶよぶよの袋をそれが付着した木ごと燃やした。残った灰を枝でつついていると、体を丸くちぢめたような異形の生きものの骨が見つかった。自分が知っているどんなけものにも似ていなかった。「ニーシュカや、この場所に近づいてはいけないよ、いいね？」と、父さんが言った。

「でも、もうだいじょうぶだね」そう返したことを、唐突に思い出す。どういうわけか、わたしにはわかっていた。

「それでも、近づいてはだめだよ」と、父さんが言った。わたしたちは二度とこの日のことを話さなかった。母さんにも言わなかった。わたしたちはその意味について——わたしが木々のなかから邪悪な魔物を見つけ出したことがなにを意味するかについて、考えたくなかったのだ。

その記憶が鮮烈によみがえってきた。朽ち葉の湿ったかすかな匂い、寒かったこと、吐く息の白さ、枝先におりた霜のきらめき、めくれた樹皮、樹林の重苦しい静けさ——。わたしは、あの朝、なにかべつのものをさがしていたはずだ。あの平地に出たのは、自分をたぐり寄せようとする不穏な糸の存在を感じたからだった。いま、わたしはあのときと同じように感じている。でも、ここはカロヴニコフ、国王の宮殿のまさに中心、魔法使いの殿堂。どうして、ここに〈森〉が忍びこめるというのだろう？

わたしは指先をスカートでぬぐうと、意を決してその本を引き寄せた。革表紙にはこまやかな手仕事がほどこされていた。双頭の蛇が浮き出し模様になり、ウロコのひとつひとつがきらきらした青い絵の具で彩色されていた。蛇の二対の眼は赤い宝石、そのまわりを木々の緑が囲み、そこからぶらさがる果実のように『怪物絵巻（かいぶつえまき）』という書名が金文字でしるされていた。

わたしは親指と人差し指だけでページをめくり、ページの下の角にしか触れないように注意した。たしかにこれは怪物絵巻——おびただしい数の怪物やキメラ獣が描かれた奇妙な本だった。

どれもこれも現実の生きものではない。わたしはさらに数ページをゆっくりとめくり、絵と文字に視線を走らせた。そのうち、なんとも奇妙な感覚が訪れた。この怪物たちはほんものだ、すべて実在する。わたしは唐突に、そう確信した。そしてもし、この怪物たちの実在を信じつづけたら、こいつらはいつかここから――。わたしはバタンと本を閉じて床におろし、立ちあがった。暑くて息苦しい部屋が、ますます息苦しくなっていた。蒸し暑い夏の日の、あの粘りつくような大気を思い出す。厚い葉むらに風をさえぎられた場所によどむ、もわっとした熱気……。

わたしは、本に触れた手に残る、ぬめっとした感触から逃れたくて、両手を服にこすりつけた。警戒心の固まりになって本を見つめた。もしここでわたしが目をそらしたら、こいつはなにかに変わるだろう。身をよじらせ、のたくり、わたしの顔めがけて飛びかかってくるだろう。うなりながら、わたしを引き裂くだろう。とっさに炎の呪文を唱えようとした。こいつを焼きはらってしまおう。でも、口を開きかけて、ここで火を放つのがどんなに愚かなことかに気づいた。わたしが立っているのは、古い本が大量に保管された小部屋だ。息を吸うたびにほこりの味がするほど空気が乾いている。そして、この部屋を出たところには巨大な図書室がある。火を放つことはできない。それでも、この本を残していくのは危険だという確信があった。一瞬たりとも目を離すわけにはいかない。でも、これにもう一度触れるなんてとても……。

そのとき、部屋のドアが開いた。「アローシャ、きみの心配は理解できる」バロー師の不満そうな声が聞こえた。「だが、わたしには害があるとは思え――」

「近づかないで!」わたしはふたりに向かって叫んだ。バロー師とアローシャが狭いドア口で足を止めた。凶暴なけものを相手にする猛獣使いのように立ったわたしは、ふたりの目に、ひどく奇妙に見えたことだろう。わたしの前の床にあるのは、猛獣のようになることもない、たった一冊の本なのだから。

バロー師が驚いてわたしを見つめ、視線を落として、本を見つめた。「いったい、なんのことか――」

でも、アローシャはもう動いていた。バロー師をそっと押しのけ、ベルトから短剣を抜くと、そこにしゃがみ、片手をいっぱいに伸ばして剣で本を突いた。剣の刃が銀色に輝き、本に触れた切っ先のまわりに穢れを示す緑色の靄が浮かびあがった。アローシャは剣を引き寄せた。「どこで見つけた?」

「この本の山のなかにあったの」わたしは言った。「こいつはわたしをとらえようとしたわ。まるで……まるで〈森〉みたいに」

「しかし、どうやって――」バロー師がなにか話しかけようとしたけれど、アローシャはすでにいなかった。すぐに戻ってきた彼女の手には、厚い金属の手甲が装着されていた。彼女は二本の指で本をつまみあげ、首を動かして合図した。バロー師とわたしは彼女につづいて図書室にはいった。わたしたちが歩くと、頭上のランプがつぎつぎに灯った。アローシャは石の大きなテーブルにのった書物を押しのけ、そこに本を置いた。

「このとびきり穢らわしいやつは、どうやって検閲の厳しい目を逃れたんだろうね？」と、アローシャがバロー師に尋ねた。バロー師は驚きに打たれ、眉をひそめながら彼女の肩越しに本を見つめていた。

「わたしがこれを調べるわけがない」バロー師の言葉は、わずかに自己弁護の響きを帯びていた。「調べるまでもなかった。これがまともな魔法書ではない、この図書室にふさわしくない書物であることは一目瞭然だった。実のところ、この件については、あの哀れなゲオルグとかなり激しく議論した。この本がまったく魔法については触れていないにもかかわらず、彼はこれを図書室の棚に残したいと言い張ったのだ」

「ゲオルグが？」アローシャがいっそう厳しい顔になる。「それは彼が消える前？」彼女の問いかけに、バロー師が一拍おいてうなずいた。

「もし、わたしがあのままこの本を見ていたら」と、わたしは話に割ってはいった。「この本は、ここに描かれた怪物のどれかを生み出していたんじゃ……」

「あるいは、あんたをそのなかの一匹に変えちまったか」アローシャがぞっとすることを言い出した。「五年前、ひとりの魔法使い見習いが姿を消した。同じ日に、ヒドラ獣が城の下水渠から這い出し、宮殿を襲った。あたしたちは、そいつがゲオルグを食っちまったんだと考えた。しかし、そうとも言えないようだね。もしかしたら、〝誉れの部屋〟の壁から、哀れなゲオルグの肖像をはずしてしまったほうがいいかもしれない」

「そもそも、どうしてこの本がここに?」わたしは、本を見おろしながら尋ねた。濃い緑と薄い緑の葉がまだらになった中心から、双頭の蛇の赤い眼がこちらをうかがっている。

「ああ、それなら……」と、バロー師は少しためらったのち図書室の奥へ進み、彼の背丈の半分ほどもある記録簿が並んだ棚に近づいた。なにか短い呪文をぶつぶつと唱えながら、並んだ背表紙を指でなぞっていく。すると、棚の端のほうにある記録簿の一ページが輝きはじめた。バロー師はその重い記録簿をうめきとともに取り出し、わたしとアローシャのいるテーブルまで運んだ。慣れた手つきで記録簿を支え、光るページを開く。光源は、そのページのなかの一行だった。「『怪物絵巻』、美しい装飾あり。著者不明……」彼は声に出して読んだ。「宮廷への贈りものとしてローシャ国より……」声がしりすぼみになった。インクの染みのついた人差し指が日付の上で止まる。「いまから二十年前、六冊贈られた書物のうちの一冊がこれだったようだ」そしてとうとう、ある人の名が出た。「ローシャ国のヴァジリー皇太子とお付きの大使が、これを持ちこんだということでまちがいなかろう」

美しい浮き出し模様のある邪悪な本は、依然としてテーブルの上にあった。わたしたち三人は無言のまま、それを囲んで立っていた。二十年前、ローシャ国のヴァジリー皇太子がクラリアを訪れた。そして三週間後、皇太子は真夜中に馬でクラリアを出発した。ハンナ王妃もいっしょだった。ふたりはローシャ国をめざし、追っ手を避けようとして〈森〉に近づきすぎた——と、巷の物語は伝えている。でも、おそらくそれより前から、ふたりは〈森〉に取り憑かれていたのだろう。ことによると、哀れな筆写人か製本人が道に迷って〈森〉に近づき、木々の枝の下で落ち葉を紙にはさんで持ち帰ったのかもしれない。あるいは、そこにあった樫の木のこぶから没食子インクをつくったのかもしれない。そして、筆写人はひと文字ひと文字に穢れを封じこめて本を仕上げた。〈森〉によって、王宮に忍び入るための罠が、そこに仕掛けられたのかもしれない。

「ここで、これを燃やせますか?」と、わたしは尋ねた。

「なんと?」バロー師が、糸を引かれたあやつり人形のように顔をあげ、抵抗を示した。彼はどんな本だろうと、燃やすのがいやなのだ。わたしも同じ気持ちだけれど、この本に関してはべつだった。

「バロー、どうなんだい?」アローシャが言った。その顔つきから、彼女もわたしと同じように感じているのがわかる。

「穢れを祓って安全な状態にすれば、この本を調べることもできる」バロー師が言った。「浄化に失敗したら、もちろん、荒っぽい方法を用いても処分しなければならないが」

「浄化できるかどうかにかかわらず、これは保管するようなしろものじゃないよ」アローシャが険悪な口調で言った。「これは鍛冶場に持ちこむべきだね。〝白い火〟を熾して燃やしちまおう。そして、灰になるまでしっかり見とどけなければ」

「なんであれ、すぐ燃やすわけにはいかない」バロー師が抵抗した。「これは、王妃の審判の証拠になる。まずは国王陛下にご報告しなければ」

　証拠……。わたしはようやく、そのことに気づいた。つまり、この本が王妃が穢れに冒されている証拠にされるかもしれないということだ。もし王妃がこの本に触れてしまい、〈森〉へと引き寄せられたのだとしたら、〈森〉にはいる以前から穢れに冒されていたことになる。この本が審判の証拠として採用されたら……。わたしは落胆とともにアローシャとバロー師を見つめた。ふたりはわたしを助けにここへ来たわけじゃない。わたしに役立つものを見つけさせないために、ここへ来たのだ。

　アローシャがわたしのほうを向き、ふっとため息をついた。「あたしは、あんたの敵じゃないんだよ。あんたはそう思ってるようだけど」

「でも、あなたは死刑を望んでる！　王妃とカシアの――」

「あたしが望むのは――」と、アローシャが言った。「この王国の安寧がつづくこと。あんたもマレクも、自分の悲しみにばかり囚われている。あんたは若すぎて、あんたが持つ本来の強さをまだわかっていないんだ。困ったことに、まだ人間に執着している。あと一世紀も生きれば、もう少しは分別もつくようになるんだろうけどさ」

　わたしはアローシャに言い返そうとした。なのに、なにも言えず、恐ろしさに打ちのめされて彼女を見つめた。ああ、わたしって、やっぱりばかなの？　いまのいままで、自分がサルカンやアローシャのように長く生きることになるなんて、考えてもみなかった。百年、それとも二百年？　魔女は不死身なのだっけ……？　不死身で、しかも、老化しない？　わたし、ずっとこのまま生きるの？　まわりのみんなが老いて、おとろえて、いなくなってしまっても、わたしはずっと生きつづけるの？　いっしょに伸びていたはずの葡萄の蔓が離ればなれになり、いつしか自分だけになってしまうみたいに。

「分別なんかほしくないわ！」わたしは声を張りあげ、この図書室の沈黙に噛みついた。「分別っていうのが、だれかを愛さなくなることなら、そんなもの、いらない。人を愛さないで、人をたいせつに思わないで、人生にほかになにが残るの？」そう言うそばから、さらに考えた。もしかしたら……そんな人生をあきらめる生き方があるんだろうか？　いまとはべつの生き方を選ぶことで、わたしの家族や、カシアを救える道がひらけるんだろうか？　わたしはなにがなんだかわからなくなった。いったいだれが、そんな生き方を望むの？　この世界からはみ出して、ふつうの人生をあきらめるという犠牲を払ってまで。

「アグニシュカ、きみは苦しみの季節を迎えたようだね」バロー師が、わたしをなだめるように手をあげ、静かに言った。わたしは彼の顔をじっと見た。目のきわにかすかなしわがある。それは、ほこりっぽい書物に埋もれて書物しか愛さず、彼が過ごしてきた長い歳月の証（あかし）だ。そう、アローシャも彼と同じ……。彼女は、本を火にくべることと同じように、人を火炙りの刑にすることをやすやすと口にする。わたしはサルカンのことも思い出した。ひとりで塔に暮らし、谷の村々から娘を連れ去る魔法使い……。塔で暮らしはじめたころに感じた、ふつうの人間がどう考え、どう感じるかなど、とうに忘れてしまったような、彼の心の冷たさ……。

「国家は民の集まりだ」アローシャが言った。「民っていうのは、あんたが愛するわずか数人より、もっとたくさんの人たちのことさ。〈森〉がおびやかしているのは、そのすべてをひっくるめた民なんだ」

「わたし、〈森〉から七哩（マイル）しか離れていない土地で暮らしてたのよ」と、わたしは言った。「だから、〈森〉の恐ろしさは、あなたに教えてもらわなくてもわかる。〈森〉を食い止めなくてもいいと思うのなら、とっくにカシアを連れて逃げてたわ。カシアをあなたたちにゆだねて、チェスの駒（ポーン）のようにあっちにこっちに、価値のないものみたいに扱わせるようなまねは、ぜったいにさせなかった！」

バロー師が驚いた顔になり、口のなかでなにかぶつぶつ言った。アローシャは驚きもせずに、眉をひそめた。「穢れ人を生かしたいと願っているのなら、あんたはまだ、ど素人だね。〈森〉がただの魔物のすみかだと思っちゃいないかい？　迷いこんだ人間に取り憑くのを待ってるだけだって。その愚かなだれかさんを助け出したら、それで災厄は終わりだって。いいかい、この王国があの〈森〉の魔力と対峙する最初の国じゃないんだよ」

「あの塔の……民のことを、言ってるのね？」わたしは、塔の地下深くに埋葬された王のことを思いながら、ゆっくりと言葉を選んで言った。

「そうか。あんたはもう、あの地下墓を見たんだね」アローシャが言った。「あれをつくった民の魔力を――あたしたちにはうかがい知れない、あの魔力の存在を知ったんだね？　だったらなおさら、あれを警告と受けとめ、もっと用心深くなるべきだ。彼らはけっして、ひ弱な民ではなかった。急襲されたわけでもなかった。なのに、〈森〉は彼らの塔を攻め滅ぼした。邪悪なオオカミと〈歩くもの〉どもが彼らを追いつめ、木々が谷をおおい尽くした。それでも、瀕死の魔法使いがひとりかふたりは北に逃れた――数冊の書物を携え、彼らの民族の物語を胸に刻んでね。そして、それ以外の人たちはどうなった？」アローシャは片手でテーブル上の本を示した。「悪夢のなかに取りこまれた――人間を狩る怪物のなかに。それこそ〈森〉が残した、あの民の痕跡なんだ。そいつらは最初から〈森〉に住んでいた怪物より、もっとひどかった。なぜなら、そいつらは人を取りこみ、怪物を生み出す怪物なんだから」

「そんなこと、わたしのほうが知ってるわ！」テーブルの上にある邪悪な本に触れたときのいやな感触がまだ両手に残っている。カシアの目の奥から、ヤジーの目の奥から、こちらをのぞいていた恐ろしい魔物の存在が、枝々の下で魔物が襲いかかってくる恐怖がまざまざとよみがえる。

「あんたのほうが？」アローシャがせせら笑った。「だったら、答えてごらん。あの谷の全住人を、この王国のどこかに根こそぎ移住させるってのはどう？　あんたたちは、なぜそうしないんだい？　あんな谷は〈森〉にくれてやればいいじゃないか。谷を捨てて、人々を救えばいい。どう？　あんたはこの提案に乗るかい？」わたしは彼女をじっと見返した。「〈森〉の影におびやかされながら、なぜ、いままでそうしなかった？」彼女はさらに言った。「なぜ、あの谷で暮らしつづけるんだい？　あんな邪悪なものに取り憑かれていない土地は、このポールニャ国にいくらでもあるんだよ」

　わたしは懸命に答えをさがしたけれど、見つからなかった。アローシャの言う考え方には、どうにもなじめなかった。カシアはいずれ谷から出ていくことを想像していた。彼女は召し上げられた十年後に、そうなる運命だと周囲から見なされていたからだ。でも、わたしはちがった。わたしはドヴェルニク村を愛していた。わが家のまわりの豊かでおだやかな樹林を、日差しにきらめいて流れる糸繰り川を、谷を囲む山々――わたしたちを守ってくれるやさしい壁――を愛していた。わたしたちの村の奥深いところには平和があった。それは、領主〈ドラゴン〉の統治がうまくいっていたからだけじゃない。そこが、わたしたちの故郷だからだ。

「あんたの故郷は、夜になると樹林から異形のものがあらわれ、子どもたちをさらっていくような土地なんだよ」アローシャが言った。「〈森〉がここまで勢いを取り戻す前でさえ、あの谷には穢れがはびこっていた。黄の沼領では、山越えの道の向こうから〈歩くもの〉どもがやってくるのを見たという話が、古くから語り継がれている。それは、人々があの山地にはいって木々を切り倒し、住みつきはじめる以前からの話なんだ。それでも人々はそこに住みついた。苦労してでも、そこで暮らしていこうとした」

「あなたは、わたしたち谷の人間がみんな穢れてるって、そう言いたいの？」わたしは恐怖に震えた。アローシャはあの谷を焼きはらおうとするかもしれない――彼女のことだから、あの谷を、そこに住む人々もろともに。

「いや、穢れてはいない」と、アローシャが言った。「ただ、引き寄せられている。あの川がどこに流れつくか、知っているね？」

「糸繰り川のこと？」

「そう。川っていうのは、ふつうは海に流れつくものだろう？　海か、そうでなきゃ湖か湿地に。樹林のなかに流れつくことはないんだ。ところが、あの川は……？　毎年、周囲の山脈から大量の雪解け水が、あの川にそそぎこむんだよ。その水がすべて地面に吸いこまれていくわけじゃないだろう。考えてごらん」アローシャは語調を強くした。「ただ、やみくもに恋しがるんじゃなくて。いいかい、あんたの故郷の谷は、現世の魔力を越えた不思議な霊力を秘めている。人はその力に引き寄せられ、草木はそこに深く根を張る。そう、人間だけじゃない。〈森〉に居ついているものがなんであれ、穢れを生み出しているそいつも、いつしかそこに居つき、谷の霊力を吸いとるようになった。そいつは、あの塔の民を滅ぼしたあと、一千年の眠りについた。わざわざ起こすような愚かな者はいなかったからだよ。ところがそこに、わがポールニャ国が踏みこんだ——軍隊を引き連れ、斧(おの)を持ち、魔法使いをともなって。そして、今度こそ、人間が勝利するだろうと考えた」

アローシャはやれやれと言うように首を振った。「あんなところに足を踏み入れちゃいけなかったんだ。踏みこんだうえに、兵はさらに進軍をつづけ、領土を広げ、木々を切り倒し、ついには〈森〉をふたたび目覚めさせてしまった。この先どうなるのかは、だれにもわからない。サルカンが〈森〉の襲撃を跳ね返すためにあの土地に住むようになったとき、あたしはそれを喜んだ。でもいま、彼は愚か者のようにふるまいはじめている」

「サルカンは愚か者じゃないわ」わたしはきつく返した。「そして、このわたしもね」腹を立てていたけれど、それ以上に……怖かった。アローシャの言葉のなかには一抹(いちまつ)の真実が含まれていたからだ。わたしは故郷が恋しくてたまらなかった。それは胃がきりきりと痛むほどの飢餓感に似ていた。故郷にいないと、自分の中身がからっぽになったような気がした。谷を出て山を越えたときから、毎日、故郷をなつかしんだ。根っこ……そう、わたしの心には根っこがある。その根は、穢れと同じくらいしぶとく、あの谷に根を張っている。わたしは、〝オルシャンカのマリア〟のことを思った。〝妖婆ヤガー〟のことを思った。そう、ほかのだれにも理解できない不思議な魔法を使う、わたしの姉たちのことを。なぜ〈ドラゴン〉があの谷から娘を召し上げるのか――それがふいに、わかったような気がした。なぜ、彼はひとりの娘を召し上げるのか、そして、なぜその娘は、十年の月日がたつと、谷から去っていくのか。

わたしたちは生まれたときから、あの谷に取りこまれている。自分の娘が召し上げられるかもしれないとわかっていても谷から去れないほど、あの土地に深く根を張って生きている。谷で育ち、あの川の水を飲み、〈森〉をも潤す土地の霊力を吸いあげながら……。ふいに、塔のてっぺんの部屋にあった不思議議な絵が思い出された。きらめく糸繰り川の流れ。そこにそそぎこむ、いくすじもの細い銀の川。あの絵の奇妙な引力が気になって、わたしはわけもわからず、絵に覆いをかけた……。いまようやくわかった。わたしたちは、〝媒介者〟なのだ。〈ドラゴン〉はわたしたちを利用し、谷の霊力を吸いあげる。あの塔にひとりの娘を住まわせる――その根がしおれ、娘が〝媒介者〟としての役目を終えるまで。根がしおれてしまえば、娘はもう谷との狂おしいほどのつながりを感じることもない。だから、谷から出ていける。そう、実際に立ち去る。ふつうの良識ある人々が〈森〉から逃れるように、〈森〉から遠く離れた土地をめざす。

わたしはどうしようもなくサルカンと話したくなった。彼の前に立ち、あの細い肩を揺さぶってやりたかった。だけどそれができない鬱憤を、アローシャにぶつけた。「そうよね、たぶん、あんな土地に住みついちゃいけなかったのよ。でも、もう手遅れだわ。〈森〉はわたしたちを放してくれない。わたしたちを逃がそうとしない。わたしたちを喰い尽くし、むさぼり尽くしたいんだわ。だから、〈森〉に吞みこまれたが最後、戻ってはこられない。もう、やめさせなきゃ、そんなこと。逃げるんじゃなくて、やめさせなきゃ」

「あんたがそう願ったところで、〈森〉はあきらめやしないよ」アローシャが言った。

「そんなの、手をこまねいている理由にならないわ。いまが絶好の機会なのに！」わたしは言った。「わたしたちは、これまでに三本の〈心臓樹〉を破壊したわ。召喚術と浄化の呪文を使って。だから、これからだって、もっとできる。〈心臓樹〉を破壊できる。国王陛下が充分な兵力を提供してくだされば、サルカンとわたしとで〈森〉を焼きはらい、もう一度あの土地を――」

「アグニシュカよ、いったい、なんの話だね？」バロー師が困惑の表情で言った。「それは、『ルーツの召喚術』のことかね？　この五十年間、あの魔法書を読みあげたものはだれも――」

「わかった」アローシャがぴしゃりと言い、濃い眉を持ちあげて、わたしを見つめた。「あんたの話を聞こうじゃないか。どうやって、三本の木を破壊したんだい？　最初からきちんと話してほしいものだね。ソーリャが正しくものごとを伝える男だとは思っていないからね」

　こうしてわたしは、言葉に詰まりながら、はじめて語りはじめた。サルカンとふたりで魔法書『ルーツの召喚術』の呪文を読みあげたこと。長い光の矢がカシアを照らし出したこと。〈森〉がカシアに襲いかかり、彼女を奪い返そうとしたこと。そして、最後のあの恐ろしい攻防。カシアを救うためには彼女を殺すしかないと思った瞬間、わたしの首を締めつけるカシアの指が一本、また一本と離れていったこと。そのあとに、ヤジーを救ったことも話した。召喚術によって炙り出された、人の奥底にひそむ奇妙な〈森〉——ヤジーもカシアも、その内なる〈森〉のなかをさまよっていたことを。

　わたしが話しつづけるあいだ、バロー師は苦しげに顔をゆがめていた。その表情は否定と肯定のあいだを揺れ動き、時折、「そんな例は一度も聞いたことが……」とか「召喚術を使ったという報告は絶えて久しく……」とか、疑いの言葉をはさんだけれど、アローシャの沈黙をうながすしぐさによって口を閉ざした。

　わたしが最後まで語り終えると、「なるほど」と、アローシャが言った。「あんたとサルカンの努力には感謝しよう。あんたたちは、まるっきり愚か者でもないようだ」彼女の片手にはまだ短剣があり、その刃先が石のテーブルを打っていた。カチン、カチン、カチン……。小さな音がベルのように部屋に響いている。「でもだからといって、それが王妃を救う理由にはならないね。二十年ものあいだ、王妃はあんたたちが見たその影のなかをさまよっていたんだ。もとの王妃のままでいられると思うかい？」

「もとのままというわけにはいかないわ。サルカンもそれは期待していない。でも、わたしはどうしても――」

「助けたいんだろ？　なぜって、マレクがあんたの友だちもついでに処刑しちまうからだ」

わたしはマレク王子にはなんの恩義も感じていない。でも、正直な気持ちを言葉にした。「もし、王妃がわたしの母さんだったら……わたしだって、マレク王子と同じように、なんでも試してみると思うわ」

「それは一国の王子ではなく、子どもの考えというものだね」アローシャが言った。「それに関しちゃ、マレクもソーリャも同類だ」そのあと、バローに向き直って言った。「あたしたちはもっと気をつけるべきだったたね――あのふたりが、サルカンが〈森〉から連れ帰ったという娘を塔まで調べにいくと言い出したときに」苦々しげな顔でわたしを見た。「あのときはとにかく、〈森〉がすでにサルカンに襲いかかっているんじゃないかと心配だった。あたしが望んだのは、その娘をただちに殺して、サルカンをここに連れ戻し、あたしたちの監視下に置くことだった。いまだって、それが最善の方法だったという考えに変わりはないよ」

「カシアは穢れてない！　カシアも、王妃様も穢れてないわ！」

「だとしても、〈森〉に都合よく利用されないとはかぎらない」

「恐ろしい事態を招く可能性があるという、ただそれだけの理由で死刑にするつもり？　ふたりに罪はないのに？」

バロー師が口をはさんだ。「アグニシュカの意見を無視することもできないだろう。なにしろ、三つの〈聖魔の遺宝〉がふたりの潔白をすでに証明しているのだから――」

「そう？　そんなのは無視すればいいじゃないか。それが〈森〉の暴走から王国を守るためなら」アローシャが容赦なく、わたしとバロー師の意見をくつがえした。「でも、あたしがふたりの死刑を切望しているなんて思わないでおくれ。むしろ、そうしたくないんだ」ここで、わたしに向き直り、「取り乱したあんたが愚かな行動に走るだろうことは、だいたい想像がつくからね。あたしにも、だんだんわかってきたよ――サルカンともあろうものが、なんであんたのわがままを聞き入れてきたのか」アローシャは短剣の刃先をまたもカチンとテーブルに打ちつけ、唐突にひとつの結論をくだした。「ギドナだね」

ギドナ……？　わたしはとまどって、アローシャを見つめた。もちろん、ギドナが遠い北地方にある海辺の都市だということは知っている。そこが王太子妃の出身地で、鯨油や毛織物が運びこまれる大きな港があるということも。

「ギドナなら〈森〉から充分遠いし、穢れは海と相性が悪い」アローシャが言った。「あの地へふたりを送りこむことを、国王陛下がお許しになれば……うまくいくかもしれない。ギドナには、領主の伯爵おかかえの魔女、〈白いヒバリ〉がいる。ふたりを幽閉して、〈白いヒバリ〉にしっかり監視してもらおう。十年間……。せめて、あたしたちがあの腐った〈森〉を焼きはらうまで。そうすりゃ、あたしもこんなに心配しなくてすむんだから」

バロー師は早くもその提案にうなずいている。でも……十年間！　やめて、と叫びたかった。一世紀も生きた人たちにとっては、十年間なんてあっという間なのかもしれない。けれど、わたしにはまたカシアを奪われるも同然だった。でも、わたしは叫ぶのをためらった。アローシャだってばかじゃない。彼女がなぜ用心に用心を重ねるのかもよくわかる。わたしはテーブルの上の穢れた『怪物絵巻』を見つめた。〈森〉はつぎからつぎへと罠を仕掛けてくる。黄の沼領に一頭のキメラ獣を、ドヴェルニク村に邪悪な白いオオカミどもを放ち、〈ドラゴン〉を毒牙にかけようとした。カシアをさらって、わたしを〈森〉におびき寄せた。そして、わたしがカシアを死にもの狂いで奪い返したあとも、彼女を使って、わたしと〈ドラゴン〉に穢れを植えつけようとし、それが失敗すると彼女を生かし、またもわたしたちを邪の淵に引きずりこもうとした。罠から懸命に逃れても、またつぎの罠が仕掛けられる。わたしたちの勝利をくつがえし敗北に変える手を〈森〉が繰り出してこないという保証がどこにあるだろう？

どうしたらいいかわからない。もし、アローシャの提案に同意し、彼女とともに国王に進言したら、どうなるんだろう？　その進言は受け入れられるだろうか？　この件についてサルカンに手紙を書いたら、彼は同意するだろうか？　わたしはくちびるを噛んだ。アローシャがきりっとした眉を持ちあげ、わたしの答えを待っている。ふいに、彼女の視線がわたしの背後に動いた。カロヴニコフの扉が開き、そこに〈ハヤブサ〉が立っていた。雪のように白いローブが光を受けて、入口の闇のなかで輝いている。鋭く細めた目がわたしたち三人をとらえ、くちびるが笑みをかたちづくった。「お取り込み中のようだね」彼は軽い調子で切り出した。「しかしそのあいだに事態が進展した。あなたがたもここから出て、審判に立ち合われてはいかがだろうか」

21 審判

隠れ家のようなカロヴニコフを一歩外に出ると、人けのない廊下のはるか先から舞踏会のざわめきが聞こえてきた。音楽はやんでいたけれど、遠くにある人声の海から、波のようにざわめきが押し寄せてくる。その音は、廊下を進むにつれて、どんどん大きくなった。わたしは〈ハヤブサ〉に導かれ、大きな扉にたどり着いた。召使いがすばやく観音開きの扉を開くと、その扉の先に大広間におりていく階段があった。階段の上から見渡せば、正面の高い台座の上に国王の玉座があり、その隣に白い礼服を着たモンドリア公国大使がすわっている。玉座をはさんで大使の反対側にはシグムンド王太子と王太子妃がいる。国王は、玉座のライオンの肢をかたどった袖に両手を置き、憤りで顔をまだらに染めていた。

そして国王の前、フロアの中央に、マレク王子が立っていた。王子の周囲に広い円形の空間ができている。踊っていた人たちが幾重にも輪になって、驚きに打たれて食い入るように輪の中心を見つめていた。裾の広がったドレスを着た貴婦人たちが、その輪にちりばめられた色とりどりの花のように見えた。輪の中心には、ハンナ王妃が囚人用の白いドレスをまとい、無表情のまま、カシアに片腕をあずけて立っていた。首をめぐらしたカシアが、階段の上にいるわたしを見つけて、安堵の表情を浮かべた。でも、わたしのほうから彼女に近づくことはできなかった。階段に人があふれて通り抜けられない。中二階の踊り場からも大勢の人々がフロアのようすを見守っている。

マレク王子の前で縮こまった王室秘書官が、厚い法典を楯のように構え、震える声でなにか話していた。秘書官が怖じけづくのも当然だった。彼から二歩と離れていないところにいるマレク王子は、歌で語り継がれる伝説の物語から抜け出してきたような戦士の装束に身を包んでいる。輝く鋼の鎧、片手には牡牛でも斬り殺せそうな剣、そしてもう一方の手には兜。その姿は、まさに〝正義の復讐〟を体現していた。

「け、穢れの審判につきましては――」と、秘書官がもごもごと言った。「決闘による真偽の判定は、ボグスラヴァ法によって、明確に禁止されており――」秘書官は言葉の途中で、はっと息を呑み、後ずさった。彼の顔の間近でマレク王子が剣を振りあげていた。

マレク王子は体の向きを変えながら、大広間にいるすべての人々に見えるように剣を示していった。人々は息を詰め、剣の切っ先から逃れるようにさらに後ろへ引いた。「ポールニャ国王妃には公正な審判を受け、栄誉に浴する権利がある！」王子が声を張りあげた。「いかなる魔法使いも前に進み出て、王妃に穢れのしるしが認められるかどうかを、とくと確かめるがよい！　さあ、そこにいる〈ハヤブサ〉よ、どうだ！」王子が身をひるがえし、階段上にいる〈ハヤブサ〉を剣で示した。群衆がいっせいにわたしたちのほうを振り向いた。「さあ、王妃を魔術で試すがよい！　すべての臣下の見守る前で、王妃にわずかなりとも穢れが認められるかどうかを見きわめよ！」そこに居合わせるすべての人々が、大公も給仕もひとつになって、王子の堂々たる口上に感じ入ったため息をもらした。

　だからこそ、国王はマレク王子のふるまいをすぐには咎めなかったのだろう。階段にいる人々がどうにか道をあけ、〈ハヤブサ〉を通した。〈ハヤブサ〉はローブの長い袖と裾を引きずりながら階段をおり、国王に向かって深々とお辞儀をした。重そうななにかを詰めた大きな袋を肩からさげているのは、このときのためにちがいなかった。彼が人差し指を軽く曲げると、高い天井の魔法ランプが四つ、するするとおりてきた。彼は王妃のそばに立ち、袋の口を開き、なかに手を突っこんだ。そして、静かに呪文を唱えながら袋から青い砂を取り出し、勢いよく王妃の頭上に振りまいた。

　わたしには呪文の言葉は聞きとれなかったけれど、高熱の白い光が〈ハヤブサ〉の指からほとばしり、落ちてくる砂を刺し貫くのが見えた。ガラスの溶ける匂いが立ちこめ、白い煙がかすかにあがった。青い砂は床に落ちる前に宙で溶け、空間に奇妙なゆがみを残して消えた。そのせいで、無数の鏡に囲まれた王妃とカシアを厚いガラス越しに見ているような奇妙な錯覚にとらわれた。空間のゆがみのなかで魔法ランプがいっそう強い輝きを放ち、まばゆい光が王妃の肩に添えられたカシアの片手の肉を通過し、骨を照らし出した。と同時に、王妃の頭蓋骨と歯列のかたちもかすかに浮かびあがった。

マレク王子が王妃に近づいて手を取り、すべての人々に見えるように、大きな円を描いて歩いた。ここにいる王の廷臣や貴族たちは、大司教による〝聖ヤドヴィガのヴェール〟を用いた審判を目撃してはいない。彼らは白い簡素なドレスを着た王妃を穴があくほど見つめた。王妃の体内をめぐる血管が光のすじとなって浮きあがり、体のすみずみまで照らし出している。王妃の両目がランプのように輝き、半開きになったくちびるから光の息がこぼれる。どこにも影はない。どこにも黒い染みは見つからない。廷臣たちが言葉にならないつぶやきを繰り返すうちに、王妃の体の輝きはじょじょにおとろえていった。

まわりの厚いガラスが砕け散るように、王妃の姿が実体感を取り戻し、淡い青の煙がふたたびかすかにあがった。「さあ、もっと王妃を調べよ、さあ！」マレク王子が、沸き立つ会話の声に負けない大声を張りあげる。正義の使者になったかのように、ほおを紅潮させて。「あらゆる証人よ、前に出よ。〈ヤナギ〉よ、前に。大司教よ――」
マレク王子の独壇場だった。もしここに国王が割ってはいり、王妃を連れ去るように命令し、そののち死刑に処したら、いったいどうなることだろう？　王様が王妃を殺したという噂がこの場に居合わせた人々から果てしなく広がっていくだろう。それを国王も察知していたにちがいない。国王は廷臣たちを見まわし、あごを力強く引いて、うなずきの合図を送ると、玉座に深く身をあずけた。こうして、マレク王子は魔法にたよらず、みずからの力で父親を心変わりさせた。国王がこれを審判と呼ぼうが呼ぶまいが、事実上、審判はすでにはじまっていた。

　わたしにとって国王の姿を見るのはこれで三度目になるけれど、王はあいかわらず、ひどく疲れて見えた。あまりにもたくさんのしわが顔に刻まれ、しかめっつらがもとに戻ることはなく、慈悲深い王様には見えなかった。ひと言であらわすなら、〝苦悩の王様〟だ。そしていまはそこに、冬の嵐のように寒々しい怒りも加わっている。それでも国王は、王妃の運命に最後の審判を下さなければならない立場にあった。

　わたしはこの審判を中止させたかった。前に走り出て、もうやめてとマレク王子に訴えたかった。でも、もう遅い。すでに銀のドレスをまとった〈ヤナギ〉が証人として前に進み出て、一本の柱のように直立していた。「穢れは認められません。けれども、穢れがまったくないと誓いを立てることも、わたくしにはできません」〈ヤナギ〉は冷ややかに言った。台座の上の国王を見あげ、直接話しかけている。マレク王子が口もとをこわばらせようが、手甲の手が剣の柄をこすろうが、彼女はまったく意に介さなかった。「王妃様は、本来の王妃様ではございません。ひと言も話されず、ご自身のお立場を認識していらっしゃるかどうかもわかりません。お体もすっかり変わってしまわれた。骨も腱も、もはや人のものではありません。穢れを宿さずとも、お体はまるで石や金属のよう。この変化は、穢れが残したものにちがいありますまい」

「もし王妃が穢れを宿していたのなら」と、〈ハヤブサ〉が割ってはいった。「わたしの魔術によって、暴き出されていたのではないだろうか」

〈ヤナギ〉は〈ハヤブサ〉にはうなずくことすらしなかった。明らかにいまは彼が発言する番ではない。国王がさがるようにと手で合図すると、〈ヤナギ〉は国王に向かってうやうやしく頭をたれた。

つぎの大司教も、〈ヤナギ〉と同じように明言するのを避けた。彼はただ、大聖堂に保管してあったすべての〈聖魔の遺宝〉を用いて王妃を調べたことだけ告げて、王妃が穢されていないとは断言しなかった。〈ヤナギ〉も大司教も、あとになってまちがっていたと指摘されるのを恐れていたのだろう。

さらに数名の証人があらわれ、王妃を弁護した。王妃を診察した医師団を、マレク王子がこの場に呼び寄せていた。彼らはカシアのことにはいっさい触れなかった。カシアが王妃と運命をともにすることなど、彼らにとってはどうでもいいことなのだ。それでも、カシアの生死は彼らの証言にかかっていた。カシアの隣で、王妃は無言のまま、ぼんやりと立っていた。体から輝きはすでに消えて、廷臣たちの視線を浴びても、その表情はうつろで、なんの変化もなかった。

わたしは、横にいるアローシャを見つめた。もう一方の側にはバロー師もいた。順番がまわってきたら、彼らは国王の前に出て、あのおぞましい書物『怪物絵巻』について話すことになるのだろう。いま、あの本は、カロヴニコフの床に塩と鉄粉で幾重にも描かれた円の中心に、最大限の防御の呪文をかけられて封印されている。すぐそばには衛兵らも控えて監視をつづけている。アローシャは、自分の番が来たら、不確かな希望にすがるべきではないと、それは王国にとってあまりにも危険なことだと、国王に進言するのだろう。そして、国王は——もしみずから望むなら——玉座から立ちあがり、穢れを防ぐための〝反不浄法〟は絶対だと宣言する。苦渋の表情をつくり、王妃に死を宣告する。もちろん、そうなったときはカシアも道連れだ。国王を見つめていると、彼ならそうしてもおかしくないと思えてきた。いや、きっとそうする……。

国王は、みごとな彫刻をほどこされた玉座に、体を支えるものを求めるように深々と身を沈め、こわばった口もとを片手でおおった。ひとつの決断が、王の上に雪のように降り積もっていく。最初はわずかな粉雪だったとしても、雪は少しずつ重さを増して、やがては耐えきれない重さになって、国王に決意をうながすことだろう。これからまた新たな証人があらわれたとしても、王はその証言に耳を傾けないだろう。もう、結論は出ているのだ。国王の重苦しくけわしい顔つきを見れば、わたしにはカシアの死が予見できた。絶望に駆られて、同じ広間の遠くにいる〈ハヤブサ〉の視線をとらえた。彼の横には、マレク王子が緊張の面持ちで、剣の柄を握りしめて立っていた。

〈ハヤブサ〉はわたしを見つめ返し、自分にできることはすべてやったと言いたげに両腕を広げると、マレク王子になにごとかささやきかけた。証言していた最後の医師が引きさがったところで、王子が言った。「〈ドヴェルニク村のアグニシュカ〉よ、国王の前に出て、王妃がいかにして救出されたかを証言せよ！」

これこそ、わたしがずっと望んできたことだった。審判で証言したいばかりに、わたしは首都クラリアをめざし、国家魔法使いの名鑑に加わろうとがんばった。だれもがわたしを見つめていた。国王でさえ苦しげに眉を寄せ、わたしに視線をそそいでいる。でもいったい、なにを話せばいい？　わたしなんかが、王妃は穢れていませんと言ったところで、王様や廷臣たちがそれを重要な証言として認めてくれるものだろうか。ましてや、カシアに関する話に、彼らがまともに耳を傾けるはずがない。

わたしが頼めば、〈ハヤブサ〉は、『ルーツの召喚術（しょうかんじゅつ）』の長い呪文をいっしょに唱えてくれるにちがいなかった。白い光がこの大広間を満たし、真実をさらけ出す――その光景を頭の片隅に思い浮かべないでもなかった。でも……でも、王妃はすでに〝聖ヤドヴィガのヴェール〟による精査を受けている。そして、ここにいる人々も、〈ハヤブサ〉の透視術によって王妃が調べ尽くされるようすを目撃した。国王には、王妃が穢れを宿していないことがわかっているのだ。結局、真実が問題ではない。廷臣たちは真実を求めていない。国王も真実を求めていない。だから、真実を彼らの目にさらしたところで、これまでと同じように、いともたやすく無視されてしまうだろう。

　でも、とわたしは思った。真実とはまったく異なるものを、わたしは彼らにあたえられるかもしれない——そう、彼らがほんとうに求めているものを。それがなにか、わたしはやっと気づいた。ここにいる人々は、知りたがっている。彼らは、それがどんなだったかを実際に見てきたように理解したいのだ。自分もそこに参加していたかのように——自分も王妃救出劇の登場人物だったかのように。旅の歌唄(うた)いたちに歌われる世界のひとりになりたい。たとえ真実とはちがっても、それを彼らに提供することで、わたしはカシアの命を救うことができるかもしれない。

　わたしは目を閉じて、幻影の術を記憶から呼びさました。幻の軍隊を呼び出すほうが、実在の軍隊をつくるよりずっとかんたんだと、いつだったかサルカンが言った。あれは、わたしが魔法修業をはじめたころだった。いまでは、彼の言うとおりだとわたしにもわかる。どちらも幻なら、一輪の花の幻をつくるのも、あのとてつもなく巨大な〈心臓樹(しんぞうじゅ)〉をまるごと出現させるのも同じ。大きいからむずかしいわけじゃない。こうして、ただちに、いともかんたんに、大理石の床をめりめりと破って、あの巨大な〈心臓樹〉が生えてきた。カシアがはっと息を呑んだ。女性の甲高い悲鳴があがった。ガタンガタンと椅子の倒れる音がする。わたしは大広間に響くすべての音を頭から閉め出した。呪文を舌の上で転がしながら、この術に魔力をそそぎ、胃の裏側にずっと凝り固まっていた苦しい思いを吐き出した。〈心臓樹〉はさらに生長し、大広間いっぱいに銀の枝を張った。天井は銀の葉でおおわれ、果実のすさまじい臭気が立ちこめた。胃がむかつきはじめ、突然、護衛隊長ヤノスの首が足もとのくさむらにごろりと転がって、伸びつづける根っこにぶつかった。

　すべての宮廷人が悲鳴をあげ、壁に向かって突進した。でもそのころには周囲の壁が消え、その先に樹林が広がっていた。鋼がぶつかり合うような響きが聞こえた。マレク王子が驚きの叫びをあげて身をひるがえし、剣を振りあげる。銀色の大カマキリが彼に襲いかかり、鎌で背中を打ち、そのとがった先端で鋼の鎧をギギギーッとこすった。王子の足もとのくさむらには屍が折り重なって、天を見あげている。

　煙が目の前を流れ、炎がバチバチとはじけた。〈心臓樹〉の幹に目をやると、そこにサルカンがいた。〈心臓樹〉にとらえられた彼の体を、銀色の樹皮がおおい尽くそうとしている。そのとき、「さあ、アグニシュカ」と、サルカンが言った。彼の指のあいだから秘薬〝火の心臓〟が赤く輝いている。とっさに、わたしは彼のほうに手を伸ばした。届きそうで、届かない。あのときの苦しみと不安がよみがえる。その一瞬——ほんの束の間——サルカンはただの幻ではなくなっていた。ただの幻ではなかった。驚きに打たれたわたしに向かって、彼は顔をしかめ、目で語りかけた。なにをやっている、このばかたれ！　まぎれもなく、そこに彼がいた——ほんもののサルカンが。つぎの瞬間、浄化の炎がわたしたちのあいだに燃えあがり、彼は消えた。そう、彼はふたたび、ただの幻に戻り、炎に包まれた。

わたしは両手で〈心臓樹〉の幹に触れた。樹皮がめくれあがり、熟れすぎたトマトの皮のように裂けはじめた。わたしの横にはカシアが——ほんもののカシアがいて、両手で激しく幹を打ちつづけている。幹がまっぷたつに裂けはじめた。カシアがそれを押し開き、王妃がぐらりと前のめりに倒れてきた。王妃の両手が助けを求めて宙をかき、わたしとカシアの手が王妃の手に触れた。王妃の顔に、突然、人間の表情が戻った。王妃は恐怖に顔をゆがめていた。わたしたちは王妃の体を受けとめ、引きずった。炎の呪文を唱える〈ハヤブサ〉の声が聞こえた。その瞬間、はっとわれに返った。〈ハヤブサ〉はほんものの炎を呼び出している。ここは〈森〉じゃない。ここは国王の宮殿——。

それに気づいたとたん、幻影の魔術がわたしの手からするりと逃げて、勢いを失った。〈心臓樹〉が燃えながら消えていく。炎が根っこから幹へと這いあがり、木をまるごと呑みこむと同時に、〈森〉も消失した。多くの骸は地面に沈んでいった。最後に、すべての兵士の顔がちらりと見えた。涙でほおを濡らしながら、わたしは彼らを見つめつづけた。彼らの幻をつくりだせるほど、ひとりひとりの顔を覚えていたことをいまになって知った。そして、最後に残った葉むらの影が消え、そこはすっかりもとの宮殿の大広間に戻り、玉座の前に国王が驚愕の表情で立ちつくしていた。

〈ハヤブサ〉が荒い息をつきながら、体をひねってあたりを見まわした。彼の両手のあいだではいまも炎がはじけて、大理石の床に火の粉を散らしている。マレク王子が振り返って、もうどこにもいない敵をさがした。王妃がフロアの中央で、目を大きく見開き、震えながら立っていた。宮廷人たちは周囲の壁に背中を押しつけ、身を寄せ合っていた。大広間のまんなかにいるわたしたちから、できるかぎり離れていたいのだろう。わたしは両脚をがくがく震わせ、膝をついて、両手でおなかをかかえた。気分が悪くて吐きそうだ。二度とあんなところに、〈森〉になんか戻りたくなかったのに……。

衝撃からいちばん早く立ち直ったのは、マレク王子だった。王子は荒い呼吸で胸を波打たせながら、国王に近づいた。「われわれは、このようにして王妃を奪い返したのです！」彼は国王に向かって叫んだ。「邪悪なるものに打ち勝ち、王妃を奪還した。王妃を救うために、ここまで多大な犠牲を払った！　そして、これと同じ邪悪なるものに、父上は手を染められるかもしれません——もし父上が……もし……ああ、わたしはその邪悪が遂行されるのを見たくない！　そんなことをされるおつもりなら、わたしは——」

「口をつつしめ！」国王がマレク王子を叱りつけた。あごひげを生やしていても、顔が青ざめているのがはっきりとわかる。

マレク王子の赤らんだ顔とぎらぎらした目には怒りと敵意があふれ、手はまだ剣を握っていた。彼はさらに一歩、玉座に近づいた。国王がかっと目を見開いた。国王も怒りで紅潮し、そばに控えている六人の衛兵を手招きした。

ハンナ王妃が突然、声を張りあげた。「やめて！」

マレク王子が振り返り、王妃を見た。王妃がよろっと前に踏み出した。たった一歩に苦労し、足を引きずっている。マレク王子がその姿をじっと見つめた。王妃はさらに一歩進み、王子の腕をつかんだ。「やめて」と、同じ言葉を繰り返し、剣を持った手をさげさせようとする。王子は抵抗したが、王妃が顔をあげて目を見つめると、その顔がたちまち少年の面差しに変わり、王妃を見おろした。「あなたはわたくしを救ってくれた」王妃はマレク王子に語りかけた。「マレク坊や、あなたはすでにわたくしを救ってくれたのよ」

マレク王子のおろした腕をつかんだまま、王妃はゆっくりと国王のほうを見た。国王は台座の上から王妃を見おろした。雲のようにふんわりとした短い髪でふちどられた王妃の顔は、青白く、美しかった。「わたくしは死を求めます」王妃はそう言った。「わたくしは死を強く求めます」王妃は足を引きずってさらに一歩進むと、台座をのぼる階段にひざまずき、マレク王子にも恭順の姿勢をうながした。マレク王子が頭をさげ、床に目を伏せると、王妃は下からその顔をのぞきこんだ。

「どうか、王子をお許しください」王妃は王に向かって言った。「わたくしは法を知っております。死ぬ覚悟はついております」マレク王子がびくっとしたが、王妃は彼の手を放さなかった。「わたくしはポールニャ国の王妃です！」声がひときわ大きくなった。「わたくしには、この国の法に準じて死ぬ覚悟があります。しかし、裏切り者として死にたくはありません」

王妃は自由なほうの手を王に向かって差し出し、さらにつづけた。「わがきみ、カシミールよ。わたくしは裏切り者ではありません！　彼がさらった……彼がわたくしをさらったのです！」

大広間のあちこちでどよめきが起こり、洪水のように一気にあふれかえった。わたしは疲れきった首をもたげ、あたりを見まわした。なにがなんだかわからなかった。アローシャと目が合うと、彼女の顔が苦々しげにゆがんだ。

王妃の声は震えていても、周囲の喧噪にかき消されないだけの大きさを保っていた。「穢れの罪で、わたくしを死刑にしてくださってけっこう。でも、天の神はご存じです！　わたくしは夫と子を捨てて逃げたわけではありません。あの裏切り者、ヴァジリー皇太子が宮廷からわたくしをさらい、兵士を使って〈森〉に連れ出した。そして、ヴァジリーみずから、わたくしをあの木に縛りつけたのです」

22

一個の果実、あるいはひと粒の種

「あんたには警告しておいた」アローシャは、ハンマーを剣に打ちつけながら、目をあげることもなく言った。わたしは、彼女の鍛冶場の、火の粉がぎりぎり降りかからない片隅で膝をかかえて黙っていた。言えることなどなにもない。アローシャから警告されたのは、まぎれもない事実なのだから。

ヴァジリー皇太子自身は最初から穢れに冒されていた——でなければ、あんな見さかいのない行動に出るはずがない。なのに、だれもそれを気にしなかった。ヴァジリー皇太子は〈森〉で息絶え、彼の骸は〈心臓樹〉の根もとで朽ちて木の養分になった。なのに、それを気にかける者もいなかった。すべては『怪物絵巻』のしわざ——だとしても、それを気にしなかった。ヴァジリー皇太子が王妃を誘拐し、〈森〉に連れ出した。それがまるできのうのことのように人々の怒りをあおり、〈森〉ではなく、ローシャ国に対する宣戦布告へと駆り立てた。

　わたしはこの件についてマレク王子と話し合おうとしたけれど、結局、時間の無駄だった。王妃の赦免から二時間もたたないうちに、彼は中庭に建つ調教小屋へ行き、戦馬を選びはじめた。

「戦にはおまえも連れていく」彼は居丈高に言い、円を描くように歩かせている鹿毛馬の足の運びから目をそらすこともなかった。その片手は馬の手綱を握り、もう片方の手には長い鞭を持っている。「ソーリャから聞いている。おまえと組めば、あやつの魔術の威力が倍になるそうだな」

「いやです！」と、わたしは返した。「ローシャ人を殺す手助けなんかするもんですか！　戦う相手は〈森〉よ。ローシャ人じゃないわ」

「もちろん、〈森〉とは戦う」王子はあっさりと言った。「ライドヴァ川の東岸を奪えば、ヤラル山脈のローシャ国側を越えて南下できる。となれば、わがポールニャ国軍で〈森〉をはさみ撃ちにすることもできるだろう。ようし、この馬に決めた」最後は厩番に言った。手綱を渡し、手際よく鞭の革ひもをまとめ、わたしのほうを向く。「いいか、よく聞け、ニーシュカ」わたしは無言で彼をにらみつけた。なんのつもりで、わたしを愛称で呼ぶわけ？　それどころか、彼はわたしの肩に腕をまわして歩きはじめた。「もし、わが国の軍隊の半分を南へ、おまえの故郷の谷へ送ったら、どうなると思う？　ローシャ国は、守りの手薄なところを突いて、ライドヴァ川を越えてくるだろう。そして、首都クラリアを攻め落とす。ローシャ国が〈森〉と手を結んだ狙いは、おそらくはそこだな。われわれが〈森〉にかまけることこそ、ローシャ国の思うつぼだ。

〈森〉は軍隊を持たない。〈森〉はどこにも行かない。われわれがローシャ国との戦いを終えるまで、待たせておけばよい」

「〈森〉と手を結ぶものなんか、どこにもいないわ！」わたしは言った。

マレク王子は肩をすくめた。「手を結んでいないとしたら、わがポールニャ国を陥れようと意図的に〈森〉を利用した、そういうことだ。母上を終わりなき地獄に突き落とした卑劣漢ヴァジリーが死んだのはいい気味だと思わないか？　やつが最初から何者かのしわざで穢れに冒されていたのだとしても、そんなことはどうだっていい。わが軍を南下させれば、その好機をローシャ国が見逃すはずがない。守りを固めるまでは、ぜったいに〈森〉に手をつけるわけにはいかない。目先のことに惑わされるな」

わたしはさっと身を引き、彼の手から逃れた。なれなれしい態度が腹立たしかった。そのあと、カシアと中庭を横切り、アローシャの鍛冶場（かじば）へ急いでいるとき、わたしは彼女にこのことを話した。怒りがおさまらず、カシアに言った。「わたし、目先のことに惑わされているわけじゃないわ」

でも、同じ話をアローシャにすると、彼女はむっつりと冷たく、「あんたには警告しておいた」と言った。「〈森〉をあやつるやつは、愚かで猛々しいけだものとはちがう。そいつは目的のために思考し、計画し、行動する。そいつには人の心のなかが見えるんだ。そして、心に毒をたらしこむ」アローシャは鉄床から剣を持ちあげ、水のなかに突っこんだ。巨大なけものが息を吐くように、湯気がもうもうと巻き起こる。「穢れが認められないなら、なにかべつのくわだてが進められているると見るべきだったね」

わたしの横にしゃがみこんでいたカシアが顔をあげた。「あたしも……その……くわだての一部にされているの？」つらそうな声でアローシャに尋ねる。

アローシャがハンマーの動きを止めて、カシアをちらりと見た。わたしは息を詰めて答えを待った。アローシャが肩をすくめた。「役目は終わったんじゃないか？　あんたが救出され、つぎに王妃が救出され、いまやポールニャ国とローシャ国が戦火を交えようとしているんだから。戦がはじまれば、前線に送る兵士を出し惜しむわけにはいかない。敵と充分に渡り合えるだけの兵力が必要になる。国王は人も物資も、ありったけ集めようとなさるだろう。この王国が丸裸になるまでね。ローシャ国のほうだって同じだよ。戦に勝とうが負けようが、今年の収穫はひどいもんになる」

「最初から、それが〈森〉の狙いだったのね？」カシアが言った。

「狙いのひとつだった」と、アローシャが言う。「〈森〉は好機さえあれば、まちがいなく、アグニシュカとサルカンを喰らった。そして一夜のうちに、あの谷をむさぼり尽くしていた。ただし、木は女とちがう。子を産み、育てることができない。精いっぱい多くの種子をまき、そのひと握りが育つことに賭けるしかない。あの『怪物絵巻』も、その種子のようなものだろう。王妃もしかり。すぐに海辺の町に送り出してしまうべきだったね、あんたとアグニシュカをつけて」アローシャは鍛冶の仕事に戻った。「でも、もう手遅れだ」

「もしかしたら、わたしたちは谷に帰ったほうがいいのかもしれないわ」わたしはカシアに言った。そして、故郷の谷を思うだけで胸の底から湧きあがる熱いうねりに呑(の)みこまれてしまわないように懸命に耐えた。わたしは、自分の言うことがまちがっていないと信じたかった。「ここにいても、もう、なにもすることがないもの。わたしたちが谷に帰れば、〈森〉を焼きはらうのを助けられるわ。谷全体で兵士が少なくとも百人は集められるし――」

「百人の兵士ね」アローシャが鉄床を見つめたまま、鼻をフンと鳴らした。「そりゃあ、あんたとサルカンと百人の兵士がいれば、〈森〉に痛手を負わせてやれるだろう。それを疑うつもりはない。だがね、そうしたところで、〈森〉からわずかな土地も奪い返せない。そうしているあいだにも、〈森〉はライドヴァ川の岸辺で二万人の兵士に殺し合いをさせるだろう」

「どのみち、それが〈森〉の狙いだもの！」わたしは言った。「あなたには、どうにもできないの？」

「あたしはこれをやっている」アローシャはそう言って、剣をまた火炉(かろ)に入れた。わたしたちがここにすわっているあいだに、彼女はもう四回も同じ工程を繰り返している。そんな必要があるんだろうか？　鍛冶場で剣を鍛えるところを見るのははじめてだったが、鍛冶屋の仕事はこれまでに何度も見てきた。幼いころは鍛冶屋がハンマーで大鎌を打つのを見るのが大好きで、鍛冶屋は剣を鍛えているふりをして、わたしたち子どもを楽しませてくれたものだった。わたしたちは小枝を剣に見立て、湯気のあがる鍛冶場で戦いごっこをした。だから、剣を鍛えるために同じ工程を何度も繰り返す必要がないことは知っていた。でも、アローシャは、またも火炉から剣を取り出し、鉄床にのせた。わたしはようやく、彼女がハンマーで剣をたたきながら鋼に呪文を吹きこんでいるのだと気づいた。ハンマーを振りあげながら、くちびるがかすかに動いている。一度では完結しない、一風変わった魔術だ。彼女は剣に染みついた呪文をとらえ、そこに新たな魔力を吹きこみ、もう一度、剣を水のなかに突っこんだ。

しずくをしたたらせた黒っぽい刃が水からあらわれた。剣には奇妙な渇きが宿っていた。じっと見つめると、地面にあいた底なしの裂け目に、切り立つ岩の狭間に落ちていくような感じがした。ほかの剣とは、たとえばマレク王子が使っている魔力を備えた剣とはちがっていた。この剣はとにかくあらゆる命をむさぼりたがっている。

「あたしは、百年間、この刃を鍛えてきた」アローシャが剣を持ちあげて言った。わたしは彼女を見た。剣から目をそらすことができてほっとした。「〈カラス〉が死んで、サルカンがあの塔に行ったときから、あたしはこれを鍛えはじめた。いまではもう、鉄よりも魔法の成分のほうが多くなっているだろう。剣はもとの形状を記憶しているだけ。だから、一太刀しかもたない。だけど、それで充分」

アローシャは剣をまた火炉に入れた。わたしたちは炎のなかの剣を見つめた。炎の影が長い舌のように伸びている。「あなたが殺そうとしているのは……」と、カシアが火を見つめ、ゆっくりと言った。「〈森〉をあやつるやつ、なのね？」

「この剣はなんでも殺せる」と、アローシャが言った。わたしにはそれがほんとうだと信じられた。「うまくいけば、そいつの首を落とせるだろう。でも、そうするためには……百人よりももっとたくさんの兵士が必要だ」

「王妃様にお願いすればいいわ」と、カシアが唐突に切り出した。わたしは驚いて彼女を見た。「王妃様に忠誠を誓った諸侯たちが何人もいるの。あたしが王妃様といっしょに監禁されているとき、そのうちの十数人が王妃様のもとへ表敬に訪れたわ。〈ヤナギ〉が彼らをなかに通そうとしなかったけれど……。王妃様ならきっと、あたしたちのために兵を提供してくださるわ――ローシャ国との戦いに送りだすよりも先に」

そうだ、王妃様ならきっと〈森〉を破滅させたいとお考えになるだろう。マレク王子や国王やすべての宮廷人がわたしの嘆願をないがしろにしても、王妃様ならきっと聞き入れてくださるはずだ。

こうして、わたしとカシアは大会議室の外で待つことにした。王妃がそこでおこなわれている作戦会議に参加していたからだ。衛兵たちはすでにわたしがだれかを知っているから、なかに入れてほしいと頼めば扉を開いてくれただろう。彼らは不安と関心が入り交じった目で、わたしのほうをちらちらと見た。まるでわたしが腫(は)れたおできで、いつなんどき魔術という膿(うみ)が噴(ふ)き出すかわからないと恐れるように。でも、わたしは彼らに頼んでなかにはいりたいとは思わなかった。大貴族(マグナート)や将軍たちが、どうやったら敵の兵士一万人を効率よく殺せるか――あらゆる畑の作物を腐らせようが、どうやったら戦争に勝てるかを話し合うような会議になんか出たくなかった。まるで新しい兵器のように彼らに利用されるのはまっぴらだ。

カシアといっしょに廊下の壁に背中をあずけて待っているうちに会議が終わり、貴族や軍人たちがどっと扉から出てきた。たぶん、王妃はいちばん最後に、お付きの者に支えられて出てくるのだろうと思っていた。でも、そうではなかった。王妃は人の流れの中心にいた。頭にかぶった黄金の輪飾りは、おそらくラゴストックがつくっていたもので、金色の髪の上で黄金がきらめき、赤いルビーが燦然(さんぜん)と輝いている。身につけているのも赤い絹地のドレスで、まるで一羽の紅(コウ)冠鳥(カンチョウ)に群がるスズメのように、宮廷人たちが王妃を取り囲んでいた。最後に出てきた国王は、バロー師と顧問官らしきふたりの男と低い声でなにか話していた。

カシアがわたしと目を合わせた。わたしたちは、人混みのなかを突き進んで王妃に嘆願するはずだった。大胆なふるまいだが、カシアが力ずくで道を開いてくれれば、できないことではない。でも、わたしたちはとまどった。王妃があまりにも変わってしまったからだ。以前のぎくしゃくした動きも、独特の静けさも消えていた。王妃は周囲の諸侯らにうなずき、ほほえんでいた。ふたたび高貴な人々のひとりに、舞台の上で動く役者のひとりになって、周囲と同じように優雅にふるまっていた。わたしは動かなかった。王妃の視線がわたしたちのいるほうにわずかに動いたけれど、わたしはあえてその視線をとらえようとはしなかった。わたしはカシアの腕をつかみ、さらに壁ぎわに引いた。頭の上をフクロウがかすめ飛ぶのに気づいた穴のネズミのように、なにかの勘がはたらいた。

衛兵たちも最後にわたしを一瞥(いちべつ)し、宮廷人たちのあとにつづいて歩み去った。廊下はからっぽになった。わたしの体はがくがく震えていた。「ニーシュカ……あれはなんなの？」カシアが言った。

「なんだか、まずいことになったみたい」わたしはそう返したけれど、なにがまずいのかわからなかった。でも、なにか読みちがいをしたという確信が、深い井戸の底に落ちるコインのように、わたしのなかを通過していった。「わたし、まちがってた……」

歩き出したわたしのあとを、カシアがついてきた。廊下を進み、狭い階段をのぼるころには、ほとんど走っていた。自分の小さな部屋にたどり着くと、後ろ手にドアを閉めてもたれかかった。カシアが心配そうに、わたしの顔を見つめて言った。「王妃様はどうなさってしまったのかしら……」

わたしは部屋のまんなかに立つカシアを見つめ返した。暖炉の炎がカシアの肌や髪を金色に輝かせている。目の前に立つ彼女が、カシアの仮面をかぶった未知のなにかに思えて、ぞくりとした。と同時に、わたしのなかに不吉な黒い闇が忍びこんできた。カシアから目をそらし、テーブルのほうを向いた。部屋にはいつでも使えるように松の枝を何本か蓄えていた。わたしはひとつかみの松葉を暖炉にくべて、その煙を吸いこんだ。松葉の燃えるぴりっとした匂いを嗅ぎながら、浄化の呪文をささやきつづけた。やがて不吉な黒い闇は消えていった。カシアはわたしのベッドに腰かけ、とてもつらそうにしていた。わたしは申しわけない気持ちで彼女を見あげた。カシアはわたしの目のなかに疑いを見てしまったにちがいない。

「あたしも、あなたと同じことを考えたわ」と、カシアが震える声で言った。「ねえ、ニーシュカ。あたしは……もしかしたら王妃は……いいえ、王妃もあたしも、やっぱり――」

「ちがう！」わたしは思わず叫んだ。「ちがうったら！」でも、どうすればいいのかわからず、わたしは不安でたまらず、暖炉の前で荒い息をついた。そうしているうちに、ふいにあることを思いつき、火のほうを振り向き、両手でうつわをつくった。わたしはその手のなかに、幻影の術を練習するときに何度も呼び出した、あの小さくて棘（とげ）だらけの薔薇（ばら）を呼び出した。蔓（つる）薔薇の茂みが生まれ、蔓が炉格子の支柱を這（は）いあがった。わたしは呪文にゆるやかな節をつけて歌いながら花に香りをあたえ、ぶんぶんとうなる蜂を何匹か放ち、くるりと丸くなった葉の裏にテントウ虫を静かに置いた。そして、そのかたわらに、サルカンを呼んだ。わたしの両手の下にサルカンの両手が重なるところを想像した。あのほっそりした細かい作業の得意な指。つるっとしたペンだこ。空気を通してじんわりと伝わってくる体温。やがて、サルカンが炉辺に姿をあらわした。彼はわたしの隣にすわっていた。同時に、わたしたちは、彼の書斎にすわっていた。

　幻影を生む短い呪文を歌うように繰り返し、銀色の細い川の流れのよう魔力をそそぎつづけた。でも、前日〈心臓樹〉を出現させたときのようにはいかなかった。わたしは彼の顔を――黒い眉をひそめ、わたしをにらみつけている顔をのぞきこんだ。それはほんもののサルカンではない。わたしが求めている彼の幻影でもなかった。彼の姿かたちがあり、薔薇が香り、蜂の羽音がする。でもどこかちがった。そしてはっと気づいた。あの玉座のある広間に呼び出した〈心臓樹〉だって、あそこに生えていたわけじゃない。あの〈心臓樹〉は、わたしの心が育てたもの、わたしの心のなかの恐れと記憶と、腹の底で逆巻く戦慄から生み落とされ、生長したものだったのだ。

わたしは自分の両手が包んだ一輪の薔薇を見おろした。そして、花の向こうにいるサルカンに視線を移した。彼の両手がわたしの手を包んでいるのを感じようとした。彼の指先がわたしの手の甲にかすかに触れ、手のひらがそっと重なるところ。思い出そうとした――彼のくちびるの熱さ、わたしたちのあいだでもみくちゃにされた絹地とレース、密着したふたりの体。考えようとした――自分の怒りについて、彼から学んだすべてについて、彼の秘密、彼がわたしに隠しつづけてきたあらゆるものについて。わたしは薔薇を手のひらからそっと宙に放つと、片手で彼の上着の裾（すそ）をつかんだ。彼を揺さぶってやりたい。彼に向かって叫びたい。そしてキスしたい……。

突然、彼がまばたきし、わたしを見つめた。その背後で炎が燃えていた。彼のほおは煤（すす）で汚れ、髪は灰をかぶり、目は血走っていた。暖炉では火が勢いよく燃えている。そして、どこか遠い場所でも、木々が激しく燃えている。「なんだ？」彼がいらだったしわがれ声で尋ねた。ほんもののサルカンだった。「きみがなにをやっているか知らないが、これは長くもたないぞ。わたしはいつまでも意識をこちらに向けていられない」

わたしは彼の上着の裾をさらに強く握った。ほつれた糸目と火の粉が焦がした小さな穴を指先が感じた。わたしの鼻や口にも灰が飛びこんでくる。「なにが起きてるの？」

「〈森〉がザトチェク村を奪おうとしている。毎日、火を放って押し返してきたが、すでに一哩（マイル）分の土地を奪われた。黄の沼領からヴラディミールが兵士を送りこんでくれた。それでもまだ兵が足りない。国王に兵団を送るつもりはあるのか？」

「いいえ」と、わたしは答えた。「国王は……ポールニャ国は、ローシャ国と新たな戦争をはじめようとしてる。王妃が言ったからよ、ローシャ国のヴァジリー皇太子にさらわれて、〈森〉に連れ出されたって」

「王妃がしゃべったのか？」サルカンが鋭く聞き返した。わたしの喉がまたふくれあがって、不穏な太鼓のような脈を打った。

「でも、〈ハヤブサ〉が透視術で王妃を調べたわ」そう言いながら、まるで自分を説き伏せようとしているみたいだと思った。「〝聖ヤドヴィガのヴェール〟でも精査された。それでもなにも見つからなかった。どんな黒い影も、ひとかけらさえ――」

「穢れだけが、〈森〉の攻撃手段とはかぎらない」サルカンは言った。「苦しみの蓄積が人を壊すこともある。〈森〉はわざと王妃を解放したのかもしれないな。王妃を長い歳月をかけて責め苛むことによって壊し、手先として使えるように支配した。しかし、それは穢れとはちがって、魔力では見抜けない。穢れの代わりに、なにかを王妃に植えつけたという可能性もある。たとえば一個の果実、あるいはひと粒の種――」

サルカンは突然、口を閉ざし、わたしには見えないなにかを見た。「急げ！」という叫びとともに彼は魔力を放った。わたしは炉辺から飛ばされ、床に背中を打ちつけた。薔薇の茂みが崩れ、暖炉の灰となって消えた。と同時に、彼の姿も消えた。

カシアが駆け寄ってきたときには、わたしはもう自力で立ちあがっていた。一個の果実、あるいはひと粒の種。サルカンの言葉がわたしのなかで反響し、恐怖にたたき落とされる。『怪物絵巻』！」わたしは叫んだ。「バロー師があれから穢れを祓おうと――」まだ眩暈がしたけれど、身をひるがえして、部屋から飛び出した。急がなければ。バロー師はあの本のことを国王に報告しようとしていた。最初は足がもつれた。カシアが横を走り、ふらつく体を支えてくれた。

召使いの使う狭い階段を駆けおりているとき、叫び声が聞こえた。手遅れ、手遅れ、手遅れ……石の階段を打つ自分の足音がそう言っているように聞こえる。叫び声がどこから来るのか正確にはわからないけれど、それはかなり遠くからで、城の廊下に奇妙な反響が生まれていた。わたしはカロヴニコフの方向に走った。目を丸くして壁に引いたふたりのメイドのそばを駆け抜けるとき、メイドの腕から折りたたまれたリネンがどさりと落ちた。ふたつ目の階段をおりて、もう少しで一階の床にたどり着こうというとき、階段下から白い炎が勢いよく噴きあがり、鋭くとがった炎の影が壁で踊った。

つぎの瞬間、まぶしい光が消えて、ソーリャの体が宙を飛び、階段下の空間を突っ切り、濡れた袋のような音をたてて壁にぶつかった。わたしたちは足を速めた。ソーリャは壁の下であおむけに倒れていた。ぴくりとも動かず、目は開かれているものの焦点を結んでいない。鼻と口から血の細いすじが流れ、血のにじんだ胸には浅いようだがすっぱりと切られた傷口があった。

ソーリャを襲ったそいつは、カロヴニコフに通じる廊下から這い出てきたらしく、床から天井までをふさいでしまうほどばかでかかった。そのおぞましい外見は、一頭のけだものではなく、何頭ものけだものを寄せ集めたみたいだった。巨大な犬の頭、そのひたいにとてつもなく大きな目がひとつ。それより下はほとんどが口で、ナイフを並べたような歯列がのぞいている。ライオンのような爪を持つ六本のたくましい脚が異様にふくらんだ胴から突き出し、その胴全体が蛇のようなウロコでおおわれていた。そいつはわたしたちに気づき、咆哮をあげて、突進してきた。わたしはとっさのことで動けず、カシアに腕をつかまれ、引きずられ、また階段をあがった。そいつは階段の吹き抜けに頭を突っこんで、歯をガチガチ鳴らし、咬みつこうとした。吠えかかり、口から緑の泡を噴いた。わたしは「**ポールジット！**」と、呪文を叫びながら、怪物の頭を片足で蹴り飛ばした。燃えあがる炎が鼻づらを焦がすと、怪物は金切り声をあげて、一階の廊下まで退散した。

そこを狙うように太い矢が二本、つづけざまに飛んで怪物の脇腹にずぶりと突き立った。怪物はうなりをあげ、体をよじる。その背後でマレク王子がクロスボウを放り出すのが見えた。恐怖に口をあんぐりとあけた若い従僕が、壁にかかった槍を王子のために取りはずした。ところが従僕は、槍を手にしたまま、茫然と怪物を見つめている。マレク王子が槍を引ったくり、従僕に向かって叫んだ。「衛兵を呼んでこい！」従僕は泡を食って飛び出した。マレク王子は槍で怪物の頭を狙った。王子のななめ後方にある小部屋につづく観音開きの扉がこじあけられていた。部屋のなかの黒と白の敷石が粉々に砕け、血糊がこびりつき、三人の男の死体が横たわっているのが見える。引き裂かれた衣類から見て、三人とも身分の高い人のようだ。テーブルの下から虚空を見つめる、青ざめた老人の顔に見覚えがあった。任命式のあとに言葉を交わした王室秘書官だ。廊下のはるか先にも二名の衛兵の死体が転がっていた。怪物は城の奥からあらわれ、その扉を壊し、なかにいた人々に襲いかかったのだ。

それとも、だれかひとりを狙ったのか……。怪物は槍を突き立てられてうなりをあげたが、マレク王子に立ち向かおうとはしなかった。そいつは大きな頭をめぐらし、歯をむきだし、なにかを考え、ソーリャのほうに向かった。ソーリャはまだ焦点の定まらない目で天井を見あげていた。この世界にしがみつこうとするように、指がつかめるものをさがし、石の床の上でゆっくりと動いている。

怪物がソーリャに襲いかかるより早く、カシアがわたしの横をかすめて駆け出し、大きな跳躍で階段下まで飛んだ。その勢いでいったん壁にぶつかったけれど、すぐに体勢を立て直し、壁から新たな槍をつかんで、怪物の頭を狙った。怪物は犬のような頭を振り立て、槍の柄に咬みつき、けたたましく吠えた。マレク王子の槍は、怪物の横腹に突き刺さっていた。靴音と叫びが聞こえ、さらに衛兵が駆けつけた。大聖堂の鐘が鳴り響いて急を知らせ、小姓(こしょう)たちもあちこちで警戒を呼びかけている。

わたしはそのすべてを見た。だから、あとから振り返れば、なにが起こったのかを話すことができる。でも、そのときにはなにが起きているのかつかめなかった。感じとれるのは、怪物の熱くて臭い息が階段をのぼってくること、血が飛び散っていること……。わたしの心臓はいまにも破裂しそうだった。なにかしなければ、と思った。怪物は咆哮とともにカシアとソーリャに向かった。わたしは階段の途中に立っていた。大聖堂の鐘が鳴り響く。その音は頭上から聞こえていた。見あげれば、吹き抜け階段の高いところに窓があり、そこからわずかな空の切れ端が――夏のまばゆい灰色がかった真珠色の雲が見えた。

わたしは片手を高くあげて叫んだ。「**カールモズ！**」雲が集まって海綿のような黒い固まりになり、突然、どしゃ降りがはじまった。雨はわたしの上にも降りそそいだ。窓の外に雷光が走ったかと思うと、それが猛り狂う光の蛇のように、わたしの両手に飛びこんできた。それをつかんだ瞬間、白い光に目がくらんでなにも見えなくなった。高音のうなりに包まれ、息が止まった。わたしは手につかんだ白い光を階段下の怪物に投げつけた。雷鳴がとどろき、体が後方に吹っ飛び、階段の踊り場にたたきつけられた。痛さで動けない。煙が立ちこめ、バチバチと炎が爆(は)ぜ、異臭がただよってきた。

わたしは床に倒れ、激しく震えていた。涙がほおをつたい落ちた。ずきずきと痛む両手から、朝霧のような煙があがっている。なにも聞こえなかった。もう一度視界が戻ったとき、最初に見たのは、わたしをのぞきこむふたりのメイドのおびえた顔だった。くちびるは動いているのに、なにも聞こえない。それでも、ふたりはわたしをそっと助け起こしてくれた。わたしはぐらぐらしながらも、なんとか自分の足で立つことができた。階段下にマレク王子と三人の衛兵がいて、あの怪物をおそるおそる槍で突いていた。「こいつの目玉に槍をしっかりと突き刺せ」マレク王子が命じ、衛兵のひとりが、すでに白濁したひとつ目を槍で深く刺した。怪物はぴくりとも動かなかった。

わたしは片手を壁に添え、足をかばいながら階段を途中までおり、怪物の頭を見おろせる位置にしゃがんだ。立ちあがろうとするソーリャに、カシアが手を貸している。ソーリャは手の甲で口のまわりの血をぬぐうと、荒い息をつきながら怪物を見おろした。

「いったい、こいつはなんだ？」マレク王子が尋ねた。死体になると、いっそう怪物の異様さがきわだった。胴体から六本の脚がてんでんばらばらな方向に伸びている。まるで頭のおかしなお針子が異なる人形の手足を集めて、ひとつに縫い合わせたみたいだ。

わたしはそいつを上からじっと見おろした。犬のような鼻づら、だらりと伸びた脚、蛇のようなウロコを持つ太い胴……。ひとつの記憶がゆっくりとよみがえってきた。これは、きのう見た絵だ……。目の片隅でちらりと見るだけで、解説文には目を通さなかった。「ソグラヴ」と、本にあった名を声に出して言った。わたしはふたたび立ちあがった。いきなり立ったので、眩暈がして、壁に手をついて体を支えなければならなかった。「それは、ソグラヴという名よ」

「なんだって?」ソーリャがわたしを見あげた。「それはなんの――」

「『怪物絵巻』のなかの怪物よ。バロー師をさがさなくちゃ――」わたしははっとして怪物を、その白く濁った大きな目を見つめた。バロー師をさがす必要はもうないとはっきりわかった。

「あの本をさがさなくちゃ……」わたしは消え入るような声で言った。

体がふらふらして、気持ちが悪かった。あせって階段をおり、廊下に出ようとしたけれど、ふらついて怪物の死体の上に倒れこみそうになった。マレク王子がとっさに腕をつかんで、立ちあがらせてくれた。わたしたちは槍を手にした衛兵らとともに廊下を抜け、カロヴニコフに到着した。入口の観音開きの大きな扉がななめに傾き、入口をふさいでいた。扉の厚い板の一部が砕け、血がこびりついている。マレク王子はわたしの体を不安定な梯子(はしご)のように壁にもたせかけると、衛兵のひとりにうなずいた。衛兵が三人がかりで壊れた扉を取り除いた。

図書室のなかは荒らし尽くされていた。いくつものランプが割れ、いくつものテーブルがひっくり返され、たたき壊され、天井には数個のほの暗い明かりしか残っていなかった。書物の山の上に、臓物を抜かれたようにからっぽになった書棚が倒れている。図書室の中央に置かれた重厚な石のテーブルはまっぷたつに折られ、崩れ落ちていた。その破片と粉塵がつくる山のどまんなかに、『怪物絵巻』が開かれていた。壊されずに残ったランプが、まったく無傷のページを照らしている。周囲の床に、傷つけられ、壊され、放り出された三体の遺体が転がっていた。どれもほとんど影のなかに沈んでいたけれど、マレク王子は影のなかにはいり、ぴたりと足を止めた。

一瞬ののち、彼ははじかれたように先へと進んで、叫んだ。「〈ヤナギ〉を呼べ！　それと――」最後まで言いきらず、彼はそのいちばん遠くにある遺体のそばに膝をついた。そして、うつ伏せになった遺体を返したきり、その場から動かなくなった。薄明かりのなかに死体の顔がぼんやり浮かびあがっている。国王だった。

国王が死んでいた。

23

戦争がはじまる

いたるところで人が叫んでいた。衛兵、召使い、大臣、医者……あらゆる人が国王の遺体を取り巻き、それぞれが近づける距離まで近づこうとした。マレク王子は三人の衛兵に遺体を守るように命じて、どこかに消えた。波間の漂流物のように図書室の端っこまで押しやられたわたしは、書棚にもたれかかって目を閉じた。カシアが人波をかき分けて、そばまでやってきた。「ニーシュカ、なにをしたらいい？」と尋ね、わたしが踏み台に腰かけるのを助けてくれる。

「アローシャを連れてきて」と、わたしは頼んだ。とっさに、なにをしたらいいか心得ている人が必要だと感じたからだ。

その勘は正しかった。バロー師の助手のひとりが、この図書室にある大きな暖炉の煙突のなかで生き延びていた。ひとりの衛兵が炉床の爪痕とまき散らされた灰に気づき、もしやと思って煙突のなかをのぞくと、おびえて震えている助手が見つかったのだ。衛兵たちが彼を引っ張り出し、気付けの酒をあたえると、彼は立ちあがり、わたしを指差して叫んだ。「悪いのはこいつだ！ あれを発見したのはこの女なんだぞ！」

わたしは眩暈がして、胃がむかむかして、稲妻をつかんだときの震えがまだ止まらなかった。人々がいっせいにわたしに向かって叫びはじめた。わたしは『怪物絵巻』がこの図書室にずっとひそんでいたことを説明しようとした。でも、彼らが求めているのは、この事態を説明する者ではなく、この事態の責めを負う者だった。松葉の燃える匂いが鼻を突いた。ふたりの衛兵に腕をつかまれ、このまま地下牢に放りこまれるんだと思った。いや、もっと悪いことだって……。だれかが言った。「こいつは魔女だぞ！ 体力を回復させてしまったら、きっとまた――」

アローシャが彼らを止めてくれた。彼女は図書室にはいってくるとすぐに三回、手を打ち鳴らした。軍隊の兵士がいっせいに足を踏み鳴らしたような大きな音がした。みんなが口をつぐみ、アローシャの声が聞こえるようになった。「ばかなまねはおやめ。彼女を椅子にすわらせておやり」アローシャは言った。「捕まえるんなら、助手のヤコブのほうだ。ここにずっといたんだからね。あんたたちのなかに、彼が穢れにいっさい触れなかったと誓える者はいるのかい？」

アローシャには一種独特の威厳があった。その場にいるだれもが彼女を知っていた。衛兵たちは、将軍を迎えるように背筋を伸ばし、居ずまいを正した。わたしは解放され、代わって哀れな魔法使い見習いのヤコブが取り押さえられた。アローシャのもとへ連れていかれても、彼はまだ訴えつづけた。「あの女のせいだ！　バロー師が、あの本を見つけたのはあいつだって――」
「おだまり」アローシャはそう言って腰から短剣を抜き、「ヤコブの手首を押さえて」と、衛兵に命令した。ヤコブの腕が、手のひらを上にして、テーブルに固定された。アローシャは腕に向かって呪文（じゅもん）をつぶやき、短剣で肘の内側に小さな傷をつけた。そして、傷のすぐそばに短剣を構えて待った。傷口に血がにじみ出てくると、ヤコブは体をよじり、うめき、手首の拘束を振りほどこうとした。やがて傷口の血から黒い煙がうっすらとあがり、剣にまとわりつくように渦を巻いた。アローシャはゆっくりと短剣をまわし、糸巻きで糸を巻き取るように黒い煙をたぐり寄せ、最後まで巻き取った。それから剣を持ちあげ、目を鋭く細めて観察した。「**フールヴァド・エロンヴェータ**」呪文を唱え、短剣に息を三回吹きかける。吹きかけるたびに、剣が輝きを増し、熱を帯び、黒い煙の糸は焼き尽くされるように、かすかな硫黄臭を残して消えた。

　そのころには、図書室から人の波は引いていた。居残った者は壁ぎわまで後退して遠巻きに事態を見守っている。ヤコブの拘束を命じられた哀れな衛兵たちだけが、青ざめた苦しげな表情で、彼の腕を押さえつけていた。「けっこう。傷の手当てをしてやって。ヤコブ、もうわめくのはおよし」アローシャは言った。「いいかい、彼女がこの本を見つけたとき、あたしはここにいた。この本はずっと長いあいだ、腐ったリンゴみたいに、ここにひそんでいたんだ。そして、バローがこの本の穢れを祓（はら）おうとした。それからのことをあんたに聞きたい。なにが起きたんだい？」

実のところ、ヤコブにも、そのあとここでなにが起きたのかはよくわかっていなかった。必要なものを取ってくるように言われて、図書室から送り出されたからだ。出ていくとき、国王はまだいなかった。塩と薬草を持って戻ってくると、国王とその護衛が、書見台のそばに放心したように立っていた。そのかたわらでは、バロー師がくだんの本を声に出して読んでいた。バロー師の体にはすでに変化がはじまっていた。ローブの裾からのぞくのは鋭い爪を持つ二本のけものの脚で、さらに二本が脇腹からローブを突き破って飛び出していた。顔は、鼻とあごが前にせり出し、けものの鼻づらに変わっていた。喉が詰まったような奇妙な声だったけれど、それでもバロー師はまだ言葉を発していたという。

話すほどにヤコブの声はうわずり、途切れがちになり、しまいにはひと言も出てこなくなった。両手が激しく震えていた。

アローシャがグラスに果実酒をそそいで、彼に飲ませてやった。「思った以上に、この本の邪の力は強いようだね。すぐに燃やしてしまわなければ」

わたしは力を振り絞って立ちあがった。でも、それを見たアローシャが首を振った。「あんたは消耗しすぎだ。炉辺の椅子にすわって、あたしのやることを見ていればいい。とくになにもする必要はない――あたしがこいつに乗っ取られないかぎりはね」

本はそのときも、粉々に砕けた石のテーブルの残骸の上に、ひっそりとあった。薄明かりに照らされて、どんな穢れもどんな罪も背負っていないかのように。アローシャが衛兵から借りた手甲をつけて本を暖炉まで運び、炉床に置いて、炎の呪文を唱えた。「**ポールジット、ポールジット・モーリン、ポールジット・ターロ**」ここからさらにつづく長い呪文だ。眠っていた灰がアローシャの鍛冶場の炎のように騒ぎたて、炎の舌先がページをしゃぶった。しかし、本は燃えあがらなかった。火のなかで表紙が勢いよく開き、強い風にひるがえる旗のようにページが波打ち、ぱらぱらと勝手にめくれ、炎の明かりに照らされた怪物の絵に視線を引きつけようとした。

「さがって！」アローシャが衛兵たちを怒鳴りつけた。いつのまにか何人かの衛兵がにじり寄り、うっとりと本に見入っていた。アローシャが短剣の刃で炎の明かりを衛兵の顔に反射させると、彼らは目をしばたたいてわれに返り、後ろに跳びのき、青ざめておびえきった表情になった。

アローシャは彼らが遠ざかるのを用心深く見とどけてから、炎の呪文に戻った。両手を開いて炎の勢いを支え、呪文を繰り返す。それでも、本は炉床の上で湿った若木のようにシューシューと音をたてるだけで、燃えあがろうとしなかった。春の若葉のみずみずしい香りが部屋にただよい、アローシャの首に血管が浮きあがり、顔はあせりでこわばってきた。彼女の目は炉棚を見すえていたけれど、しだいに視線が落ちて、輝く本のページに引き寄せられていく。そのたびに、彼女は親指を短剣の刃先に押しつけた。指先から血がこぼれ、視線はまた炉棚へと戻った。

呪文を唱える声がしだいにかすれてきた。オレンジ色の火花が散って、絨毯(じゅうたん)が焼け焦げる。わたしは疲れきって炉辺の椅子にすわっていたけれど、火花を見ているうちに、自然と古い昔話の歌がハミングになって喉の奥からあふれてきた。その歌には、かまどの火花のことが歌われていた。**むかしむかし、あるところにすてきな王子様がいた。王子様は貧しい女楽師に恋をした。王様はふたりのためにりっぱな結婚式を開いてやった。めでたしめでたし。むかしむかし、あるところにバーバ・ヤガーが住んでいた。バーバ・ヤガーのおうちはバターでできていた。おうちのなかには不思議がいっぱい……あらら！　火花が消えちゃった。**歌が終わるのと同時に、ほんとうに火花が消えた。わたしはもう一度、最初から物語を小さな声で歌い、呪文を唱えた。「**キークラ、キークラ**」そして、また歌った。飛び散る火の粉が、ぽつりぽつりと雨のようにページの上に落ちはじめた。落ちた火の粉のひとつひとつがページの上で、束(つか)の間だけ黒い染みとなり、すっと消えた。まぶしい雨はしだいに勢いを増した。火の粉が固まりになって、ぼとぼとと本の上に落ちつづける。そのうち、ページからうっすらと煙があがった。

アローシャの呪文がゆっくりとやんだ。とうとう、本に火がついたのだ。小さなけものが身を寄せ合って死ぬように、ページが端から丸くなって固まり、焦がし砂糖のような樹液の匂いがただよった。カシアがわたしの腕にそっと手を添えた。わたしはカシアの腕を借りて、炉辺から後退した。そのあいだも炎はゆっくりと、堅いパンを少しずつ噛み砕いて味わうように、本をたいらげていった。

「いったい、どうやってあの『怪物絵巻』を見つけた？」と、大臣のひとりが大声でわめき、それに同調する声が数名からあがった。「なんでまた、国王陛下があの場所におられたのだ？」会議室にいる貴族たちがわたしを責め、アローシャを責めた。わたしたちは交互にやり玉にあがった。貴族たちは、だれもがこの事件を恐れ、答えられるはずのないことにまで答えを求めようとした。彼らの半分は、まだわたしが国王を罠にかけたと疑い、地下牢に放りこんでしまえと言い張った。なかには、なんの証拠もないのに、助手のヤコブがローシャ国の密偵で、国王を図書室におびき寄せ、バロー師をだまして本を読ませたのだという説を展開する者さえいた。ヤコブはぶるぶる震え、泣きながら反論した。でもわたしには、自分を弁護するだけの体力すら残っていなかった。勝手に口が開いて、あくびになり、それがよけいに貴族たちを怒らせた。

彼らをばかにしたわけじゃない。どうしようもなかった。どうしようもなく体が空気を求めていた。頭がまわらず、稲妻をつかんだ両手がまだひりひり痛み、鼻のなかには煙が、あの本が燃えたときに立ちこめた煙が残っていた。まだ、現実を受けとめきれなかった。国王も、バロー師も死んでしまった。ほんの少し前に生きている姿を見たというのに……ふたりは軍議を終えて、会議室から並んで出てきた。そのときのことが目に焼きついている。心配ごとがバロー師のひたいに刻んだ細かなしわ。国王の足もとの青い靴……。図書室で、アローシャが王の遺体に浄化術をほどこしたのち、王の遺体はすみやかに布でくるまれ、通夜に備えて司祭たちの手で大聖堂に移された。その布の端から、あの青い靴がのぞいていた。

大貴族(マグナート)たちは、わたしに怒鳴りつづけた。責められてもしかたがないという気持ちが心のどこかにあった。わたしは、なにかがおかしいと感じていたのだ。もっと早く手を打っていたら、あの本を見つけたときに燃やしてしまっていたら……と考えずにいられなかった。わたしは痛む両手で顔をおおった。

横にいるマレク王子が立ちあがり、貴族たちに向かって怒鳴り返した。その手には、相手を威圧する効果を狙うように、怪物の血のついた槍(やり)が握られている。王子はそれを会議室のテーブルの上、貴族たちの眼前にたたきつけた。「彼女があの化けものの息の根を止めたのだ――そいつがいまにもソーリャに、そばにいる十数名の兵士に襲いかかろうとしているときに」と、マレク王子は言った。「だいたい、こんなばかげた議論をしている余裕などないだろう。きょうから三日以内にライドヴァ川に向けて進軍する!」

「国王陛下の命令なくして、われわれはどこへも進軍できません!」大臣のひとりが果敢に反論を試みた。マレク王子とテーブルをはさみ、腕の長さより離れていたのは、彼にとって幸運だった。それでも王子が身を乗り出し、甲冑の手をこぶしに握ると、大臣はたじたじと引きさがった。正義の復讐に取り憑かれた王子の顔には怒りがみなぎっていた。

「大臣の言うことはまちがっていない」アローシャがきっぱりと言い、大臣につかみかからんばかりの王子を片手で制した。王子は首をもたげ、アローシャをにらんだ。「いまは戦争をはじめる余裕なんかないはずだ」と、アローシャは言った。

会議のテーブルに居並ぶ大貴族の半数が、お互いに意見をぶつけ合い、ローシャ国が悪いと言い、わたしが悪いと言い、なんと哀れなバロー師までこきおろしはじめた。テーブルの上座にある玉座はからっぽで、その右隣の椅子にシグムンド王太子が、両手をしっかりと握り合わせてすわっている。そして、玉座の左側にはハンナ王妃がいる。いまもラゴストックの黄金の飾り輪を頭にのせているけれど、ドレスはなめらかな光沢を持つ黒のサテン地の喪服に替わっていた。わたしは、王妃が一通の手紙を読んでいることに、ぼんやりと気づいた。伝書係が王妃の間近に、空の文書袋を持ち、不安げな表情で立っている。伝書係はいましがた会議室にはいってきたばかりのようだ。

王妃が席から立ちあがり、「諸侯のみなさん」と呼びかけた。人々が振り返って王妃を見ると、王妃は小さく折りたたまれた手紙を持ちあげた。手紙の赤い封印はすでに破られている。

「ローシャ軍がライドヴァ川に向けて進軍していることが確認されました。明朝には川岸に達します」

だれもが言葉を失った。

「服喪と怒りはしばらく忘れようではありませんか」と、王妃は言った。わたしは王妃の顔を見た。あごを持ちあげたその顔は誇りと威厳に満ち、女王然としていた。その声は石造りの広間の空間に、澄んだ鈴の音のようによく響いた。「ポールニャ国が弱みを見せるようなことがあってはなりません」王妃はシグムンド王太子に顔を向けた。王太子も、わたしと同じように王妃を見あげていた。驚きのあまりぽかんと開いた王太子の口からは、どんな言葉も出てこなかった。

「シグムンド、ローシャ国が送り出したのはわずか四中隊です。いま街の周辺に待機している兵団をまとめれば、すぐにも出陣できるでしょう。兵の数は敵に勝っています」

「その役目はわたしに――!」マレク王子がこらえきれずに口をはさんだけれど、ハンナ王妃は片手をあげ、それ以上言わせなかった。

「マレク王子、あなたはここにとどまり、王室近衛隊とともに首都を守りなさい。さらに兵の徴募も必要です」王妃はそれだけ言うと、今度は諸侯のほうを振り向いた。「マレクには大貴族院と、願わくは、わたくしの助言によって事を進めてもらいます。さて、ほかになすべきことは?」

シグムンド王太子が立ちあがって、「王妃の仰せのとおりに」と言った。マレク王子が不満そうにほおを赤黒く染めたが、最後はふうっと息を吐き、「それでけっこう」と、苦々しげに答えた。

その瞬間、すべてが決まったかのように見えた。大臣たちは秩序が回復したことに満足し、それぞれの役割を果たすために、あわただしく出ていこうとした。反論する間（ま）も、ほかの選択肢を示す間もなかった。止めることなどできなかった。

わたしが立ちあがり、「だめ……待って」と言ったところで、だれも聞いていなかった。魔力の残りかすをかき集めて声を大きくし、出ていく人々を振り向かせようとした。「待って」と、もう一度声を張りあげようとした瞬間、部屋全体がぐらりと傾き、闇が落ちてきた。

目覚めると、自分の部屋にいた。わたしはすぐに跳ね起きた。両腕の毛が逆立ち、喉がひりひりする。カシアがベッドの足もと側にいた。そして枕辺に、〈ヤナギ〉がわたしから離れたばかりのように背筋を伸ばし、片手に薬瓶を持って立っていた。その顔にはかすかな嫌悪の表情が浮かんでいた。自分がどうやってここまでたどり着いたのかなにも憶（おぼ）えていない。とまどって窓の外を見ると、すでに日が傾いていた。

「あなたは会議室で倒れたのよ」と、カシアが言った。「揺さぶっても意識が戻らなかった」

「消耗しすぎね」と、〈ヤナギ〉が言った。「起きてはいけない。ここで休んでいなさい。少なくとも一週間は魔力を使ってはなりません。魔力は満ちる時間を必要とするものなのよ。汲(く)めども尽きぬ泉ではないわ」

「でも、王妃が！〈森〉が――」

「あなたがそうしたいのなら、わたくしの言うことなど聞かずに、最後の一滴まで魔力を使い尽くして死んでおしまいなさい。そうなったところで、わたくしはちっともかまわないのですから」蔑(さげす)むように〈ヤナギ〉が言った。カシアはどうやって彼女を説得して、わたしを診るようにここまで連れてきたのだろう？〈ヤナギ〉が出ていく前にカシアと交わした冷ややかな視線から察するかぎり、ここに来たのは親切心からではないようだ。

わたしは目頭にこぶしをあてがい、枕に顔をうずめた。〈ヤナギ〉に飲まされた薬が、胡椒(こしょう)をきかせすぎたなにかを食べてしまったように、胃のなかで熱を持ち、暴れていた。

「アローシャが、〈ヤナギ〉を呼んであなたを診察させるように言ったのよ」カシアが心配そうにわたしをのぞきこみながら言った。「アローシャは、王太子の進軍を止めるつもりらしいわ」

わたしはカシアの両手につかまり、力を振り絞って立ちあがった。腹筋が痛み、傷ついているのがわかった。でも、魔法が使えるかどうかはともかく、ベッドに横たわっている気にはなれなかった。城全体に押しつぶされそうな重苦しい空気がただよっている。〈森〉がここまで来ている、そんな勘がはたらいた。〈森〉はわたしたちへの攻撃を終わらせてはいない。「アローシャをさがさなくちゃ……」

シグムンド王太子の部屋は厳重に守られ、衛兵たちはわたしたちがなかにはいるのを許さなかった。でも、わたしが大声で「アローシャ！」と叫ぶと、彼女が扉から首を突き出し、衛兵たちと話をつけてくれた。部屋のなかは出征のための荷造りの真っ最中だった。王太子はすでにすね当てと鎖帷子(くさりかたびら)を身につけ、片手を子息の肩に置いていた。マルゴザータ王太子妃がそばに立ち、両腕に女の子を抱いていた。兄の少年は、小さな体に合わせてつくられたと思われる、ほんものの剣を手にしていた。きっと、七歳にもなっていないだろう。こんな小さな子に真剣をあたえたら、ふつうなら一日とたたないうちに自分か、あるいはだれかの指を切り落としてしまうにちがいない。でもその子は、いっぱしの戦士のように剣を扱っていた。両の手のひらで剣を捧(ささ)げ持ち、心配そうな顔をあげて、父である王太子に差し出した。「父上のご武運をお祈りします」

「おまえはここに残って、マリシャを守りなさい」王太子は、少年の頭をなでながら言った。そして、王太子妃を見つめた。王太子妃の表情は落ちついていた。王太子は妻の手にキスをした。

「できるだけ早く戻ってくる」

「葬儀のあと、この子たちをギドナに連れていくというのはどうかしら」王太子妃が言った。わたしは、その街が王太子妃の故郷だということを知っていた。王太子が彼女と結婚したことで、ポールニャ国はその外洋に臨む大きな街の港を使えるようになったのだ。「海辺の空気は子どもたちにもよいはずよ。それに、洗礼式以来マリシャに会っていない両親に、この子を会わせたいの」王太子妃は思いついて間もない提案のように口にしたけれど、きっとこれまで何度も心のなかで繰り返してきたにちがいなかった。

「ギドナには行きたくないよ！」と、少年が言った。「ねえ、お父様――」

「よしなさい、スターシェク」王太子は息子にそう返したあと、妻に向かって「きみの望みどおりに」と答えた。そして、アローシャに言った。「わたしの剣に祝福をあたえてくれないか？」

「気が進みません」と、アローシャはむっつり答えた。「なぜ、こんなことに力を貸すのです？　きのう話し合ったばかりでは――」

「きのう、父上はまだご存命だった」と、シグムンド王太子が言った。「父上がこの世から去ったいま、まかりまちがって大貴族院が王位継承者を票決することになったら、いったいどうなるのだ？　もし、マレクに征かせて、ローシャ軍に大勝するようなことになったら……」

「では、将軍を送り出してはいかがです？」と、アローシャは言った。でも、彼女は本気で勧めているわけじゃない。そう言いながら、自分にも納得できるべつの選択肢をさぐっているのだ。

「ゴルシュキン男爵とか――」

「無理だ。わたしが軍団を率いなければ、マレクが名乗りをあげるに決まっている。いま、わたしがだれかを指名するとして、〝ポールニャ国の英雄〟に対抗できるだけの将軍がいると思うのか？　マレクを称える歌が国中にあふれかえっているというのに」

「あなたをしりぞけてマレクを王位に推すのは、ただの愚か者です」

「ところが、兵士はみな愚か者だ」シグムンド王太子が言った。「さあ、わたしに祝福をあたえてくれ。そして、わたしに代わって、この子たちを守ってくれ」

わたしたちはその部屋にとどまり、馬に乗って出ていく王太子を見送った。ふたりの子どもは足台の上で膝を折り、窓枠に顔を近づけて父親を見つめていた。その後ろには、王太子妃がいて、兄と妹の頭――金色の髪と褐色の髪――に手を添えていた。王太子は、お付きの供奉員をともなって、小さめの騎馬中隊で出立した。王太子の馬のすぐ後ろに、白と赤の地に鷹の紋章を配した旗がたなびいている。アローシャは、王妃たちとはべつの窓辺に立ち、王太子の率いる騎馬隊が宮殿の中庭から出ていくのを見つめていた。そのあと、わたしのほうを向いて言った。「なにかを得るために、代償は避けられないものだね」

「そうね」と、わたしは沈んだ声で答えた。自分たちがまだ代償を払い終えていないことはわかっていた。

24

〈森〉の罠

わたしにできることはなにもなかった――ただ眠ること以外には。アローシャがすぐにこの部屋で横になるようにと、わたしに言った。王太子妃が不審そうに見つめても、彼女は気にしなかった。わたしは暖炉の前のやわらかな毛織りの敷物の上で眠りに落ちた。大きな雨粒のような、涙のしずくのようなかたちをちりばめた不思議な模様の絨毯だった。その下にある石の床の硬さも気にならないほど疲れはてていた。

その夕方と夜を眠り通し、翌朝早い時刻に目覚めた。まだ疲れていたけれど、頭にかかった霧が晴れ、稲妻に焦がされた手から熱が引いていた。魔力はふたたび、わたしのなかの深いところで、石瀬を抜ける川のようにちょろちょろと流れはじめた。カシアは、ベッドの足もとに置かれた敷物の上で眠っていた。ベッドのカーテンを透かして、王太子妃と子どもふたりが身を寄せ合って眠っているのが見えた。部屋の扉の両側を守る衛兵ふたりはうたた寝をしていた。

アローシャは暖炉に近い椅子にすわっていた。あの血に飢えた剣を膝に置き、自分の指で剣を研(と)いでいた。親指の腹が刃(やいば)の上をかすめるたびに、彼女は低い声で呪文(じゅもん)をつぶやいた。刃には直接触れていないのに、指にひとすじの血がついていた。そこからうっすらと赤い霧が立ちのぼり、剣のなかに吸いこまれていく。彼女のすわる場所からは部屋の窓や入口の観音開きの扉がよく見えた。寝ずの番をしていたのかもしれなかった。

「あなたはなにを警戒してるの？」わたしは声をひそめて尋ねた。

「すべて」と、アローシャは答えた。「なにもかもさ。宮殿のなかで穢(けが)れが見つかり――国王が死に、バローも死んだ。そして、あすの命も知れない戦場に、王太子がおびき出された。むしろ警戒するのが遅かったくらいだね。眠れる夜がなつかしいよ。ところで、あんたはよくなったかい？」

わたしがうなずくと、アローシャはつづけて言った。「それならよかった。いいかい、よくお聞き。この宮殿から穢れを根こそぎ取り除かなきゃならない、それも早急に。あの本を焼いても、まだ終わりじゃないんだ」

わたしは体を起こして膝を引き寄せ、アローシャに言った。「サルカンは、すべて王妃のしたことじゃないかって疑ってるわ。王妃は長い歳月のあいだ〈森〉に苦しめられたあげく、あやつられるようになってしまったんじゃないかって。穢れに冒されていなくても、〈森〉の手先になることはありうるって、彼はそう見てるの」でも、そうは言ったものの、サルカンの見立てがほんとうに当たっているかどうかはわからない。王妃は、あの〈心臓樹〉の小さな金の実をもいだのだろうか。あるいは、地面に落ちた実を拾って、この都まで持ちこんだのだろうか。だとすれば、いま、城の庭園の薄暗い片隅で、銀の若木が土から顔を出し、あたりに穢れをまき散らしていたとしてもおかしくはなかった。でも、わたしには想像もできない。王妃が〈森〉の手先として城に戻り、愛する家族やこの王国を裏切るような行為に走るなんて、そこまでかつての自分をなくしてしまったなんて。

けれども、アローシャは言った。「王妃は、〈森〉の手先となって夫を死に追いやることに、それほど苦痛を感じなかったかもしれないね。国王は、二十年ものあいだ、王妃をあの〈森〉に捨て置いたんだから。そう、長男の王太子も」わたしがなにも言い返せずにいると、アローシャはつづけた。「あたしは気づいてたよ。王妃はマレクを前線に送り出そうとはしなかった。いずれにせよ、王妃がすべての事件の中心にいることはまちがいないだろう。あんたの召喚術で王妃を試すことはできるかい？」

わたしは黙りこんだ。あの〝玉座の間〟で起こったことを思い出していた。あのとき、わたしは王妃に召喚術を試すことを考えた。でも結局、それをやめて、宮廷人たちに幻影を見せるという劇場的な手法を選択した。そして、カシアの赦免を勝ちとった。もしかしたら、あれが失敗だったのかもしれない。

「でも、ひとりじゃできそうにない」と、わたしは言った。『ルーツの召喚術』の呪文をひとりで唱えるのは無理だと感じていた。真実を見つけても、それを分かち合う人がいなければ意味がないように。だれかが来て耳を傾けてくれなければ、真実を空に向かって叫びつづけ、一生を終えることになるかもしれない。

アローシャが首を振った。「あたしには助けられない。王太子妃と子どもたちを守らなきゃならないから。ギドナまで無事に送り届けるまで、そばを離れるわけにはいかない」

「ソーリャが助けてくれるかもしれないわ」わたしはしぶしぶ言った。正直なところ、彼と協力して呪文を唱えるなんてまっぴらだった。わたしの魔力をあやつろうとする彼に、さらにわたしのなかに踏みこむ理由をあたえたくはなかった。でも、彼の透視力はきっと呪文を強化するだろう。

「ソーリャか……」アローシャはその名前を不快そうに口にした。「あいつは愚かな行動を繰り返してきたが、ばかじゃないよ。試してみるといいだろう。あるいは、ラゴストックか。彼はソーリャほど強い魔法使いじゃないが、やり遂げる力は持っている」

「ラゴストックが助けてくれるものかしら」王妃が彼のつくった頭飾りをかぶっていたことを考えると、疑わしく思えてくる。それに、彼はわたしのことが好きじゃなさそうだ。

「あたしが頼めば、やってくれるだろうよ」アローシャは言った。「ラゴストックは、あたしの孫の孫なんだ。返事をしぶったときは、あたしのところに来るように言っておくれ。まあ、あいつがいけ好かない男だということは承知しているから」アローシャはそう言うと、わたしが驚いて見つめ返したことを誤解して、こう付け加えた。「あたしの家系で魔力を持っているのは、ラゴストックひとりきりなんだ。少なくとも、このポールニャ国では」やれやれと言うように首を振る。「あたしのお気に入りの孫娘の子と孫たちには、魔力を持つ者が何人かいる。しかし残念ながら、その孫娘はヴェネチアから来た男と結婚して、南の国に行っちまった。送った手紙が届くまでひと月以上もかかるような遠い国さ」

「あなたには、その人たちのほかにも家族がたくさんいるの？」わたしはおずおずと尋ねた。

「まあね、あたしには……六十七人の玄孫(やしゃご)がいる。いやいや、お待ち」アローシャは少し考えこんだ。「いまはたぶん、もっといる。少しずつどこかに流れていって、疎遠になっていくんだ。冬至(とうじ)のたびに律儀(りちぎ)に便りをくれる者もなかにはいる。でも、おおかたは、自分の先祖のことなんか、聞かされたことはあったとしても、とっくに忘れちまってるよ。みんな、ミルクに少しだけ紅茶をたらしたような肌の色をしているが、ひどい日焼けにならないという程度のものさ。あたしの夫は百四十年前にあの世へ逝(い)った」彼女はそれをあっさりと口にした。もうたいしたことではない、と言うように。百四十年……わたしには途方もない時の長さだ。

「それで話はおしまいなの？」もっと聞きたいという思いに駆られて尋ねた。たくさんの玄孫、その半分が行方知れずで、そうでなければ遠いところにいる。だから、あのラゴストックのことも、ため息をつく程度で大目に見られる。アローシャがこの世界に根をおろしつづけている理由ってなんだろうと考えた。血を分けた者たちがいるから、という理由でもなさそうだ。

「生まれたときには、親戚もいなかった。母親はナミビア出身の奴隷だった。でも、あたしを産んですぐに死んだ。だから、母親のことは、ナミビアから来たということしか知らない。南地方のある男爵がモンドリア公国の奴隷商人から母を買って、奥方に贈ったらしい。母が死んだあとも、男爵一家は親切だった――あたしに魔力があるとわかる以前でもね。だけど、それはご主人様の親切だ。血を分けた親族って感じじゃあなかったね」アローシャは肩をすくめた。「ときどきは恋人がいた。おおかたは兵士だったよ。でも男だって、年がたてば花と同じさ。花瓶に生けておいたところで、枯れるものは枯れる」

尋ねずにはいられなかった。「じゃあ……なぜ、あなたはここにいるの？　なぜ、ポールニャ国のことや、ほかのいろんなことを気にかけることができるの？」

「なぜって、まだ死んじゃいないからだよ」アローシャは、むっとしたように返した。「あたしはいつも、よき仕事がなされているかどうかを気にかけてきた。ポールニャ国にはよい王がつづいた。彼らは民をたいせつにし、図書館を建て、道をつくり、大学を設立した。戦争になっても、国民が敵に蹂躙されたり国土が荒らされたりしないように心を砕いた。世のためになることをした。彼らが邪な王だったら、あたしはこの国を去っていたかもしれない。あのせっかちなマレクがはじめる栄誉のための戦とはいえ、あたしの剣を持たせて兵士らを送り出すこともなかっただろう。でも、マレクに引き替え、シグムンドは分別をわきまえているし、妻にもやさしい。彼が守りたいものを守るためなら、あたしは喜んで手を貸すことができる」

　わたしはみじめな顔をしていたにちがいない。アローシャは背中をどんとたたくように励ましてくれた。「あんたも、そのうちに思い悩まなくなるさ。あるいは、この世の万人とこの世のすべてを愛することを覚えるだろう――あの哀れなバローがそうだったようにね」彼女はさりげなく、その言葉に哀悼を込めた。そこに悲嘆と呼ぶほど強烈なものはなかった。「バローは修道院で四十年間、古文書を研究していた。彼がちっとも老けないことに、まわりが気づくまでね。いつも自分が魔法使いであることに少し驚いているみたいな人だったね」

　アローシャは剣を研ぐのに戻った。わたしは部屋を出た。体の節々が痛み、アローシャと話すことでよけいに悲しくなった。わたしの兄たちが老いていくことについて考えた。幼い甥っ子のダヌシェクが大まじめな顔で泥だんごを持ってきてくれるところを思い出した。あのかわいらしい顔も、月日がたてば、くたびれてしわくちゃになって、おじいさんの顔になるのだろう。わたしの知っているすべての人は土に還り、わたしが愛をそそぐのはその孫の孫だけになってしまうのだろう。

でも、だれも残らないよりはましかもしれない。わたしの玄孫たちが安寧に過ごせる、おびえることなく村の森を駆けまわれる世界であってくれたらいい。わたしが強ければ——もっと強くなれば、きっと、その子どもたちを守る楯になれる。わたしの家族の、カシアの、あの部屋のベッドで眠るふたりの幼子の——いや、あのふたりだけじゃない、〈森〉の影におびえて眠るすべての子どもたちの楯になれる。

わたしは自分にそう言い聞かせた。それで充分じゃないかと自分に思いこませようとした。でも、考えているうちに、心が寒々として、さみしくなった。わたしは薄暗い廊下にいた。何人かの下働きのメイドが朝の日課に取りかかり、暖炉の手入れをするために高貴な人々の部屋に静かに出入りしている。王様が死んでも、きのうと同じことが繰り返される。こうして人の営みはつづいていくのだろう。


ソーリャの声がした。「暖炉の手入れは必要ないよ、リズベータ。熱いお茶と朝食を持ってきてくれるだけでいい」部屋の扉をあけたわたしを召使いとまちがえたようだ。暖炉には火が燃えて、新しい薪が二本くべられていた。

最初の部屋の壁にかなり大きなガーゴイルの装飾があった。彼の居室はふた部屋に分かれ、どちらの部屋もわたしにあてがわれた窮屈な小部屋の三倍はあった。石の床は毛脚の長いふかふかの白い敷物でおおわれている。これらを美しく保つ魔法が使われているにちがいない。部屋のなかに観音開きの扉があり、扉は開け放たれていて、天蓋付きの大きなベッドが見えた。ベッドの足もと側の板に一羽のハヤブサが彫刻されていて、そのつややかな黄金の眼のまんなかから、黒い瞳孔がこちらをにらみつけていた。

手前の部屋の中央に丸テーブルがあり、ソーリャがすわっていた。その横にはマレク王子が手足を投げ出して――ズボンの両脚をテーブルに乗せて、上は寝間着のシャツに毛皮のふちどりのあるガウンをはおり、むっつりとすわっている。テーブルに置かれた銀製のスタンドに、横幅がわたしの腕の長さほどもある楕円の鏡が据えられていた。その鏡面に目をやり、なにか奇妙な感じを覚え、一瞬の間をおいて、そこに映っているのがベッドのカーテンではないと気づいた。ベッドが映るような角度に鏡は置かれていない。鏡はどこかべつの場所にあるテントの内部を映し出していた。小刻みに揺れる一本の柱が両側に流れる天幕を持ちあげている。細い三角形に切り取られた入口から見えるのは青々とした草原だった。

ソーリャが片手を鏡の枠に添え、すべてを吸いこむ深い井戸のような黒い目で、一心不乱に鏡をのぞきこんでいた。

そして、マレク王子がソーリャの顔を見つめていた。わたしがそばに近づくまで、ふたりともまったく気づかなかった。王子はほとんどこちらを見ることなく言った。「どこをほっつき歩いていた？」わたしの答えを待たずに、さらにつづけて言う。「今後も勝手にいなくなるのなら、おまえの首に鈴をつけるぞ。ローシャ国の密偵がこの宮殿にいるのはまちがいない。わがポールニャ軍がライドヴァ川に向かうことをつかんだのはそいつだ――いや、ことによると何人もいるな。まったく気を抜けない。おまえにはこれからそばについてもらう」

「眠っていたんです」と、つっけんどんに返したあと、彼がきのう父親を亡くしたばかりだということを思い出し、少し申しわけなく思った。でも、目の前の彼を見るかぎり、喪に服しているようには見えなかった。国王と王子という関係は、ふつうの父子とちがうのかもしれない。それに彼の父は、彼の母である王妃が〈森〉に囚われていても、助けにいこうとはしなかった。ただ、愛情ではなく心の動揺からだとしても、息子なら少しぐらい目を赤くしていてもいいような気がした。

「ほう、眠る以外にやることはないときたか」王子は苦々しげに言い、ふたたび鏡のほうに目をやった。「いったい、兵団はどこにいるんだ？」

「いまはライドヴァ川沿いの野辺にいるようですね」ソーリャが鏡に見入ったまま答えた。

「わたしがそこにいたはずだった――シグムンドがあちこちに尻尾を振りまくる政治屋でなければ」と、マレク王子が言う。

「王太子を愚か者のように見くだしていらっしゃるのなら、それはちがいます」ソーリャが言った。「あのおかたは、あなたにどうしても〝勝利の権利〟を渡したくなかったのです。それではあなたに王位を渡すのも同然ですから。わたしたちが大貴族院の五十票をすでに獲得したことを、あのおかたはまちがいなくご存じです」

「それがなんだ。貴族たちを掌握できなかったとしても、あいつが世継ぎであることに変わりはない」マレク王子はきつい調子で返し、胸の前で両腕を組んだ。「ああ、わたしが戦に出ていけたら――」

マレク王子は妬ましそうに、なんの助けにもならない鏡を見やり、わたしは鏡の前のふたりに軽蔑のまなざしをそそいだ。大貴族院がマレク王子に王位をあたえるかもしれない、とシグムンド王太子が心配していたのは、ただの思い過ごしじゃなかった。マレク王子は大貴族院を乗っ取ろうとしている。王太子妃がわたしにちらりと不審そうな目を向けた理由が、やっとわかった。王太子妃にとって、わたしはマレク王子の支持者なのだ。わたしは舌の先まで出かかった批難を呑みこみ、ソーリャに短く言った。「助けてほしいの」

ようやく、まっ黒な目がこちらを向き、アーチ形の眉が吊りあがった。「きみを助けられるとはうれしいね。そんな言葉をきみの口から聞けたことも」

「いっしょに呪文を唱えてほしいの」と、わたしは言った。「どうしても王妃様に召喚術を試してみたいから」

ソーリャは押し黙った。あまり喜んではいないようだ。マレク王子がけわしいまなざしをわたしに向けて言った。「おまえのその頭に、またどんな阿呆（あほう）な考えが湧いたんだ？」

「なにかがおかしいの！」わたしは王子に言った。「なにも気づかなかったなんて言わないで。わたしたちがここへ来てからというもの、つぎつぎに災厄が降りかかる。王様、バロー師、ローシャ国との戦争――これはみんな、〈森〉がたくらんだことにちがいないわ。召喚術ならそれを暴き出し――」

「なんだとぉ？」マレク王子が声を荒らげ、立ちあがった。「おまえは召喚術でなにを暴くつもりだ？」

マレク王子がのしかかるようにわたしを見おろした。わたしは床に足を踏ん張り、あごを突きあげた。「真実よ！〝灰色の塔〟から王妃様を外に出して、まだ三日もたたない。そのあいだに王様が死に、宮殿に化けものがあらわれ、ポールニャ国は戦争をはじめることになった。わたしたち、なにかを見落としてたんだわ」わたしはソーリャのほうを向いた。「助けてくれるんでしょうね？」

ソーリャの視線がマレク王子とわたしのあいだを泳いだ。ずるがしこく算段している目だ。

「王妃はすでに赦免された。なんの理由もなく、ただきみが疑念を持ったというだけで、王妃に魔術をかけるわけにはいかないな」

「あなただって、気づいてるくせに！　悪いことが起きてるって」わたしは怒りにまかせて言った。

「悪いことが起きた」ソーリャは、ぬけぬけと訂正を入れた。さっきは喜んで彼の手を取りそうになったけれど、遅まきながら、彼を味方につけたと思ったのがまちがいだったと気づいた。わたしはソーリャから同意を引き出せなかった。彼はもうとっくに見抜いていたのだ。よほどのことでないかぎり、わたしが彼といっしょに魔術を試みるつもりがないということを。たとえ、それによって大きな損をこうむろうが、彼とずっと魔力を分け合いつづけるつもりなんかないということを。「まったくもって悪いことが起きた。穢れの書をきみが見つけたときから。しかし、それもいまは駆除された。災厄の原因はすでにはっきりしている。あれこれと難癖をつけてみたところではじまらないね」

「ポールニャ国にとって、いまもっとも避けねばならんのは、よからぬ噂が広まることだ」マレク王子が言った。さっきより穏やかな口調になり、いからせていた肩がもとに戻っている。ソーリャの返答を――あの底意地の悪い、ご都合主義の言いわけを聞いて、ほっとしているのだろう。王子はどさりと椅子に腰かけ、足をまたテーブルに乗せた。「醜聞は願いさげだ、母上に関して。そして、おまえに関してもだ。大貴族院が葬儀のために召集される。彼らが集まった席で、われわれの婚約も発表する」

「なんですって？」わたしは思わず聞き返した。あまりにもあっさりと告げられたので、最初は自分が関係しているのかどうかもよくわからなかった。

「国王を襲った怪物を倒した褒美だと思え。それに、こういうなりゆきは、庶民のもっとも好むところだ。おまえにとやかく言う資格はない」王子はわたしに視線を向けることさえなかった。

「ポールニャ国は危機に瀕している。おまえを味方につけておきたい」

　わたしは怒りのあまり声も出ず、その場に立ちつくした。でももう、マレク王子とソーリャの関心はあの鏡に戻っていた。鏡のなかで、だれかがテントの入口からなかにはいってくる。口ひげを生やし、軍服に勲章をいっぱいつけた老人が、おそらくテントのなかに置かれた鏡の前の椅子に、疲れきったようすで腰をおろした。その顔は老いのせいでどこもかしこも肉がたれさがっていた。あごがたるみ、口ひげの両端も、両目の下のふくらみも口角も、すべてがさがり、土ぼこりで汚れた顔のしわをつたって汗が流れ落ちていた。「サヴィエナ将軍！」と、マレク王子が呼びかけ、身を乗り出した。「どうした？　ローシャ軍に、ライドヴァ川対岸に砦を築く余裕はあったのか？」

「いいえ」と、その老いた将軍が答え、つらそうに片手でひたいの汗をぬぐった。「ローシャ軍は、対岸に砦を築いてはいませんでした。代わりに、〝長橋〟のたもとで待ち伏せしていました」

「ばかな」マレク王子が吐き捨てるように言った。「砦なくして、渡河地点を二日とは守れまい。こちらは、さらに二千の兵を出せる。わたしがその兵団を率いてすぐにも――」

「わがポールニャ軍は敵を壊滅させせました、夜明けどきに」サヴィエナ将軍が答えた。「敵は全員死亡です。およそ六千の兵団でした」

マレク王子が押し黙った。見るからに驚いているのは、そこまでの勝利を期待していなかったからだろう。王子はその知らせを聞きたくなかったかのように、かすかに眉をひそめて、ソーリャと視線を交わした。「わが軍の損失は？」と、尋ねる。

「四千の兵。馬も多く……。われわれは敵を壊滅させたのです」と、サヴィエナ将軍は声を震わせながら、念を押すように繰り返した。そして、がっくりと肩を落とした。顔のなかのしわというしわを、汗がしたたり落ちていた。「マレク王子、お許しを……。マレク王子……あなたの兄上がお亡くなりになりました。敵は最初の待ち伏せ攻撃で王太子のお命を奪いました。王太子がライドヴァ川を見渡すために川岸に近づかれたときに」

わたしは鏡の置かれたテーブルから思わず後ずさった。でもそうしたからといって、その訃報から逃れられるわけではなかった。王太子の子息が小さな剣を差し出し、〝父上のご武運をお祈りします〟と言ったときの光景がよみがえり、胸をえぐられた。

マレク王子は沈黙した。その表情に激しい困惑が見てとれる。ソーリャが代わって、将軍としばらく話をつづけた。わたしはその話を聞きつづけることにかろうじて耐えた。やがて、ソーリャが手を伸ばして鏡に厚い布の覆いをかけ、マレク王子のほうを振り向いた。

そのときには王子の顔から困惑の表情が消えていた。「神に誓って言うが……」王子はしばしの間をおいてつづけた。「こうなることを、わたしは望んではいなかった」ソーリャはただうなずき、目をきらりと光らせて王子を見つめた。「しかし、こうなるともう、選択の余地はない」

「そうなりますね」ソーリャがやんわりと同意する。「大貴族院に召集がかかっていてよかった。すぐにも信任投票を執り行いましょう」

舌先にしょっぱい味を感じて、わたしは自分が泣いているのに気づいた。そのまま後ろにさがった。後ろにまわした手が扉に触れ、猛禽の頭をかたどったドアノブが手のひらにおさまった。それをまわし、扉からすっと出て、静かに閉めた。わたしは震えながら廊下に立った。アローシャの言ったことは正しかった。〈森〉の仕掛ける罠は際限なくつづく。朽ち葉の下に長く埋もれていた種が、ある日、発芽する。土を破り、若木が顔をのぞかせる。

ひとつ、またひとつと。

わたしは走り出した。靴が石の床を打って大きな音をたて、通りすぎる召使いたちが驚いて立ち止まった。窓から朝日が降りそそいでいた。廊下の角を曲がって王太子の部屋のある区域に達するころには息もたえだえになっていた。部屋の扉は閉まっており、そこに衛兵の姿はなかった。灰色の煙が扉の下からうっすらと廊下に流れてくる。ドアノブに手をかけると、熱かった。わたしは扉をさっと開け放った。

ベッドに火がつき、絨毯が焦げていた。二名の衛兵が床に折り重なって死んでいた。そして、十人の兵士が無言でアローシャを取り囲んでいた。アローシャはひどい火傷を負い、鎧の半分が溶けて皮膚に張りついている。それでも、彼女はまだ戦っていた。その後ろで、衣装庫の扉をふさぐように王太子妃が死んで倒れていた。遺体のそばにカシアがいる。カシアの服はあちこち裂けていたけれど、彼女自身に傷はなく、刃の欠けた剣を振りまわし、二名の兵士が先へ行こうとするのを防いでいた。

アローシャは残りの兵士すべてを相手にしていた。彼女の両手の長いナイフが空を裂き、バチバチと火花が散った。兵士らは斬り刻まれても、血でぬらぬらした床に足をとられることはなかった。彼らはローシャ軍の軍服を着ていたが、その目は緑色で、目玉がついていなかった。樺の木をまっぷたつに割ったときのような青い匂いが部屋じゅうに立ちこめている。

わたしは声を張りあげて泣きたかった。落書きを拭きとるように世界を消せるものなら、いま片手を振りおろし、消してしまいたかった。でも、そうする代わりに片手を前に突き出し、「**フールヴァド**」と呪文を唱え、魔力をぐっと押し出した。アローシャが、バロー師の弟子の魔法使い見習いから、あのうっすらとした煙のような穢れをたぐり寄せたときのことを思い描き、ふたたび「フールヴァド」と唱えた。黒い煙が兵士らのあらゆる傷口から噴き出し、流れ、開いた窓から日差しのなかに出ていった。すると突然、彼らはただの兵士に戻り、深手に耐えきれず、つぎつぎに床に倒れていった。

アローシャが振り向き、カシアに襲いかかる兵士らに両手の二本のナイフを投げた。ナイフはそれぞれの兵士の背中に突き立ち、邪悪な黒い煙が流れ出た。こうして、残るふたりの兵士も倒れた。

兵士らが全員息絶えると、部屋は奇妙なほど静かになった。突然、衣装庫の扉の蝶番がギギィと鳴った。わたしはその音に跳びあがった。扉が開き、カシアが扉のほうを振り向いた。王太子の息子、スターシェクが衣装庫のなかにいて、おそるおそる外のようすをうかがっている。少年の片手には、あの小さな剣が握りしめられていた。「見てはだめ！」と、カシアが叫んだ。カシアは衣装庫のなかから、丈の長い赤いヴェルヴェットのマントを取り出し、それで子どもたちの頭をおおい、ふたりを両腕で包みこんだ。「見てはだめ」そう言って、ふたりをきつく抱きしめた。

「お母様……」小さな女の子が言った。

「いまは静かに」少年が震える声で女の子に言った。わたしは両手で口をふさぎ、声を殺して泣いた。

　アローシャが疲れきったようすで深く息をついた。くちびるの端に血の泡がついている。彼女はぐったりとベッドにもたれかかった。わたしは彼女によろよろと近づき、手を伸ばして助け起こそうとした。でも、アローシャは手を振って、それを拒んだ。そして、なにかをつかむようなしぐさとともに、「ハートル」とつぶやき、あの〝殺しの剣〟を宙から取り出した。アローシャはその剣の柄（つか）をわたしのほうに差し出した。「〈森〉にいるのがなんであれ……」炎に喉を焼かれて、かすれた小さな声しか出てこない。「そいつを見つけ出し、殺すんだ。手遅れにならないうちに」

　わたしはおずおずと剣を受け取った。アローシャは剣をわたしに押しつけると同時に、ずるっと姿勢を崩した。わたしは彼女のそばにひざまずいた。「いま、〈ヤナギ〉を呼んでくる」

　アローシャが首を小さく横に振った。「行きな。子どもたちをここから連れ出すんだ。この城は安全じゃない。早く！」アローシャはベッドのへりに頭をあずけて、目を閉じた。浅い呼吸に合わせて、胸が上下する。

　わたしは震えながら立ちあがった。アローシャの言うことが正しい。国王、王太子、そしてたったいま、王太子妃が殺された。〈森〉は皆殺しを狙っている。アローシャの仕えてきた王家の人々も、ポールニャ国の魔法使いも、ことごとく殺してしまうつもりだろう。わたしはローシャ軍の軍服を着た、死んだ兵士たちのほうを見た。マレク王子はこの惨劇もローシャ国のせいにするだろう。そして王冠をかぶり、東に向かって行軍するだろう。でも、マレク王子がローシャ国の人々を殺し尽くしたところで、今度は〈森〉が王子をむさぼり喰らう。この国はめちゃくちゃにされて、王位の継承も断たれることだろう。

〈森〉の枝々の下に戻り、あの冷血で憎しみにあふれた存在から見つめ返されているような気がした。この束の間の沈黙は、ただの小休止にすぎない。石の壁があろうが、太陽が降りそそごうが、なんの守りにもならない。〈森〉の目はわたしたちにそそがれている。〈森〉はいま、ここにいる。

25 故郷へ、〈ドラゴン〉の塔へ

死んだ衛兵から剝がしたマントに身をくるみ、わたしたちは部屋から逃げ出した。マントの裾が床に血のすじを引いた。わたしはアローシャの剣をそれ専用の特別な置き場所に——目には見えない鞘に突っこんだ。〝ハートル〟という呪文を唱えると、その剣をおさめた世界の口が開き、取り出すことができる。カシアが小さな女の子を抱きかかえ、わたしがスターシェクの手を引いて、塔の階段をくだった。途中の階につづく踊り場を通りすぎるとき、そこを守る衛兵が困惑に眉をひそめてこちらを見つめた。わたしたちはさらに足を速めて階段をくだり、ようやく一階の厨房へとつづく、召使いたちが行き交う狭い廊下に出た。スターシェクがわたしから手を引き抜こうとした。「お父様に会いたい！」震える声で少年は言った。「マレク叔父様に会いたい！　ぼくたち、どこへ行くの？」

わたしにもわからなかった。逃げなければ、とにかく、逃げなければ、という衝動に駆られていた。〈森〉はおびただしい数の種をわたしたちのまわりにまいた。しばらくはおとなしく土のなかで眠っていた種たちが、いまいっせいに芽を出し、枝を広げ、実を結ぼうとしている。穢れが巣くっているかぎり、この王宮に安全な場所はない。王太子妃は子どもたちを祖父母のもとへ、北の海辺の都市、ギドナに連れていくつもりだと言っていた。〝穢れは海と相性が悪い〟と言ったのはアローシャだった。でも、ギドナの地にも木々は生えているだろう。〈森〉は子どもたちを海辺の街まで追いかけてくるかもしれない。

「〈ドラゴン〉の塔へ行くのよ」と、わたしは言った。それはスターシェクの叫びと同じように、思わず口を突いて出た言葉だった。サルカンの書斎の静寂、実験室のかすかな薬草と硫黄の匂い、ひっそりとした狭い廊下――あの清浄と静けさを、わたしは求めていた。塔は山々と対峙するように高く孤独にそびえている。あの塔まで〈森〉が踏みこんできたことはこれまで一度もない。「〈ドラゴン〉の塔に行くのよ」わたしはもう一度、スターシェクに言った。

　何人かの召使いが歩調をゆるめて、わたしたちを見つめた。階段の上からわたしたちを追いかけてくる足音が聞こえた。「そら、こっちだ！」と、命令する男の声も聞こえる。

「しっかりつかまって！」わたしはカシアに言った。城の内壁に片手を添え、通り抜けの呪文を小さな声で唱え、厨房の裏庭に出た。庭師が驚いて地面から顔をあげる。わたしたちは豆畑のなかを駆け抜けた。わたしの恐怖を感じとったのか、スターシェクも目を丸くして走っている。カシアはその後ろにいた。城を囲む石レンガ造りの厚い外壁にたどり着くと、ふたたび通り抜けの呪文を唱えた。緊急事態を告げる城の鐘が鳴りはじめた。わたしたちは泥を蹴散らしながら、ヴァンダルス川をめざして急坂を駆けおりた。

　ヴァンダルス川は、城の外壁に沿ってまわりこむようにゆるい弧を描き、街をあとにして東に流れている。弧を描く部分はとりわけ流れが速く、深さもある。空を見あげると、獲物を狙う鳥たちが旋回していた。城の上で大きな輪を描いているのはハヤブサだ。まさか……まさかソーリャが、わたしたちを見おろしているのでは？　わたしは川岸に生える葦を、呪文を使わず、一本一本集めた。魔法を使うのも忘れてしまうほどあせっていた。ひとつかみの葦を集めると、服から一本の糸を引き抜き、それで葦の束の両端を縛り、水際に投げた。半分だけ水につかった葦の束めがけて魔力を投じた。葦の束はたちまち細長い小舟に変わった。わたしたちが急いで乗りこむのとほぼ同時に、小舟は流れに押されて岸辺を離れた。そのままどんどん速度をあげて、川面に突き出た岩に何度も端をかすった。叫び声に振り返ると、城の高い外壁の上に衛兵たちがいた。

「伏せて！」カシアが声をあげ、子どもたちの上におおいかぶさった。外壁の衛兵たちが雨あられと矢を放ってきた。一本がカシアのマントを裂き、背中に当たったけれど、彼女の硬い体を貫くことはなかった。さらにもう一本がわたしの横、舟べりの内側に刺さり、突き立った矢軸がブルブルと震えた。わたしはその矢羽根をむしり、頭上に放った。矢羽根はかつての姿を思い出すように小鳥に変わり、雲のような群れとなって小舟の上でさえずり、輪を描き、束の間、わたしたちの姿を隠してくれた。わたしは舟べりを両手でしっかりとつかんで、バーバ・ヤガーの魔法書にあった速度をあげる呪文を唱えた。

とたんに、小舟が勢いを増した。がくんと一回揺れると、城と街がにじんだ景色となって流れ去り、おもちゃのように小さくなった。またがくんと揺れると、川の湾曲を抜けて、城も街も見えなくなった。さらにまたがくんと揺れると、小舟は木も草もない地面がむきだしの土手にぶつかった。葦の小舟がばらばらに砕けて、わたしたちは全員、水に投げだされた。

いまにも溺れそうだった。水を吸った服の重みであおむけになったまま暗い川底まで引きずりこまれた。ちらちらと光る水面を見あげ、カシアのスカートが雲のようにただようのを視界の端でとらえた。水面をめざしてがむしゃらに水をかいた。やっと水面に出た片手をやみくもに動かし、なんでもいいから、つかまれるものをさがした。小さな手に触れると、その手が握り返してきた。こうして、スターシェクの手に導かれ、わたしは水際の根っこをつかむことができた。咳きこみながら体を引きあげ、どうにか水に足をつけて立った。「ニーシュカ！」カシアがわたしを呼んだ。彼女は両腕にしっかりとマリシャを抱いていた。

わたしたちは岸辺のぬかるみを重い足どりで進んだ。カシアの足が一歩前に進むたびに地面に穴を残し、そこに水がゆっくりと流れこんだ。わたしは泥まみれの草の上にしゃがみこんだ。いまにも魔力が四方八方に飛び散っていきそうだった。体ががくがくと震えた。あまりにも急な展開だった。矢が降りそそぐ光景を思い返すと、心臓の動悸が激しくなった。まだ追われているような気がする。それでも、ここは人けのない静かな川岸で、わたしたちのつくるさざなみの上を、水辺の小さな虫たちが跳び越えていく。服の裾に泥がまとわりついていた。多くの人と石壁に囲まれて城のなかで長く過ごしてきたので、この水辺の景色を見ても、すぐには現実感が湧いてこなかった。

わたしの隣にしゃがんだスターシェクが、幼い顔に茫然とした表情を浮かべていた。妹のマリシャが近づいて体をくっつけると、スターシェクは片腕を妹にまわした。幼い兄妹の向こうにカシアがいた。一日、いや一週間でも、横になって眠っていたかった。そうできたら、どんなにいいだろう。でも、マレク王子にはわたしたちの逃げた方角が伝えられるだろう。ソーリャは、わたしたちを捜索するために、川面を浮遊する〝魔法の目〟を送り出すかもしれない。休んでいる余裕はない。

わたしは川岸の土くれで二頭の牡牛をこしらえ、息を吹きかけて短い命をあたえ、小枝から荷馬車をつくった。こうして牡牛の牽く荷馬車で街道を進んだが、一時間もたたないうちに、カシアが後方を振り返って、「ニーシュカ！」と叫んだ。わたしはすぐに、街道から少し奥まった木立のなかに馬車を退避させた。街道のはるか後方に土ぼこりがあがっていた。わたしは手綱を引き締め、牡牛たちをおとなしくさせた。そして全員で息を詰め、見守った。後方に湧きあがる土ぼこりの雲が、ありえない速さで大きくなった。土ぼこりはみるみる近づき、赤いマントをはおってクロスボウや抜き身の剣を持った騎士の一団になった。騎士団はまたたく間にわたしたちのかたわらを走りすぎた。馬の蹄から魔力の火花がバチバチと散り、鋼の蹄鉄が堅い地面に当たって鐘のような音をたてていた。アローシャの鍛冶場でつくられた蹄鉄も混じっているのだろうが、いまはそれも〈森〉に利用されている。わたしは前方の土ぼこりが完全に見えなくなるのを待って、馬車を街道に戻した。

最初の町にたどり着くと、そこにはすでにお触書きが出ていた。急いだにちがいなく、縦長の羊皮紙にわたしとカシアの顔がぞんざいに描かれ、それが教会横の木の幹に留めつけてあった。追跡されるというのがこういうものだということをはじめて知った。胃が痛くなるほど空腹だったので、町を見つけたときには、馬車を停めて食糧を調達できると喜んでいたのに……。食糧調達どころではなくなり、わたしたちはマントで頭をすっぽりとおおって、だれにも話しかけずに馬車を進めた。町のなかを行くあいだ、手綱を握るわたしの手は震えつづけていた。それでも幸いなことに、この日は町に市が立つ日だった。町はかなり大きく、都に近いこともあって、外からやってきた大勢の人であふれていた。だれもわたしたちに気づかず、顔を見たがる者もいなかった。町を抜けて建物が途切れるあたりで、すぐに手綱をしごいて牡牛を急がせた。もっと早く、早く……そしてようやく、振り返っても町は見えなくなった。

それからの道中でも二度、馬車を街道から退避させて、馬に乗った男たちが通りすぎるのを見送った。そして、その日の黄昏どき、さらにもう一度、赤マントをはおった王国の伝令に出くわした。ただし、伝令は昼間とは逆方向からあらわれ、隠れたわたしたちの横を通りすぎて、首都クラリアのほうに駆けていった。日没の薄明かりのなかで、蹄の散らす鮮やかな火花がよく見えた。伝令は馬を飛ばすことに集中していて、わたしたちには気づかなかった。でももし道ばたに目をやったとしても、茂みの奥の黒い影しか見えなかったことだろう。茂みに隠れているとき、なにか黒くて四角いものが背後にあるのに気づいた。それは木立になかばおおわれた廃屋の開かれた戸口だった。カシアに牡牛を託して、わたしは草木が伸び放題の庭をすみずみまで調べ、ひとつかみの時季はずれのイチゴ、硬くなった蕪、たまねぎと、わずかな豆を集めた。そして集めた食べものの大半を子どもふたりにあたえ、また街道に戻った。馬車に揺られているうちに、子どもたちは眠りについた。土からつくった牡牛たちには食べさせたり休ませたりする必要がなく、馬車は夜を徹して進みつづけた。

カシアが御者席のわたしの隣にすわった。星々が輝く空は黒く果てしなく、生きとし生けるものから遠いかなたにあった。空気は涼やかで、静寂に包まれている。馬車の車輪はきしみをあげず、牛たちは息を切らすことも鼻を鳴らすこともなかった。「あなたは、この子たちのお父様に使者を送って知らせようとはしなかったわね」カシアが声を落として言った。

わたしは前方の暗い道を見つめて言った。「王太子も亡くなったの。ローシャ軍の待ち伏せ攻撃を受けて」

カシアがそっとわたしの手に触れた。わたしたちは手を握り合い、馬車に揺られつづけた。しばらくすると、カシアが口を開いた。「王太子妃は、あたしのすぐ横で死んだわ。子どもたちを衣装庫に逃がし、彼女はその前に立った。兵士は何度も彼女を剣で突いた。でもけっしてそこをどかず、衣装庫の扉の前に立ちつづけたわ」カシアの声は震えていた。「ねえ、ニーシュカ。あたしに剣をつくってくれない？」

本音を言うと、つくりたくなかった。もちろん、追っ手に見つけられたときのことを考えるなら、カシアは剣を持っていたほうがいい。ただ、わたしは彼女が傷つくことを心配しているのではなかった。戦場にいても、剣は彼女の体に傷をあたえず、矢が刺さることもないだろう。でも剣を持たせたら、彼女自身が危険で恐ろしい存在に変わってしまう。楯も鎧も、思考すらも必要とせず、彼女は麦の穂を刈るように、たんたんと手早く、兵士たちを刈って進むだろう。わたしはアローシャの剣のことを——殺しに飢えた剣のことを思った。それは魔法の鞘におさまって、目には見えないけれど、いまもわたしの肩にある。わたしはその重さを感じつづけている。カシアとこの剣の相性がよいことはわかっていた。でも、彼女に使わせるわけにはいかない。わたしはカシアに戦ってほしくない……。

でも、それをいま願ってもむなしいだけだ。わたしは腰のベルトにしまったナイフを取り出し、彼女のナイフも受け取った。それからベルトと靴の留め金、マントについた金具も取りはずし、通りすがりの木々から小枝を折った。こうして、すべてをスカートの上にまとめると、カシアに手綱をあずけ、まっすぐに鋭く強くなれ、とそれらに語りかけ、〝七人の騎士の歌〟をハミングした。膝の上のものたちが、わたしの呪文を聞きとどけ、みるみるひとつにまとまって、反りを持つ、切れ味のよさそうな片刃の長剣になった。柄が木製で、剣というより台所で使う細い包丁に近い。輝く鋼の小さな金具によって、剣身が柄にしっかりと固定されている。カシアはその剣を受け取ると、左右の手に持ち替えながら重さを確かめた。それから小さくうなずき、剣を御者席の下におさめた。

三日間、昼夜分かたず、街道を進みつづけた。夜が明けるたび、行く手の山々は着実に大きくなった。まだ道のりは遠い。それでも少しずつ故郷に近づいている。そう実感できることが慰めをもたらした。牡牛たちは快調に歩を進めていたが、たびたび木立や小さな丘や荒れ屋の陰にひそんで、馬で行く人々をやりすごさなければならなかった。最初はうまく身を隠せたことを喜んだ。けれど、不安と安堵のあいだを行きつ戻りつするうちに、それ以外のことをまともに考えられなくなった。あるとき、土ぼこりが消えていくのを茂みの奥から見とどけたあと、カシアがぽつりと言った。「少し多くないかしら」それを聞いて、わたしの胃の底に冷たい塊が落ちてきた。たしかに、わたしたちを捜索するだけにしては、馬の行き交いが多すぎるような気がした。なにかべつの緊急事態が持ちあがっているんだろうか。

もしマレク王子が山越えの道を封鎖していたら……もし彼の兵団が〈ドラゴン〉の塔を包囲していたら……もしサルカンまで手配されることになり、ザトチェク村で〈森〉を押し返すために戦っているところを、いきなりとらえられたとしたら……。

心配は尽きないけれど、前に進むほかなかった。山々はもう慰めをあたえてはくれなかった。山脈の向こう側に出たら、いったいなにを見ることになるんだろう？　道は丘陵地帯のゆるやかな上り坂になり、カシアはその日一日じゅう、後ろの荷台で子どもたちといっしょにいた。マントの下に隠された彼女の手は、つねに剣の柄を握りしめていた。太陽が高くのぼり、金色の日差しが彼女のほおを輝かせている。その姿は超然として、神秘的で、どこか人間離れした落ちつきを備えていた。

わたしたちは丘の頂上までのぼり、黄の沼領のなかでは最後になる四つ辻にたどり着いた。四つ辻のきわに小さな井戸があり、手桶が備えつけられていた。道に人けはないけれど、地面は人や馬に踏みしだかれている。日頃からこんなに人通りがないのかどうか、よくわからない。カシアが手桶で水を汲み、わたしたちは水を飲んだり、ほこりだらけの顔を洗ったりした。わたしは土と水をこねて牡牛を補修した。土から生まれた牛たちは、一日歩くと、あちこちがひび割れてしまうのだ。スターシェクがこねた土を黙ってわたしに差し出してくれた。

わたしとカシアはすでに、スターシェクとマリシャの気持ちに精いっぱい気づかいながら、彼らの父親である王太子が戦死したことを伝えていた。マリシャは死がまだよく理解できなくて、ひたすら不安そうだった。これまでも何度となく母親のことをわたしたちに尋ねていたし、いまはカシアのスカートの裾を握りしめて離れなくなっている。前よりもさらに幼くなったように見えた。一方、兄のスターシェクは理解しすぎるほどに理解していた。父の戦死の知らせに静かに耳を傾けたあと、わたしに向かって尋ねた。「マレク叔父様は、ぼくを殺そうとするかな？　ぼくはもう子どもじゃないよ」そう言わなければならないと感じているように付け加える。

「殺そうとはしてないわ」と、わたしは答えたけれど、喉に硬いものがつかえているみたいだった。「彼はただ〈森〉にあやつられているだけ」スターシェクがわたしの言葉を信じたかどうかはわからない。彼はそれっきり黙りこんだ。マリシャがまとわりついてきても辛抱強く相手し、自分にできることはなんでも手伝おうとした。でも、ほとんどだれとも口をきこうとしなかった。

「アグニシュカ……」二頭目の牡牛の後ろ脚を補修し、汚れた手を洗おうと立ちあがったとき、スターシェクがわたしを呼んだ。わたしは彼の視線の先に目をやった。進んできた道のはるか後方、西の方角に、まるで大きな厚い雲のように土ぼこりが舞いあがっていた。その雲は、見つめているあいだにも、さらにわたしたちのほうへ近づいてきた。カシアがマリシャを抱きあげた。わたしは片手で日差しをさえぎり、目を細めて西のかなたを見た。

それは、進軍する兵士たち、何千という兵士の軍団だった。騎馬隊の持つ長槍が日に輝き、赤と白の大きな軍旗がひるがえっていた。騎馬隊の先頭にいるのは鹿毛の馬で、銀色の鎧を身につけた戦士がまたがっている。その横に葦毛の馬が並び、馬上には純白のマントが――

世界がぐらりと揺れて、自分の上に崩れ落ちてくるような気がした。ソーリャの顔がはっきりと見えた。はるか遠くから狙い定めるように、ソーリャもわたしを見つめ返した。さっと顔をそむけた勢いで転びそうになった。「ニーシュカ、どうしたの?」カシアが声をかける。

「急いで!」わたしは声を荒らげ、スターシェクを馬車の荷台に押しあげた。「見つかった!」

道は山のなかにはいっていた。軍団との距離はまだうんと開いている――努めてそう考えようとした。少しでも効果があるならと、牡牛たちに鞭を当ててみたけれど、いまの速度が精いっぱいだった。小石だらけの山道は狭くて曲がりくねり、牛たちの脚はすぐにひび割れ、ぽろぽろと乾いたかけらを落とした。たとえここで荷馬車を停めたとしても、もう補修に使えそうな土は見つからないだろう。速度をあげる魔法は使わなかった。道を曲がった先に、なにが待ち受けているかわからないからだ。もし、前方にも兵団がいたら……？　敵のなかに飛びこんでいくようなものだ。いや、もっとまずい場合、勢いをつけて谷底にまっさかさまに……。

突然、左の牡牛ががくんと前にのめり、砕けはじめていた前脚が岩にぶつかって粉々になった。もう一頭はさらに一歩進もうとしたが、二歩目なかばでばらばらに砕けた。荷馬車が前に傾き、御者席と小枝や干し草を敷きつめた荷台から全員が前にすべって転がり落ちた。

そのころには、道は山に深く分け入り、かなりの高さまでのぼっていた。あたりは干からびた木や発育の悪い木ばかりで、曲がりくねった道の両側に高い峰がそびえていた。見通しが悪くて、軍団がどれくらい近づいているかも確かめられない。ふつうなら、この山越えの道は歩いて一日かかる。カシアがマリシャを抱きあげると、スターシェクも立ちあがった。彼は足をひきずりながら、わたしのかたわらを歩いた。急いでも不平を言わなかった。足が痛くなり、乾いた空気のせいで喉がひりひりした。

わたしたちは、短い休みをとるために、地層がむきだしになって、おそらく雨のある夏期だけ水がちょろちょろと滲み出ている場所で立ち止まった。水を手で受けとめて、それぞれがかろうじてひとすくい分ほど飲むことができた。水を飲んで顔をあげると、耳の近くでけたたましいカアァーという声が聞こえ、わたしは驚いて跳びのいた。つややかな黒いカラスが、岩に張りついた枯れ木の枝からこっちを見つめている。そいつはふたたび、カアアァァーと大きく鳴いた。

カラスは枝から枝へ、岩から岩へと移り、わたしたちを追ってきた。追いはらおうと小石を投げると、ひょいと跳びのき、勝ち誇ったようにまたカアァーと鳴いた。少し行くうちに、さらに二羽のカラスが加わった。道は尾根づたいにくねくねとつづき、道の両側はどちらも草地で急な傾斜になっていた。

わたしたちは、いつしか走っていた。道はひとつの山が終わるところで急なくだり坂になり、右手は胸が悪くなるような断崖だった。いちばん高い地点を過ぎたのだろうか。ちゃんと考えられるほど長く立ち止まる余裕はなかった。わたしはスターシェクの腕をつかんで、ほとんど引きずるように走っていた。後方のどこかで馬のいななきが聞こえた。狭い山道を駆けていた馬が足をすべらせたのかもしれなかった。カラスたちは枝を離れて上空を旋回していたが、そのいななきの原因を確かめにいくかのように後方に飛び去った。そして最初の一羽だけが残り、ぴょんぴょんとついてきながら、光る眼(まなこ)でわたしたちを見すえていた。

空気が薄くなっていた。わたしたちは空気を求めてあえぎながら、懸命に走った。日没が近い。「止まれ!」はるか後方から叫ぶ声が聞こえ、一本の矢が飛来し、わたしたちの頭上の岩に当たった。前を走っていたカシアが立ち止まり、わたしが追いつくと、彼女はマリシャをわたしの腕に押しつけた。スターシェクがおびえた目でわたしを見あげた。

「このまま道を行くのよ！」わたしはスターシェクに言った。「行って！　そのうち塔が見えるから！」スターシェクが走り出し、道の曲がるところで岩壁の向こうに消えた。わたしはマリシャを抱き寄せた。マリシャが両腕をわたしの首に巻きつけ、両脚を腰にからめた。わたしはスターシェクを追った。蹄の下で小石の鳴る音が聞こえるほど馬たちが近づいていた。

「見えたよ！」前方からスターシェクの叫ぶ声がした。

「しっかりつかまって！」わたしはマリシャに言い、がむしゃらに走った。小さな体がわたしの腕のなかではずんだ。マリシャはわたしの肩にほおをあずけ、悲鳴ひとつあげなかった。息もたえだえになって道の曲がりを過ぎると、不安そうな顔でこちらを振り返るスターシェクが見えた。彼は山腹から突き出た岩棚に立っていた。そこは家畜が草を食（は）めるほどの広さがあった。わたしの脚は疲れきっていた。いまにもへたりこみそうになり、どうにかマリシャを地面におろすまで持ちこたえ、それからがくりと膝をついた。わたしたちは山の南斜面にいた。眼下には斜面をくだるつづら折りの山道があり、道はふもとの町、オルシャンカまでつづいている。

そして街から横に目を移すと、西の山脈の入口に〈ドラゴン〉の塔があった。まだ遠くて小さくしか見えないけれど、白い塔が夕日に照り映えている。そして、塔を兵士たちが取り囲んでいるのも見えた。鎧の上に黄色の外衣（サーコート）を着た兵士たちの小さな集団だった。それを見て、気持ちがくじけそうになった。兵士らはもう塔に踏みこんだのだろうか。塔の大扉は閉じていた。窓から煙も出ていない。塔が兵団の手に落ちたなんて信じたくなかった。サルカンの名を叫びたかった。大気に裂け目をつくり、そこに飛びこんで一気に塔まで移動したかった。わたしは力を振り絞って立ちあがった。

カシアが後方の狭い道で立ち止まっていた。騎馬隊が道の曲がりを抜けてあらわれるや、彼女はわたしがつくった剣をさっと引き抜いた。騎馬隊を率いているのはマレク王子だった。王子は拍車を血で濡らし、抜き身の剣を持ち、怒りに歯をむいていた。彼が馬で突進してきても、カシアはその場から動かなかった。彼女の髪がほどけ、風にあおられた。カシアは道に足を踏ん張り、剣をまっすぐに突き出した。マレク王子は馬首を返すか、そのままカシアの剣に突っこむか、ふたつにひとつしかなかった。

王子は手綱をぐいっと引いて馬を停めると、狭い道で馬を返しながらカシアに剣を振りおろした。カシアは王子の一撃を剣で受けとめ、すさまじい勢いで横に払った。剣はマレク王子の手からはじかれて地面ではずみ、小石と土を巻きこんで斜面をすべり落ち、見えなくなった。

「槍を！」マレク王子が叫び、ひとりの兵士が槍を放った。王子は馬をまわしながら、その槍を巧みに受けとめ、カシアの腰あたりの低い位置で大きくひと振りした。カシアは後ろに飛びのくしかなかった。もし道から落ちてしまったら、カシアのほうがマレク王子より腕力があったところで、どうにもならない。カシアは槍の柄をつかもうとしたが、マレク王子はすばやく引っこめた。王子はそのまま馬を前に押し出し、手綱を引いて後ろ脚立ちさせ、蹄鉄でカシアの頭を狙った。カシアが逃げ、王子があとを追う。王子は騎馬隊とともに道の広がるところまでカシアを追うと、互いの間隔を広げて彼女を取り囲んだ。マレク王子と兵士らがカシアを追い越し、子どもたちに狙いを定めてこちらに突進してくる可能性もあった。

わたしはサルカンの呪文を、帰還の呪文を記憶の底からたぐり寄せた。〝ヴァリース〟と〝ゾキネーズ〟……？　たとえ呪文の言葉をうまくまとめられたとしても、魔術がうまくいくとはかぎらない。わたしたちはまだ故郷の谷にたどり着いていない。瞬間移動でここから塔までたどり着くことはまず無理だろう。

薄い空気と絶望のせいで、眩暈（めまい）がした。スターシェクがマリシャに駆け寄り、妹をしっかりと抱きしめる。わたしは目を閉じ、幻影の呪文を唱えた。サルカンの書斎を呼び出そうとした。周囲のごつごつした岩のあいだから書棚が立ちあがった。金文字をつづった背表紙と革の匂い、鳥かごのなかから時を知らせる小鳥、緑の谷を端から端まで見渡せる窓の眺め――蛇行する糸繰り（いとく）川。幻影の窓の眺めのなかには、わたしたちの姿もあった。山腹を行く蟻（あり）のように小さなわたしたちの姿――そして、マレク王子の後方に控える、およそ二十名の兵団。王子が広くなった道をさらに進めば、いまは狭い道にいる彼らがそれにつづき、わたしたちに襲いかかるだろう。

サルカンが書斎にいないことはわかっていた。彼はいま、谷の東端、ザトチェク村にいる。

〈森〉の境界からうっすらと煙が立ちのぼっているのも見える。でもとにかく、わたしは彼を書斎に、書斎のテーブルに呼び出そうとした。溶けることない魔法の蠟燭(ろうそく)に照らされたサルカンの厳しい顔つき――彼の顔がわたしのほうを向き、いらだつような、困惑するような表情を浮かべた。きみはいったい、なにをしている？

「助けて！」わたしはサルカンに向かって叫び、スターシェクを押し出した。サルカンがとっさに開いた両腕のなかに、スターシェクがマリシャを抱いたまま転がりこんだ。スターシェクが悲鳴をあげる。彼は目をまんまるにしてサルカンを見あげ、サルカンも少年を見つめ返した。

わたしは身を返した。自分の半分が書斎に、もう半分が山のなかにいる。「カシア！」と、大声で呼びかけた。

「先に行って！」彼女が叫び返した。マレク王子の背後に弓を構えるひとりの兵士がいた。そして、わたしの後ろにはサルカンの書斎があった。兵士が矢をつがえ、弓を引き、狙いを定めた。

カシアは王子の槍の下をくぐって馬に突進し、両手を馬の胸にあてがって力まかせに押した。馬が激しくいななき、後ろ脚立ちになる。馬は後ろ脚で後ろに跳びのき、前脚の蹄がカシアの頭をかすめた。王子は片足で彼女のあごを蹴りあげた。カシアがのけぞり、王子が槍を突き立てる。槍は彼女のかかとのすぐ後ろの地面に刺さった。王子は両手で槍を持っていたので、手綱から手を放していたけれど、自在に馬をあやつった。王子が馬上で体をひねると、馬も同じように馬体を返し、よろめいたカシアに馬のしりがぶつかった。カシアは道の端まではじかれ、マレク王子はここぞとばかりに、馬をもう一度体当たりさせた。カシアが落ちた。悲鳴をあげることもなく、ただ小さく「あっ」と声をあげ、つかもうとして引っこ抜いた草をつかんだまま、崖を転がり落ちていった。

「カシア！」わたしは悲鳴をあげた。マレク王子が今度はわたしのほうに向かってくる。兵士が弓を引き絞り、弦がブンッとうなる。

いきなり、肩を後ろからがっちりとつかまれた。どこか覚えのある両手の感触。その両手が思わぬ力でわたしを後ろに引いた。書斎の壁がまわりから押し寄せてくる。兵士の放った一本の矢がその壁を抜けようとする――まさにその瞬間、わずかに残った隙間がぴたりと閉じた。風のうなりがとだえ、肌を粟立たせていた山の冷気が引いた。わたしは振り返って、確かめた。サルカンだった。彼の両手がわたしを引いたのだ。

そして、その両手がいまはわたしの背中にある。わたしは後ろに引っぱられ、彼の胸で受けとめられていた。言いたいこと、聞きたいことが頭のなかで渦巻いた。でも、彼がわたしから手を放して一歩さがったとき、はっとした。そこにいるのはわたしたちふたりきりではなかった。谷の地図がテーブルに広げられ、がたいのりっぱな大男がそのテーブルの向こう端にいた。大男は髪よりも長くあごひげを伸ばし、鎖帷子の上に黄色の外衣をまとっていた。驚きに口をあんぐりあけてこちらを見つめる大男の背後では、鎧を着た四人の戦士が剣をいつでも抜けるように身構えている。

「カシアは?!」スターシェクの腕のなかでもがきながらマリシャが叫んだ。「カシアを連れてきて！」

わたしもそうしたかった。カシアが山道の崖から落ちる光景が頭から離れず、震えが止まらない。いくら彼女でも、あんなところから落ちれば、無傷ではいられないだろう。わたしは窓辺に駆け寄った。カシアのいる場所は遠い。それでも、山腹に引かれた一本の縦線のように、彼女の落ちた場所から淡い煙のような砂塵が立ちぼっているのが見えた。小さな塊のように、カシアの茶色く汚れたマントと金髪が、つづら折りの山道が折り返してまた戻ってくる一段下の道にあった。わたしは持てるかぎりの魔力と知恵をかき集めようとした。疲労がのしかかり、膝ががくがく震えた。

「やめろ」と、サルカンが横に来て言った。「やめておけ。きみがどうやってこれをやってのけたのかわからないし、知ったら驚くだろうとは思う。しかし、あまりに短い時間に魔力を使いすぎている」サルカンは窓から手を突き出し、はるか遠くに豆のように小さく見えるカシアを指差した。そして、目を鋭く細め、呪文を唱えた。「**トゥアリデータル**」片手をこぶしに握ってぐっと引き戻し、床のなにもない場所を指差した。

カシアが、その指が差す場所に、宙から転がり出た。茶色の土ぼこりが舞いあがる。カシアは床で体を返し、少しふらついたものの、すばやく立ちあがった。腕に血のにじむ傷がいくつかあるが、その手にはしっかりと剣を握っている。テーブルの向こうに鎧の男たちを認めるや、スターシェクの肩を引き寄せてその前に立ちはだかり、彼を守るように剣を構えた。「静かにね、マリシャ」兄の腕のなかから手を伸ばそうとするマリシャのほおにそっと触れて、おとなしくさせた。

テーブルの向こうの大男が、しばらくそのようすをじっと見つめていたが、だしぬけに声を張りあげた。「なんとまあ、サルカン。こちらは王太子殿下のご子息ではないか」

「そのようだな」サルカンが答える。そうなんだからしかたない、といった投げやりな調子で。わたしはまだサルカンがここにいることが信じられずに、彼を見つめていた。最後に見たときよりも痩(や)せていて、その見てくれは、わたしといい勝負と言えるほど、ぼさぼさのどろどろだ。ほおと首に煤(すす)と汗がすじになって流れ、そのすじのところだけ、肌全体をうっすらとおおう灰色の泥の層が剝がれている。だらしなく開いた襟(えり)もとから、肌の汚れと汚れていない部分との境界がくっきり見える。服のそこかしこに点々と焼け焦げがあり、袖先(そでさき)も裾も、服の端っこという端っこが黒くなっている。ついさっきまで〈森〉に火を放っていたかのようだ。いや、ほんとうにそうなのかも……。ザトチェク村にいた彼をわたしが召喚してしまったのかもしれない。

カシアの背中から顔をのぞかせたスターシェクが言った。「ヴラディミール男爵？　黄の沼領の？」そのあと、妹を守るように抱き寄せてから言った。「あなたは……〈ドラゴン〉？」少年の高い声が震えている。聞いていたのとはだいぶちがうと思っている内心も透けて見える。「アグニシュカがぼくたちを守るために、ここに連れてきてくれたんだけど……」その口調がますます疑わしげになった。

「そのとおり」と、サルカンがスターシェクに答え、窓の外に目をやった。マレク王子と彼の騎馬隊が山腹をくだりはじめていた。でも、それだけじゃなかった。そのあとに長い行軍の列が果てしなくつづいている。立ちのぼる土ぼこりが夕日に照らされて黄金の雲のようだ。その雲が渦巻きながらオルシャンカの町におりてくる。

サルカンがわたしを振り向いて、皮肉たっぷりに言った。「ははん、ずいぶん大軍団を連れてきてくれたものだな」

26 守りを固めよ

「あやつは、ポールニャ国南地方の兵という兵をかき集めたにちがいない」黄の沼男爵が窓辺からマレク王子の軍団を観察しながら言った。男爵は太鼓腹の大男で、鎧をまるで服のように軽々と身につけていた。庶民の服に着替えれば、すんなりと村の酒場に溶けこんでしまうだろう。彼のもとに国王の葬儀に参列せよとの命令書が届いた直後、今度は、マレク王子の放った俊足の魔法伝令によって、王太子の訃報と新たな命令書が届けられた。その命令とは、山脈を南に越えて進軍し、サルカンを穢れと反逆の罪によって拘束せよ、そして、彼を囮とし、そこにやってくるアグニシュカと王太子の子どもらをとらえよ、というものだった。黄の沼男爵は伝令にうなずき、みずからの軍団に召集をかけた。そして、伝令が去るのを待ち、兵を率いて山越えの道を南下し、まっすぐに〈森〉と戦うサルカンのところまで行ったというわけだ。首都クラリアでおそらくは穢れを原因とするよからぬ事態が起きている――魔法伝令によってもたらされた命令を聞いたとき、黄の沼男爵はそう直観したのだった。

こうして、サルカンは男爵と彼の軍団を引き連れて塔に戻った。男爵の兵士らは塔のそばで野営を張り、守りを固める工事に急ぎ着手した。「しかし、一日ともたんだろうなあ。あれを相手にするとなると」男爵は山道をおりてくるマレク王子の軍団を親指で示しながら言った。「なにか奥の手を考えたほうがいいかもしれん。わしは細君に、マレクに宛てて手紙を書くよう言っておいた。夫が分別をなくしたのは穢れに冒されたからでありましょう、そう書けと。そういう事情なら、マレクも、細君や子どもらの首まで刎ねることはあるまい。ただし、わたしの首の保証はどこにもないが」

「あの軍団は下の大扉を破りそう?」わたしはサルカンに尋ねた。

「時間さえかければ。それを言うなら、塔の外壁もだな」と、サルカンが答え、山道をおりてくる二台の荷車を指差した。それぞれが砲身の長い鉄の大砲を運んでいる。「絶え間なく砲撃されたら、魔術だけではもちこたえられないだろう」

サルカンは窓に背を向けると、「あらかじめ負けているような戦いだ」と、吐き捨てた。「大量の兵士を殺し、大量の魔力と秘薬を浪費する。それは結局、〈森〉を利することにしかならない。子どもたちを母親の親族のところまで送りとどけるという手もあった。そのうえで、新たな防衛線を北地方に、ギドナの周辺に築けば――」

わたしが燃えている巣に舞い戻る鳥のように帰ってきたというのに、彼ときたら、こんな答えしか返せないんだろうか。「それはいやよ」と、きっぱりと言った。

「いいか、わたしにはわかっている。きみの心がこの谷にあり、きみがこの谷を見捨てることができないのは――」

「わたしがこの谷に縛りつけられてるから?」わたしはサルカンにきつく返した。「わたしだけじゃないわ、あなたが召し上げるほかの娘たちもみんな。そうなんでしょ?」わたしは、ついさっき、この書斎に転がりこんできたばかりだ――何人もの人を巻きこんで、マレク王子の軍団に追われて。彼と話す時間などないことはわかっていた。でも、わたしはまだサルカンを許していなかった。彼とふたりきりになって、彼の肩を思いきり揺さぶってやりたかった。彼がその口からちゃんと答えを返すまで。いや、ちゃんと答えを返したとしても、それでもまだ……。サルカンは黙っていた。わたしはなんとか怒りを呑みこもうとした。いまがそんな時間じゃないとわかっているから。

「でもそれが、ギドナに行きたくない理由じゃないわ」と、わたしは言った。「一週間もあれば、〈森〉はここからクラリアの王宮まで到達できるのよ。子どもたちをどこにかくまおうが、〈森〉から逃れられるはずがない――そうでしょ? 少なくとも、ここにとどまれば、勝利する可能性はある。でも逃げてしまったら、もし〈森〉にこの谷を征服されてしまったら、どこで兵を立て直そうが、〈森〉の中心まで踏みこめるような戦いはできなくなるわ」
「残念ながら」と、サルカンが苦々しげに言う。「いま、ここに兵団はあっても、そいつらは敵をまちがえている」
「それなら、敵をまちがえるなと、マレク王子を説得するしかないじゃない！」

カシアとわたしは、子どもふたりを地下庫に連れていった。ここが塔のなかで、いちばん安全な場所だ。藁でベッドをつくり、毛布を収納棚からとってきた。食糧の備蓄はたっぷりあった。走って逃げた一日のあとだけに、みんなおなかがぺこぺこで、どんな不安も食欲を鈍らせることはなかった。わたしは冷蔵所から一羽のウサギを取ってきて、にんじんとソバの実といっしょに煮こみ、最後は〝リリンターレム〟でおいしく仕上げた。みんなで何杯もお替わりして夢中で食べた。そして、食べ終えるのとほとんど同時に、子どもたちが眠りに落ちた。「あたしがそばについてるわ」と、カシアが言い、藁のベッドで体を寄せ合って眠る兄妹のそばにすわった。彼女は抜き身の剣をかたわらに置き、眠っているマリシャの頭に片手を添えた。わたしは地下の台所におりて小麦粉と塩と水を練った生地をつくると、それを大きなボウルに入れて二階の書斎まで運んだ。

塔の外ではマレク王子軍の兵士らが宿営をつくっていた。白い大きなテントが張られ、魔法ランプがテント前に建つ二本の柱の上で輝いている。その青い灯が白い布地を神秘的に輝かせ、まるでテント全体が天国から降りてきたように見える。そうだったらよかったのに……テントのてっぺんには国王旗がひるがえっていた。旗に描かれた赤い鷲は口とかぎ爪を大きく開き、頭に王冠をのせていた。日没がはじまり、西の山脈の影が谷に沿ってゆっくりと伸びていくところだ。

ひとりの使者がテントから出てきて、魔法ランプのあいだに立った。公式の使者として白い上着で正装し、重そうな黄金の首飾りをつけている。その首輪もラゴストックの仕事だとすぐにわかった。塔に向かって語り出した使者の声が、トランペットのような大音量で鳴り響いたからだ。使者は塔のなかにいるわたしたちの罪状をあげつらっていった。穢れ、反逆、国王殺し、王太子殺し、バロー師殺し、反逆者アローシャとの共謀。そして、ポールニャ国の敵と手を結んだうえでの、カシミール・スタニスラフ・アルギールドン殿下とレーグリンダ・マリア・アルギールドン妃——それがスターシェクとマリシャの正式名だと気づくまで少し時間を要した——の誘拐。罪状はさらにつづいた。共謀者としてアローシャの名が読みあげられたのは吉報だった。それはたぶん、彼女が生きているということだから。

使者は最後に、子どもたちを返してただちに降服せよ、と要求した。そして水を飲み、息をととのえると、ふたたび同じ文言を最初から読みはじめた。塔の真下で野営を張る黄の沼男爵軍の兵士らがざわつきはじめ、疑いに満ちた目で塔の窓を見あげた。

「どうだ。これで、マレクがどれほど説得しやすい男かわかったろう」サルカンが当てこすりを言いながら、書斎にはいってきた。喉と手の甲とひたいに油の染みがついている。彼はいまのいままで実験室で眠りと忘却の秘薬を調合していた。「おや、その生地をどうするつもりだ？　マレクが毒入りパンをおとなしく食うとは思えないが」

わたしは長いテーブルのなめらかな大理石の天板に生地を置き、逃げてくるときに使った牡牛(おうし)のことを漠然と考えていた。あの牡牛たちはぼろぼろに崩れてしまったけれど、それは土をこねてつくったからだ。「砂はある？」と、サルカンに尋ねた。「鉄の小片もあるといいんだけど」

わたしが砂と鉄粉を小麦粉の生地に混ぜこんでいくあいだも、外では使者が同じ文言を繰り返していた。サルカンは、テーブルのわたしとは反対側にすわり、幻影の呪文(じゅもん)と戦意喪失の呪文を自分の記録帳から抜き出していた。彼のペンがカリカリと紙をこする音がする。そして、そばに置かれた砂時計が、秘薬の蒸留に必要な時間を伝えている。黄の沼男爵軍から運悪く選ばれた数名の兵士が、部屋の片隅で、サルカンから指示が出るのを足の重心を移し替えながら待っていた。やがてサルカンがペンを置き、ほぼ同時に砂時計の最後の砂粒が下に落ちた。「よし。わたしといっしょに来てくれ」兵士らに声をかけて、彼は実験室に行った。完成した秘薬のフラスコを下まで運ぶのが兵士らの仕事だ。

わたしは、母さんがよく口ずさんでいたパン焼きの歌をハミングしながら、あいかわらず生地をこねていた。拍子をとりながら生地を何度も折りたたんだ。アローシャが彼女の鍛冶場で刀を打ちながら、ひと打ちごとに少しずつ魔力を加えていくようすを思い出しながら。生地がまとまりやすくなると、そこから小さな塊をちぎり、両手で細長く丸めて、この塔のかたちをつくった。それを平らに伸ばした生地の中心に埋めこみ、生地の端を折りたたんで、塔の裏にそびえる山々のかたちをつくった。

やがて書斎に戻ってきたサルカンが、眉根を寄せ、わたしの作業を見て言った。「ふむ、模型としてはよくできている。きっと、子どもたちが喜ぶだろう」

「手伝って」わたしはやわらかな生地をつまみあげて塔を囲むように壁をつくり、大地の呪文――〝フルメーデシュ、フルミーシュタ〟を祈りのようにささやきかけた。何度も、何度も、節と拍子をつけて。そして最初の壁の外側に、もうひとつの壁を築いた。さらにもうひとつの壁もつくり、三つ目の壁にも同じように呪文をささやきかけた。ゴゴゴゴ……と、高い梢で風の鳴るような音が窓の外から聞こえ、床がかすかに揺れた。土と石が目覚めたしるしだ。

サルカンはしばらくのあいだ、怪訝そうにわたしの作業を見守っていた。彼の視線をうなじに感じた。この部屋でふたりの魔術を融合させたときの――薔薇と棘がわたしたちのあいだを埋め尽くしたときの記憶が、胸の奥できゅっと縮こまっている。彼に助けてほしい気持ちと、助けられたくない気持ちがせめぎ合う。しばらくは彼に腹を立てていたいと思いながら、もっと彼とつながりたいと思っている。彼に触れて、そのきらめく魔力をこの両手で受けとめてみたい……。
わたしは顔を伏せて作業をつづけた。

　彼が体を返し、抽斗（ひきだし）だんすのひとつに向かった。そして、小さな抽斗をまるごと持ってきた。そのなかには、おそらくこの塔の素材と同じ石、灰色の花崗岩（かこうがん）のかけらが詰まっていた。彼はそのかけらを取り出し、わたしがつくった壁に、長い指でひとつずつ埋めこんでいった。それを繰り返しながら、修復の呪文を――ひび割れを補修し、石で強度を高める呪文を唱えつづけた。この塩と小麦粉と鉄と砂でできた粘土を通して、彼の魔力がわたしのなかに流れこんできた。鮮やかな色を筆で刷くように、彼の魔力がわたしの魔力をいきいきと彩った。サルカンはこの魔術に石を持ちこんだ。それを礎石とし、地面を踏み固めるようにわたしの魔術を支え、鼓舞（こぶ）しつづけた。そのおかげで、さらに壁を高くすることだけに集中できた。

　わたしは彼の魔力を自分の魔術に引きこんだ。両手を壁に這（は）わせ、行きつ戻りつさせながら、彼の呪文の節に合わせて自分の呪文を唱えた。一瞬だけ、彼に目を向けた。サルカンはしかめっつらを保ちきれず、自分の入念な手仕事に魔力をそそぎこむ喜びに顔をほてらせていた。いらだちながら、はからずも楽しんでいる。

　外はすでに日が暮れていたけれど、鍋のなかで強い酒が燃えるときのように、青紫の光が生地の表面でうっすらと輝いていた。そのおかげで、薄暗い部屋のなかでも、どうにか作業をつづけることができた。そしてついに、乾いた薪(まき)に火がつくように魔術が勢いづき、魔力がほとばしった。今回、サルカンはこの決壊に備えていた。魔術を保ちつづけたまま、すっと体を引いて衝撃をうまくかわした。わたしはとっさに彼に手を伸ばそうとしたけれど、ぎりぎりのところでこらえ、自分も身を引いた。こうしてわたしたちは、体は離れていても、お互いの魔力をまったくこぼすことなく魔術を融合させた。

窓の外で冬の氷が割れるような音がして、どよめきのような叫びがあがった。わたしの体はほてり、ほおが燃えるように熱かった。サルカンの横をかすめて窓辺に駆け寄った。マレク王子のテントの外に灯った魔法ランプが、大波を越えていく船のカンテラのようにゆっくりと揺れ、地面にさざなみが走っていた。

黄の沼男爵軍の兵士らが、あわてて塔の壁ぎわまで駆け寄った。彼らが枝をかき集めて積みあげただけのもろいバリケードが壊れた。魔法ランプの明かりに照らされ、マレク王子がテントから首を突き出すのが見えた。髪も鎧も光にきらめき、手には黄金の鎖を握っている。あの使者が身につけていた首飾りだ。王子につづいて、兵士と従僕(じゅうぼく)があわてふためいてテントから飛び出してきた。テントがいまにも崩れようとしている。「たいまつと焚(た)き火を消せ！」王子の叫び声が異様に大きく響いた。大地がうなり、兵士たちからこの異変を呪(のろ)う声があがった。

テントから出てきた人々のなかにはソーリャもいた。彼は地面に落ちた魔法ランプをつかみ、高くかかげながら呪文を叫び、ふたたび輝かせた。塔とマレク軍の野営のあいだで、鬱屈をためたけものが立ちあがるように、地面がむくむくと盛りあがるのが見える。石と土が大地からせりあがり、それはたちまち塔を囲む三重の防壁になった。石壁のふちは切り立ち、表面にはレースのような白い石目が走っている。足もとからせりあがってくる巨大な壁を前に、マレク王子はただちに大砲を撤退させるよう命令するほかなかった。

大地がため息をつくような音をたて、ようやく揺れがおさまった。最後の微弱な震動が塔から引いて、小石や土くれが壁をつたい落ちていく音だけが残った。薄明かりに浮かぶマレク王子の茫然とした顔が、みるみる怒りに染まった。一瞬、塔の窓をにらみつける彼と視線が合った。わたしも彼をにらみ返したけれど、サルカンに腕をつかまれて、窓から引き離された。

「マレクを怒らせるだけ、やつを説得するのがむずかしくなるぞ」振り向いたわたしに、彼はそう言った。説得しなければと彼に怒鳴ったのはわたしのほうなのに……。

その瞬間、わたしたちはお互いの体が近づきすぎていることを同時に意識した。サルカンがわたしから手を放し、一歩さがった。目をそらし、片手でこめかみの汗をぬぐいながら言う。「下へおりて、心配はいらないとヴラディミールに言ったほうがよさそうだな。彼とその軍団を地の底に突き落とすつもりはない、と」

「こういうことは、事前に警告してくれ」黄の沼男爵は、外に出たわたしたちに、たいして驚いたようすもなく言った。「だが、あまり文句も言えん。この三重の防壁があれば、マレク軍にひと手間もふた手間も増やしてやれる。やつの手には負えんほどにな。ただし、われわれが防壁のあいだを自由に行き来できなければ話にならん。ロープをつたって壁を越えるのは面倒だし、ロープは石ですり切れるだろう。防壁には味方が通り抜けられるトンネルが必要だ」

男爵は、外から数えて二番目の防壁――第二防壁と、その内側の第三防壁に、トンネルをつくるように要求した。しかもそのふたつのトンネルは、それぞれの防壁の異なる端、北と南に位置するという注文がついていた。ふたつのトンネルどうしが遠ければ、たとえ第二防壁の内側まで攻めこまれたとしても、マレク軍は、第三防壁を突破するために、壁いっぱいの長さにわたって兵を展開しなくてはならないからだ。

サルカンとわたしは、手はじめに、いちばん内側の第三防壁の北端に向かった。かがり火を燃やし、その明かりのもとで、兵士らが早くも防壁のてっぺんに槍頭(やりがしら)を上に向けて並べる作業をはじめていた。地面に立てた柱にマントをかけて、眠るための簡易テントをつくる者もいた。仲間と焚き火を囲み、干し肉のはいった粥(かゆ)をつくる者もいる。サルカンとわたしが進むと、兵士たちは、命じられたわけでもないのに、波が引くように道をあけた。わたしたちを恐れているのだ。サルカンは見たところ気にしていなかったけれど、わたしはなんだか悲しいような、変な気持ちになった。

兵士のなかにわたしと同年代の若者がいて、大量の槍頭をひとつずつ熱心に研いでいた。慣れた手つきで、ひとつの刃を砥石で六回ずつこすっていく。この手早さなら、壁沿いに槍頭を並べているふたりの兵士が戻ってくるまでに、すべての刃を研ぎ終えてしまえるはずだ。同じ仕事を繰り返し、腕をあげてきたにちがいない。青年はつらそうでも悲しそうでもなかった。きっと、みずから選んでここへ来たのだ。ただそれまでには、いろんないきさつがあったことだろう。夫を亡くした母との貧しい暮らし、養わなければならない三人の妹、毎朝、放牧に向かうときに塀の向こうからほほえみかける少女……。彼は契約金を母に渡し、ひと財産を築こうと兵役についた。一生懸命働き、そのうち伍長になり、軍曹になり、ある日、ぱりっとした軍服姿で故郷に帰る。そして母親に銀貨を渡し、いつもほほえんでくれた少女に結婚を申し込む……。

でももしかしたら、彼は戦いで片脚を失うかもしれない。打ちひしがれて帰郷し、少女が牛飼いの青年と結婚したことを知らされる。あるいは、金稼ぎのために敵兵を殺しつづけたことを忘れようと酒に溺れるかもしれない。ここにいるすべての兵士に、それぞれの物語がある。彼らにも母親、父親、きょうだい、恋人がいる。みんな、たったひとりでこの世界に生きているわけじゃない。ひとりひとりに、たいせつに思う人がいるだろう。そんな彼らを軽く扱っていいはずがない。わたしは、青年に話しかけてみたかった。名前を尋ね、ほんとうの彼の物語を聞いてみたかった。でも、たとえそうしたところで、結局は、自分の良心の呵責を慰めて終わるだけなのかもしれない。兵士らは、自分たちが一個の人間としてではなく、この数なら金を出せるとか、この数だと高くつきすぎるとか、つねに兵団の総額で見積もられる存在であることを納得ずくで、それぞれの生活のためにここへ来ているのだろう。

サルカンが隣で鼻を鳴らした。「彼らの話をきみが聞いてどうする？　こっちはデブナの出身、そっちは仕立屋の息子、あっちは三人の子持ち……そんなことをきみが知ったところで、彼らになんの得がある？　防壁をこしらえるほうが、よほど役に立つというものだ。防壁があれば、夜が明けたとき、マレクの軍団に殺されずにすむのだからな」

「マレクが攻めてこなければもっといいのに」自分の気持ちがうまく伝わらないのがもどかしかった。和平交渉をするためには、攻略には犠牲が大きすぎる防壁を築いて、マレクにあきらめさせるしかない。それはわかっていても、わたしはまだ腹を立てていた――マレクに、男爵に、サルカンに、そして自分自身に。「あなた、家族はいないの？」ふいに尋ねたくなった。

「答えようがないな」サルカンが言った。「ヴァルシャの町に火をつけたのは、三歳で物乞いをしているときだった。冬の夜に、暖まりたくて路上で焚き火をしたんだ。わたしを捕まえた役人は、家族まで狩り出すのは面倒だったんだろう、わたしひとりを都に送った」サルカンは、根無し草であることなどまったく気にしていないように、たんたんと語った。「泣きっつらはやめろ。百五十年も昔の話だ。あれから五人の王がこの世を去った——いや、六人か」と、言い直す。「さあ、手伝ってくれ。大きくできそうな割れ目を見つけなければ」

すでに闇が落ちていたので、たいまつがなければ、割れ目を見つけるのはむずかしかった。わたしは片手を防壁にあてがい、さっと引っこめた。指の下で、石たちが奇妙なささやきを低い声で交わしていた。壁に顔を近づけ、目を凝らす。わたしたちが掘り起こしたのは、ただの石と土ではなかったようだ。土から突き出た石のかけらは、失われた太古の塔の残骸（ざんがい）だった。すり減ってかろうじて見える程度だが、ところどころに古代文字が刻まれている。たとえ見えなくても、ここにはなにかがあると感じさせる。わたしは壁に触れた手をこすり合わせた。土まみれの指先が乾いて、ざらざらする。

「はるか昔のことだ」サルカンが言った。それでも、この石たちからは破壊の残響が聞こえた。はるか昔、ここに建っていた塔は、〈森〉に滅ぼされた。〈森〉はこの塔をつくった民をむさぼり、ちりぢりにした。もしかしたら、その惨劇はいまと同じように起きたのかもしれない。ものごとがこじれてもつれた果てに、人間どうしが武器を取って殺し合いをはじめた。そして、その死体の山に、〈森〉が静かに根を張っていった……。

わたしはもう一度、石の上に手を置いた。サルカンが、指先がやっとはいる程度の細い割れ目を見つけた。わたしたちは両側から割れ目に指をかけ、一気にこじあけた。わたしは「**フルメー**

デシュ」とつぶやき、彼は開放の呪文を唱えた。割れ目がさらに広がって、大量の皿が一気に割れるようなけたたましい音とともに石のかけらが降ってきた。

兵士らが石のかけらを手甲をはめた手に持った兜でかき出した。そのあいだにサルカンとわたしは、さらに割れ目を押し広げた。そしてついに、鎧の兵士がぎりぎり通り抜けられるトンネルが第三防壁に開通した。トンネルの内壁に青っぽい銀色の光を放って古代文字が浮かびあがっている。わたしはそれを見つめないように、できるだけすばやくトンネルを抜けた。兵士たちがさっそく、第三防壁と第二防壁のあいだに塹壕を掘る作業にとりかかった。サルカンとわたしは、もうひとつのトンネルをつくるために、長い弧を描く防壁の南端をめざした。

第二防壁にトンネルを開通させるころには、マレク軍が攻撃を開始した。でもまだそれほど激しいものではなく、油を染みこませて火をつけたボロ布や鉄のまきびしを防壁の外側から投げこんでくるだけだった。男爵軍の兵士らはかえって活気づき、サルカンとわたしを毒蛇かなにかのように見るのをやめて、慣れたようすで命令を叫び、塹壕掘りに精を出した。これが彼らのいつもの仕事なのだ。

そこにサルカンとわたしの居場所はなく、いればかえってじゃまになるだけだった。わたしは結局だれにも話しかけないまま、サルカンを追って、塔のなかにはいった。

彼が大扉を閉めた。閂の太い横木が金具に落ちる音が、大理石の床と壁に反響した。玄関と広間は、なにも変わっていなかった。すわるのを拒むような幅の狭い長椅子が壁ぎわに置かれ、魔法ランプが天井から吊されている。なにもかもよそよそしくて堅苦しい。わたしがはじめてこへ来て、おびえながらひとりで食べものを求めてさまよったときと同じだった。気候のよい季節なので、黄の沼男爵は軍団の兵士らと野営で眠るほうを選んだ。細長い矢狭間の窓から外にいる彼らの声が聞こえてくる。でもそれはごく小さく、遠いところから聞こえる声のようだ。一部の兵士は声をそろえて歌っていた。とても楽しげで、ひょっとしたら卑猥な歌なのかもしれないけれど、歌詞までは聞き取れなかった。

「これで少しは静かになった」サルカンが大扉から振り向き、片手でひたいをぬぐった。灰色の石の粉でおおわれた顔にひとすじの線がつく。まくりあげていたシャツの袖がゆるんで落ち、両手に緑の粉や灯油の虹色の汚れがついている。彼は眉根を寄せて、自分の両手を見おろした。

以前のようにこの塔でふたりきりになったと信じてしまいそうだった。外には敵がいて、地下には王家の子どもたちがかくまわれ、〈森〉の影がいつ扉から忍びこんできてもおかしくない——そのすべてを忘れてしまいそうになった。あんなに彼に怒りをぶつけようとしていたことも……。彼の腕のなかに飛びこんで、胸にほおをうずめたかった。煙と灰と汗の交じり合った彼の匂いに包まれ、目を閉じて、彼の腕が背中にまわるのを感じ、彼の灰色の汚れた肌にわたしの手のあとを残してみたかった。「サルカン」と、名前を呼んだ。

「夜明けとともに、本格的な攻撃がはじまる」彼は、わたしにそれ以上言わせまいとするように、即座に言葉を返した。堅い扉のように閉ざされた表情で、わたしから一歩さがり、階段を手で示した。「きみにできる最善の備えは、わずかでも眠っておくことだな」

27 決戦

なんという非の打ちどころのない、分別をわきまえた助言——。でもそれは、消化できない塊のように、わたしの胃のあたりにとどまった。地下におりて、眠っているカシアと子どもたちのかたわらで、まだなにか言いたげなその塊を包むように体を丸めた。子どもたちのかすかな寝息が背中越しに聞こえた。でも、その寝息が慰めにはならず、かえって、わたしだけがぜんぜん眠れないというあせりをかき立てた。ひんやりした石の床も、わたしの肌のほてりをしずめてはくれなかった。

きょうという果てしなく長い一日を、わたしの体が憶えていた。朝目覚めたときには、まだ北の山脈の向こうにいたのだ。追ってくる騎馬隊の蹄の音がまだ耳の底に残っている。蹄の音がどんどん近づき、肺があばら骨を突き破りそうなほど息が苦しくなった、あのときの恐怖。腕に抱いていたマリシャのかかとが当たりつづけたももの外側に青痣ができていた。わたしは精も根も尽きはてているはずだった。なのに、魔力だけが疲れを知らず、わたしのなかで震えている。いまにもあふれかえりそうなのに、出口がどこにもない。熟(う)れすぎたトマトが皮を破るように、わたしの魔力はこの圧力から解放されたがっている。でも、大扉の向こうにいる軍隊をいたずらに刺激するようなことがあってはならない。

マレク王子についたソーリャはどうしているだろう？　彼がこの夜を防御と眠りの魔術の準備に費やしたとは、とても思えなかった。彼は、わたしたちの味方の塹壕(ざんごう)を白い炎で焼きはらうつもりだろう。そして、いちばん効率よく大量の兵士を殺すにはどこを大砲で狙えばいいかをマレク王子に進言するだろう。彼は歴戦の戦闘魔法使いだ。そして、マレク王子の後ろには王国軍が控えている。その兵の数は六千、対するわたしたちの兵は六百。もしもここで王国軍を押し返せなかったら……いったいどうなってしまうの？　もしもマレク王子が三層の防壁を突破し、大扉を打ち壊し、私たち全員を殺して、子どもたちを連れ去ることになったら……。

わたしは上掛けを払って、立ちあがった。カシアがほんの一瞬、目をあけてわたしを見たけれど、すぐにまた目を閉じた。わたしは忍び足で炉に近づき、恐ろしさに震えながら灰のそばにすわった。破滅がどんなにたやすく訪れるか、そればかりを考えつづけた。〈森〉がすさまじい勢いで襲いかかり、緑の津波のようにこの谷を呑(の)みこんでいく――。その考えを振りはらおうとしても、心の目には、ドヴェルニク村の広場に一本の〈心臓樹(しんぞうじゅ)〉が生えて、銀色の枝葉を広げていくさまがありありと見えた。〈森〉の境界からほど近い、ポロスナ村の廃墟に生えていたあの木のように巨大化し、わたしの愛する人たちがみんな、根っこにつかまり、からみつかれ、地中に埋められていく光景が――。

わたしは立ちあがり、幻から逃れるように階段をのぼった。広間の細い矢狭間の窓の向こうは暗闇で、もう歌も聞こえてこなかった。兵士たちは眠りについたのだろう。わたしはさらに階段をのぼった。実験室と書斎のある階も通りすぎた。それぞれのドアの隙間から緑と紫と青の光がもれていたけれど、そこに部屋の主は――わめき散らすわたしに、このばかたれ、と怒鳴り返す人はいなかった。階段の踊り場を過ぎ、さらに上の階にあがり、長い絨毯の端っこ、ふさ飾りの手前で足を止めた。絨毯が敷きつめられた長い廊下の突き当たりのドアからほのかな明かりがもれているのが見えた。この廊下に足を踏み入れたことは一度もない。この先にあるのはサルカンの寝室だ。そこは、かつてのわたしにとって、人喰い鬼のすみかも同然だった。

濃い色味の厚い絨毯には、黄金色の糸でなにかの柄が織りこまれ、ひとすじのかたちをなしていた。先端はトカゲの尻尾のようにくるりと丸くなっているけれど、その螺旋がほどけると、黄金色のすじはしだいに太くなり、林の小道のように蛇行しながら廊下の先の暗闇に向かっている。一歩一歩、絨毯のやわらかな毛脚のなかに足を沈めて歩いた。足もとに、かすかにきらめくウロコのような模様があらわれた。ドアが向かい合わせになったふたつの客室の前を過ぎると、闇がさらに濃くなった。

先へ進むことを阻む圧力に、吹きつけてくる風に抗いながら進んだ。絨毯の模様は、いまやはっきりとかたちをあらわしている。象牙色の大きなかぎ爪を持つ肢を過ぎ、はばたく大きな翼――淡い金色で、褐色の血脈が走る翼を越えた。

吹きつける風が冷たくなり、両側の壁が闇に沈んで、廊下いっぱいに敷かれた絨毯しか見えなくなった。いや、足もとにあるのはもう敷物じゃない。わたしは、びっしりと重なる温かなウロコの上を歩いていた。革のようにやわらかなウロコが、足もとで立ちあがっては沈む。自分の呼吸音が洞窟のような見えない壁に当たって跳ね返った。激しく打つ心臓が込みあげる恐怖をハンマーのようにたたきつぶそうとする。一方、両足はいまにも踵を返して逃げだそうとしている。

わたしは引き返すのをこらえて、目を閉じた。塔のつくりはどの階も同じで、廊下の長さがどれくらいかはわかっていた。ウロコにおおわれた背中をさらに三歩進み、手のひらを上に向けて、片手を前に伸ばした。指がドアノブをさぐりあてた。金属が指のなかで熱を持っている。わたしは目を開き、数歩さがって、ドアを見つめた。絨毯は廊下のいちばん端まで敷きつめられていた。黄金色の太いすじは弧を描いてわずかに戻り、そこからきらりと光る緑の目がわたしを見あげている。その横のあごは、さあ、ここで引き返せ、と言わんばかりに、ぎっしりと並んだ銀色の歯をむいている。

わたしはふたたびドアノブに手をかけ、押した。ドアは音もなく開いた。それほど広い部屋じゃない。ベッドは小ぶりで幅が狭くて、天蓋から赤いヴェルヴェットのカーテンがおりている。暖炉の前に、美しい彫刻をほどこされた椅子が一脚。そのかたわらの小さなテーブルに一冊の本、飲みさしのワイングラス。暖炉には灰がかけられて熾火になり、ランプは消されていた。わたしはベッドに近づき、カーテンを引いた。サルカンは、ゆったりしたシャツとズボンを身につけたまま、体を伸ばして眠っていた。わたしはカーテンをつかんで、そこに立ちつくした。サルカンがまばたきして目を覚まし、一瞬、ぽかんとした表情でわたしを見た。驚きのあまり、憤慨することさえ忘れている。まさかここに侵入できる者がいるなんて、考えてもみなかったのだろう。ひどくうろたえたようすを見て、彼に向かってわめき散らしたい気持ちが消えた。

「いったい、どうやって……」彼が半身をもたげ、片肘をついた。その顔にようやく怒りが兆す。わたしは彼の体をベッドに押し戻し、キスをした。

　驚きの声がわたしのくちびるにぶつかった。彼はわたしの両腕をつかみ、自分から引き剝がそうとした。「なんてやつだ」と、彼は言った。「わたしはきみより百歳以上も年上で――」

「しっ、静かに」彼が使おうとするあらゆる言いわけがもどかしかった。すばやくベッドにのぼり、彼の体の両わきに手をついた。厚い羽根入りマットレスが沈む。わたしは彼を見おろして尋ねた。「出ていってほしいの?」

わたしの両腕をとらえた彼の手に力がこもった。サルカンはわたしの顔から目をそらし、しばらく押し黙った。やがて、低くかすれた声で答えた。「いいや」

そして、彼のほうからわたしの体を引き寄せた。彼のくちびるは甘くて熱くてやわらかくて、すべてを忘れさせるのに充分だった。わたしは、もうなにも考えなくてよかった。心から離れなかった〈心臓樹〉が音をあげて燃えあがり、消え去った。あとに残ったのは、冷えきった両腕をすべりおりる彼の両手の熱さだけだった。全身が震えた。彼の片腕がわたしにまわり、腰をとらえた。すでに脱げ落ちそうになっていたブラウスが引きあげられ、首からすっぽり抜けて、両腕が袖から解放された。髪がこぼれ落ち、肩に広がった。彼が小さなうめきをもらし、わたしのもつれてくしゃくしゃになった髪に顔をうずめた。そして、キスをした——わたしの喉もとに、肩に、胸に。

わたしは彼の首に両腕をからめた。息がはずみ、幸福感といっしょに未知なるものへの不安が押し寄せる。彼の舌が胸の先をかすめ、それを口に含むなんて……。わたしはひるみ、彼の髪をわしづかみにした。たぶん痛かったのだろう。彼の体が離れ、突然、肌に寒気を覚えた。「アグニシュカ」と、彼が低くささやいた。ほんとうは怒鳴りつけたいのに、そうできないことに煩悶するように。

彼が体を返して上になり、わたしは枕の山にうずもれた。彼のシャツをつかんで引っぱると、彼は体を起こしてシャツを頭から脱ぎ捨てた。わたしが枕に頭を戻して天蓋を見つめているあいだに、スカートがたくしあげられた。狂おしいほど彼に触れてほしかった。わたしはあのあとずっと、あの瞬間を――彼の親指が両脚のあいだにすべりこんできた衝撃的で完璧な瞬間を、思い出さないように努めてきた。でも、忘れられるはずがない。親指でこすられた瞬間、とろけるように甘い陶酔が訪れた。体が震え、両脚がとっさに彼の手を万力のように締めつけた。早く、と言いたい気持ちと、もっとゆっくり、と言いたい気持ちがせめぎ合った。

カーテンがふたたび閉じられ、彼がわたしにおおいかぶさった。赤いヴェルヴェットに囲まれた狭い空間のなかで、彼の目だけが輝いていた。なにかを強く思いつめるように、彼はわたしの顔を見つめた。彼の親指はまだわたしをこすっていた。やわらかく、そっと……そして、ふたたび強く。喉の奥からため息ともうめきともつかない声が込みあげた。彼のくちびるが、わたしのくちびるにおりてきた。むさぼるような、くちびると舌とで包みこむようなキスだった。

親指がふたたび動き出したとき、わたしの両脚は締めつけるのをやめた。彼はわたしのふとももをつかんで、両脚を開かせた。持ちあげられた片脚が彼の腰にまわった。彼は食い入るようなまなざしをわたしの顔にそそぎつづけている。「ねえ……」彼といっしょに体を揺らしたい衝動に駆られた。いつしかわたしをこすりつづける指の数が増えている。「ねえ、サルカン……」

「あとほんのしばらくの辛抱を」彼はそう言って、黒い瞳をきらめかせた。わたしは彼をにらみつけた。そのとき、やさしく入口をなでていた指が、わたしのなかにはいってきた。指がわたしの奥深い場所と両脚のつけねを行きつ戻りつする、何度も、何度も、ときどき敏感な場所で円を描きながら。彼がなにかを問いかけているのはわかったけれど、きっと、わたしはその答えを知らない……ところが突然、その答えが向こうからやってきた。体がこわばり、浮きあがり、ぎゅっと締まり、そして解き放たれた。

　わたしは震えながら枕に頭を戻し、両手でくしゃくしゃの髪をつかんで、汗で湿ったひたいに押しつけた。息が荒くなり、「うう……」としか声が出なかった。

「そう、それだ」彼が余裕しゃくしゃくの顔で、いとも満足げに言った。わたしは起きあがり、彼の体をベッドの足もとのほうに押し倒し、ズボンの腰をつかんだ。この人ときたら、まだズボンをはいている！　わたしは呪文を唱えた。「フールヴァッド」ズボンがあとかたもなく消え、わたしはスカートを脱ぎ捨てた。ほっそりとした彼の裸身が、わたしの下に横たわっていた。彼は目を細め、両手をわたしの腰にかけた。その顔からすでに笑みは消えていた。

「サルカン……」その名が呼びさます煙と雷光を褒美のように舌で味わいながら、わたしは彼と体をひとつにした。彼は目をきつく閉じ、歯を食いしばり、苦しんでいるようにさえ見えた。わたしの体はすみずみまで心地よい気怠さに包まれ、甘美な愉悦が、差しこむような疼きをともなって、さざなみのように広がった。彼を自分の奥深いところで感じとれるのはすてきだった。彼が荒々しく深い息をつき、わたしの腰を両手でしっかりとつかんだ。腰に両の親指が強く押しつけられるのを感じた。

わたしは彼の肩をつかんだ。体と体がぶつかり合いながら、いっしょに揺れた。「サルカン……」わたしはもう一度その名を舌に転がし、隠された奥深いところまで、影に沈んだすみずみまで味わい尽くした。彼は降参するようにうめきをあげ、わたしをもう一度高みへ導こうとした。わたしは両脚を彼の腰にからめて、しがみつく。彼は片腕でしっかりとわたしを抱き、上からおおいかぶさり、やがて、ふたりいっしょにベッドに沈んだ。


わたしは彼にぴったりと体を寄せて、息をととのえた。彼の手はわたしの髪のなかにあり、その顔は妙にぼんやりと、なぜこんなことが起きたのかと当惑するように、天蓋を見つめていた。わたしの手足はひたすら眠りを求め、ベッドからわずかでも持ちあげられそうにないほど、だるかった。彼に体をあずけ、ついに聞きたかったことを聞いた。「あなたはなぜ、わたしたち、谷の娘を召し上げてきたの？」

わたしの髪のもつれをうわの空で梳いていた彼の指が止まった。一拍の間をおいて、わたしのほおに彼のため息がかかった。「きみたちは、この谷に縛りつけられている。みな、この谷で生まれ、この谷で育つ」彼は語りはじめた。「谷はきみたちをとらえて放さない。しかし、そのことじたいが、きみたちを〝媒介者〟にする。わたしはきみたちの根を利用し、〈森〉の力をいくらかは削ぐことができた」

彼は片手をあげ、わたしたちの頭上で水平に払った。手のひらが通過したところに、銀色の繊細な編み目模様があらわれた。わたしの部屋に飾られたあの絵だとすぐにわかった。あの絵を透明にして線と点だけを残した……そう、この谷の魔力の流れを描いた地図だ。鮮やかな一本の線で描かれた糸繰り川、まわりの山々から流れこむ支流。そして、オルシャンカの町や谷のすべての村々が輝く星になっている。

この谷に魔力の流れが存在すると聞いても、わたしは驚かなかった。ひそかに流れるものの存在は、なんとなくだけど、いつも感じていた——ドヴェルニク村の広場の井戸に桶を落とすと き、深い底から聞こえる水跳ねの音に、夏の糸繰り川のささやくような早い流れの音に。谷には魔力が、霊力があふれ、吸いあげられるのを待っていた。そして、それが〈森〉の手に落ちる前に、サルカンはできるかぎり、その流れを断ち切り、奪おうとしてきたのだ。

「でも、なぜ、わたしたちのひとりが必要だったの？」まだすっきりとしなかった。「あなたにだってできたはず。ただこうして——」わたしは手ですくいとるしぐさをした。

「無理だな。わたし自身がこの谷に縛りつけられていないかぎり」これですべてを説明できるとでも言うように、サルカンは言いきった。わたしは彼に身を寄せたまま、じっと黙っていた。ますます頭のなかが混乱した。「心配するな」と、彼はそっけなく言った。わたしの沈黙を誤解したみたいだ。「この戦いを生き延びたら、きみがこのしがらみから抜け出す道も見つかるだろう」
彼は手のひらでひと拭きするように、宙に浮かんだ銀色の地図を消した。話はそれでおしまいになった。なにか言いたくても、言葉が見つからなかった。しばらくすると、わたしのほおにかかる彼の息が規則正しい寝息に変わった。厚いヴェルヴェットに四方を囲まれ、わたしたちは濃い闇のなかにいた。まるで、彼の心の内側に横たわっているようだった。ここまで来るときの恐ろしさはもう感じなかったけれど、代わりに胸が苦しくなった。涙で目がちくちくする。目にはいったちりを洗い流すには涙の量が足りないときみたいに。わたしはもう少しで、ここに来たことを後悔しそうになった。

このあとのことなんて、〈森〉の進撃を食い止めて生き延びたあとのことなんて、わたしはまともに考えていなかった。生き延びられるかどうかもわからないのに、そのあとについて考えるなんて、ばかばかしいような気さえした。でも、いまになって気づく。そんなに深く考えてみなかったけれど、わたしは心のどこかで、この塔にいる自分を想像していた。てっぺんにある小さな部屋で寝起きし、実験室と書斎を行ったり来たりして夢中で調べものをする――本をもとに戻さなかったり、扉をあけっぱなしにしたり、散らかし放題のおばけのようにサルカンを困らせている自分の姿……。そして、春の祭りに彼を連れ出して、一、二回はダンスを踊れるくらいそこにいること……。

わざわざ言葉にするまでもなく、もう母さんのいる家にわたしの居場所がないことはわかっていた。だけど、〝妖婆ヤガー〟の物語に出てくるような、足の生えた小屋で世界をさすらいながら人生を送りたいとは思わなかった。かといって、この王国の都に住みたいとも思わなかった。カシアはいずれ自由になることを、目の前に広い世界がひらけることを夢みていた。わたしはそんなふうには一度も考えなかった。

だけど、ここにサルカンと住みつづけることはできない。彼はこの塔に引きこもってきた。そして、わたしたち谷の娘を召し上げ、娘と土地とのつながりを利用してきた。そうすれば、彼自身がつながりを持つ必要がなかったからだ。彼が谷におりていこうとしないことには理由があった。わざわざ彼に尋ねるまでもない。オルシャンカの町までおりていってダンスの輪に加わることは、彼にとって土地に根をおろさずにはできないことなのだ。そして、彼は谷に根をおろすことを拒みながら、この古代の魔力で満たされた石壁のなかに百年間も引きこもってきた。もしかしたらわたしをこの塔に招き入れることはあるかもしれないが、そのとき彼はふたたび大扉に閂をかけるだろう。実際に、彼はそうしてきた。そして、わたしは絹のドレスでつくったロープと魔法で、この塔から脱出した。でも、わたしの手で彼を脱出させることはできない――彼自身がそれを望まないかぎりは。

わたしはベッドの上で起きあがった。彼の手がわたしの髪からするりと抜ける。息苦しいカーテンを押しあけ、ベッドから抜け出し、一枚の上掛けで体をくるんだ。窓辺に行って鎧戸をあけ、頭と肩を夜気のなかに突き出した。顔に風を受けてみたかった。でも、風はそよとも吹かず、塔のまわりの空気はじっと動かなかった――異様なほどに。

石の窓枠に両手をかけたまま、耳をそばだてた。眼前には真夜中の漆黒の闇が広がっている。煮炊きの火は消されるか灰をかけられているようだ。地上も闇に包まれている。その闇のなかで、わたしたちがつくった防壁の石だけが、ふつふつと沸き立つように、なにかをささやき合っている。

わたしはベッドに駆け戻り、サルカンを揺さぶり起こした。「なにか変だわ！」

わたしたちは急いで衣服を身につけた。〝ヴァナスターレム〟を唱えると、くるぶしあたりにまずまっさらな裾があらわれ、服地が上に広がって、新しい胴着になった。サルカンは両手に石鹸の泡のようなものを持っていた。それは、見張り雲を小さくしたもので、彼はそこに伝言を吹きこんだ――〝ヴラディミール、ただちに兵士を起こせ。闇夜にまぎれて、やつらがなにかたくらんでいる〟。そして、雲を窓から放った。わたしたちはすぐに階下に走った。書斎に着くころには、早くも味方の塹壕にたいまつやカンテラが灯っていた。

マレク軍の陣営にはほとんど明かりがない。数人の見張り兵がたいまつを持ち、あとはマレク王子のテントのなかにカンテラがひとつ灯っているきりだ。「ははん、たしかに、やつはなにかやっている」サルカンがつぶやき、窓辺を離れてテーブルに向かった。そこにはすでに防御の魔法に関する書物や巻物が準備されている。わたしは窓辺にとどまり、まだなにかが頭の片隅に引っかかったまま、下を見おろしていた。魔力が結集されている感じはあった。それがソーリャのものらしいこともわかった。でも、それとはべつのものがある。深いところでゆっくりと動きつづけるなにか……。目でとらえることはできない。目に見えるのは、何人かの見張り兵だけ。

そのとき、マレク王子のテントのなかで、カンテラと布製の壁のあいだをなにかが通りすぎ、一瞬、影が壁に映し出された。それは横顔で、髪を高く結いあげた女性で、頭には飾り輪をつけて──わたしはさっと首を引っこめた。彼女に見られたかのように、ぎくりとした。サルカンがなにごとかとわたしを見つめ返す。

「彼女がいるわ……王妃が、ここに、いる」

それがどういうことか、考えている時間はなかった。マレク軍の大砲が轟音をあげてオレンジ色の炎を噴いた。最初の砲弾がいちばん外側の第一防壁に当たると同時に、すさまじい音をあげて土くれが飛び散った。ソーリャが大声で叫び、マレク王子の陣営全体に明かりが灯った。兵士らが一列に並べた藁束に石炭を投げ入れ、火をつけていく。

炎が防壁に沿って燃えあがり、ソーリャがその後ろに立った。大きく広げた両腕から赤や橙の閃光が放たれ、白いローブがその色に染まり、顔が重いものを持ちあげているかのように苦しげにゆがんでいる。燃えさかる炎の音で言葉までは聞こえないけれど、呪文を唱えているようだ。

「あの炎をなんとかしろ」サルカンが下をちらっと見おろし、わたしに言った。そして、自分はテーブルに引き返し、きのう準備していた十数巻の巻物のなかから一巻を、砲火を弱体化させる呪文の書を抜き取った。

「でも、どうやって――」わたしが最後まで言いきらないうちに、サルカンは複雑な音節を組み合わせた音楽の調べのような呪文を唱えはじめた。なにをすればいいのか尋ねる機会を失った。外ではソーリャが膝を曲げ、両腕を高く持ちあげ、見えない巨大なボールを投げつけるような姿勢をとった。炎の壁から火の玉がつぎつぎに宙に飛び出し、防壁を越えて、黄の沼男爵軍の兵士らがうずくまっている塹壕に襲いかかった。

バチバチと炎の爆ぜる音とともに、兵士らの叫びがあがった。わたしは空を見あげて凍りついた。いつしか雲が流れ、満天の星が輝いている。雲はどこにもない。雲さえあれば、雨を降らせられるのに……。わたしは破れかぶれで、書斎の片隅に置いてある水差しまで走った。ひとかけらの雲から嵐を呼べるなら、ひとしずくの水からだって雲をつくれるはず……たぶん。

わたしは水差しから手のひらのくぼみに水をそそぎ、雨の呪文をささやきかけた。水のしずくたちよ、雨になれ、嵐になれ、豪雨となって降りそそげ、と。手のひらの小さな水たまりが、水銀のようにきらめきはじめた。わたしはその水を窓から放った。水は雨となり、水流となり、しゃっくりのような小さな雷鳴とともに塹壕に降りそそぎ、一部分の炎を消した。

そのあいだも大砲のとどろきがやむことはなかった。気づくと、サルカンが横に立ち、窓辺で楯を構えていた。身代わりになるように、砲音がとどろくたびに彼の体は強い一撃をくらった。オレンジ色の炎が下から彼の顔を照らし、食いしばる歯に反射する。砲音の狭間をとらえて話しかけたかった。これでだいじょうぶなの？　こちらが優勢なのか、敵が優勢なのか――。

けれども、塹壕ではまだ火が燃えている。わたしは雨を降らせつづけなければならなかった。片手にたまるわずかな水から雨を生み出すのはむずかしく、しだいに苦しくなった。まわりの空気から湿気が奪われ、真冬のように肌や髪がパリパリに乾いた。一回の放水は炎全体の一部にしか効果がない。男爵軍の兵士が濡れたマントで炎をたたき消し、精いっぱい助けてくれた。

二門の大砲が同時に火を噴いた。これまでの砲弾とはちがう。青と緑の炎に包まれ、彗星のように長い光の尾を引いて飛んでくる。と同時にサルカンが窓辺から飛ばされ、テーブルの角に脇腹を打ちつけた。よろめき、咳きこみ、呪文が中断する。二個の砲弾はサルカンの結界が破れたまさにその瞬間、第一防壁にめりこんだ。熟しきっていない堅い果実にゆっくりとナイフが突き刺さるように。周囲の石が溶け、そのふちが赤く光る。砲弾は壁のなかに消え、くぐもった音をたてて爆発した。砂塵が舞いあがり、石のかけらが飛び散り、塔の外壁をビシビシと打った。第一防壁のどまんなかが崩れ、裂け目ができていた。

　マレク王子が槍を宙に突きあげて叫んだ。「進め！」

　なぜ、兵士らは命令に従うのだろう？　いびつな裂け目には、まだ炎が残っているのに。火に炙られた者たちの叫びが聞こえる。それでも、兵士らは槍を腰の位置に構えて、塹壕の炎の渦に突撃した。

　テーブルに両手をついて体を支えていたサルカンが、鼻とくちびるから血をぬぐって、窓辺に戻ってきた。「なんという蕩尽を」苦々しげにつぶやく。「あの特殊な砲弾は、鍛造に十年を要するんだ。ポールニャ国に十個とない貴重なしろものだというのに」

「水がもっといるわ！」わたしはサルカンの手をつかんで、引き寄せた。彼の助けが必要だった。彼は一瞬、ためらった。わたしの呪文と調和する自分の呪文を用意していないからだ。それでも、いらだちを小声で吐き出したあと、短い呪文を唱えた。最初のころに彼がわたしに教えようとした、外の井戸からコップ一杯の水を汲みあげる呪文だ。わたしが大量の水をテーブルにぶちまけても、ひとしずくの水しか汲みあげられなくても、サルカンはかりかりしていたものだ。

　彼がその呪文を唱えると、水が波紋をつくりながら水差しの底からせりあがり、ふちからあふれるぎりぎりのところで止まった。わたしは雨の呪文をその水差しと、地上の井戸に――地下深く眠る冷たい水に向かって唱え、水差しごと窓から放り出した。

たちまち前が見えなくなった。烈風がうなりをあげて、雨のしぶきを顔に、目に浴びせかける。それは身を切るような冬の雨に近かった。両手で顔から水滴をぬぐって地上を見おろすと、一瞬の豪雨が塹壕の火をほとんど消していた。わずかに何ヵ所か、ちろちろと燃える火が残っている。防壁の両側にごく浅い水流が生まれ、敵も味方も関係なく、鎧を着た兵士たちが足をすべらせて転んでいる。防壁の裂け目にも泥水が流れこみ、火を消していた。そこに男爵軍の兵士らが槍を持って駆けつけ、槍先を裂け目に突っこんで、侵入しようとする敵を押し返す。わたしは安堵のあまり窓枠に身を沈めた。どうにかソーリャの炎を消し、マレク軍の進撃を食い止めることができた。ソーリャはすでに大量の魔力を、限界ぎりぎりまで使っているはずだ。じっとしたまま動かない。きっと、これで考え直して――

「来るぞ」と、サルカンが言った。

ソーリャが新たな呪文を唱えていた。両手を斜め前に突き出し、すべての指先もまなざしもこちらを向いている。それぞれの指から銀色の光線が放たれ、十本の光線が三本にまとまった。光線は弧を描いて防壁を越え、恐ろしいまでに狙いを定めて落ちた。ひとりの兵士の片目、鎧の隙間になった喉、そして左肘――その下には彼の心臓がある。

銀の線は、見たところではなにも起こさなかった。弧を描いて宙に残っているが、闇のなかでかろうじて見える程度だ。そのとき、弓がいっせいにヒュンッとうなった。マレク王子は、歩兵の後ろに三列の弓兵を配していた。放たれた矢が銀の光線に手引きされるように、その軌跡を追った。

わたしはとっさに手を前に出したが、それで矢が止まるわけがない。矢は飛びつづけた。そして、三十名ほどの兵士がばたばたと倒れた。全員が防壁の裂け目を守っていた兵士だ。マレク軍の兵士が裂け目から押し入り、塹壕になだれこむ。彼らの背後にも大量の兵士が控えている。兵士らは男爵軍の兵士に襲いかかり、防壁のあいだの通路を突き進もうとした。

死闘がつづいた。狭い塹壕にうずくまった男爵軍の兵士らは槍や剣を頭上に突きあげた。マレク軍の兵士らは突き立った刃先に飛びこむ覚悟でなければ、塹壕にはいれない。ソーリャの先導で新たな矢が防壁を越えて、塹壕を守る兵士らに襲いかかった。サルカンが身をひるがえし、本や巻物をかき分け、この新たな攻撃に応戦する呪文をさがそうとしている。でも、間に合いそうにない。

わたしはもう一度、窓から手を突き出し、〈ドラゴン〉が使った呪文を――山腹に倒れたカシアをこの塔まで一気に移動させた呪文を、記憶のなかから呼びさまそうとした。「**トゥアル、トゥアル、トゥアル**」弓兵らが持った弓の弦に呼びかける。手を差しのべ、指先で弦をとらえるところを思い描いて。わたしは窓から身を乗り出し、とらえた弦をまとめて防壁のてっぺん目がけて放った。大量の矢がそれを追うように宙に飛び出し、弓も矢も石に当たって砕け、壁の下に残骸の山をつくった。

一瞬、銀色の光線が自分の両手をかすめ、顔を照らしたような気がした。サルカンが大声で警告するのと同時に、新たな銀色の細い光線が窓を狙った。いや、このわたしを——わたしの喉を、胸を、目を照射した。とっさに光線をまとめてつかみとり、やみくもに放り投げた。つぎの瞬間には、何本もの矢がうなりをあげながら飛んできた。矢の群れが窓を通過し、わたしが銀の光線を投げ捨てた場所を直撃する。書棚、床、椅子——突き刺さった羽根付きの矢軸がブルブルと震えた。

驚きのあまり恐怖さえ感じず、ただ茫然とそれを見つめた。十数本の矢に撃たれていたかもしれないことも最初は理解できなかった。外でまた大砲が咆えた。その轟音に慣れはじめていて、矢の襲来に茫然としていて、わたしはただ身をすくませただけで、音のほうを見ようとはしなかった。突然、サルカンがテーブルをひっくり返した。天板の端が床を打ち、本や巻物がすべり落ち、椅子がカタカタと鳴る。わたしはサルカンに腕をつかまれ、天板の後ろに引きずりこまれた。一発の砲弾がヒューッと空を切って飛来する音が聞こえる。その音がどんどん近づいてくる。

なにが起きるか理解するには一瞬で充分だったが、それに対処する時間はなかった。わたしはサルカンの腕のなかで縮こまり、テーブルの天板を、その厚板の隙間からもれる光を見つめた。

砲弾が窓の下をぶち抜き、窓ガラスを砕き、床を転がって部屋の石壁にガツンとぶつかって粉々に砕けた。そこから灰色の煙がもくもくと立ちのぼった。

サルカンが片手でわたしの口と鼻をふさいだ。ああ、これは石化の術だ。灰色の霧が渦を巻きながら、静かにわたしたちのほうに近づいてくる。サルカンは天井に向けた指先をくいっと曲げて、球体の見張り雲を呼んだ。雲の表面に指で小さな穴をあけ、一瞬もためらうことなく、無言のまま、手のひらで灰色の霧をかき集めて穴から球体の雲のなかに取りこみはじめた。封じこめられた灰色の霧が、なかでゆっくりと攪拌されるようすが見える。

あとちょっとでもこの作業が長引いたら、息を止めるのも限界に達していただろう。石壁にぽっかりとあいた穴から風が吹きこみ、散らばった本のページを騒がしくめくっていた。わたしたちは倒したテーブルを押して、壁にあいた穴をふさいだ。この穴から落っこちるようなことがあってはたまらない。サルカンは熱い砲弾のかけらを布にくるんで拾いあげ、猟犬に匂いをかがせるように、見張り雲に押しつけた。「**メーニャ・カイーザ、ストーナ・オーリット**」と、呪文を唱えて、見張り雲を送り出す。灰色の雲はふわふわとただよって闇のなかに消えた。

これだけのことがごく短い時間に、わたしが息を止めていられる時間のうちに起こった。でもそのあいだにマレク軍は塹壕に攻めこみ、男爵軍を第二防壁のトンネルまで追いつめていた。ソーリャが新たな光線と矢の攻撃を仕掛け、前線の兵士らに道を拓く。そしてあろうことか、マレク王子とその騎馬隊が、自軍の新たな兵士らを無理やり前線に駆り立てていた。馬に使う鞭(むち)をふるい、兵士らの背に槍の刃先を向けて、第一防壁の裂け目へと追いこんでいく。

最前線の兵士らは、男爵軍の兵士らが突きつける剣の前に押し出されていくのも同然だった。あとからあとからそうやって兵士が送りこまれ、男爵軍の兵士らはコルク栓が瓶から押し出されるように追いこまれていった。塹壕のあちこちに、すでに死体が折り重なっている。マレク軍の兵士らが、その死体の山にのぼって矢を放っている。死体が味方の兵士であろうがおかまいなしだ。

三重の防壁の狭間に掘られた二連の塹壕のうち、塔に近いほうの塹壕から、男爵軍の兵士らがサルカン特製の秘薬玉を壁越しに放った。敵のなかに落ちた秘薬玉がつぎつぎに破裂し、青い霧が広がっていく。霧に包まれた兵士は膝をつき、ぼうっとした顔で死体の山につんのめり、そのまま眠りこけた。それでも、マレク軍の兵士らは蟻(あり)の行進のように、倒れた兵士らを乗り越え、途切れることなく進んでいく。

背筋が凍った。これが現実とは思えない。

「われわれは状況を見誤ったようだな」サルカンが言った。

「彼は、どうしてこんなことができるの?」わたしの声は震えた。マレク王子は勝利に執着するあまり、防壁を壊すのにどんな犠牲を払ってもかまわないと思っている。彼はどんなことでもやるつもりだ。そして兵士らは、命じられるままに、際限もなく、死に向かって突き進む……。

「穢れに冒されているにちがいないわ」それ以外には考えられなかった。あんなふうに兵士らの命を湯水のように使うなんて。

「いいや」と、サルカンが答えた。「マレクは、この塔を勝ちとるために戦っているんじゃない。やつが勝ちとりたいのは、王位だ。ただし、ここで敗北すれば、大貴族たちに自分の弱さをさらすことになる。だから、やつにとっては背水の陣なんだろう」

わかりたくもないけれど、それはわかった。マレク王子はこの戦いにすべてを賭けている。それほど彼にとっては重要な戦いなのだ。さらにまずいことに、ここまで兵と魔術を投入したことで、彼は引くに引けなくなっている。使った金を丸損することに我慢できず、さらに金をつぎこむばくち打ちのようなものだ。わたしたちにそれを止めることはできない。彼は最後の一兵まで使い尽くすだろうし、彼のもとにはまだ何千という兵が控えている。

大砲がまたもとどろき、わたしは恐ろしい物思いから覚めた。そして敵陣が急に静かになった。砲音かと思ったのは、サルカンの放った見張り雲が飛んでいき、熱い鉄の塊に当たって破裂した音だった。二門の大砲を囲む何十人もの砲兵が、石像のように固まっていた。ある者は砲身に掃除棒を突っこんだまま、ある者は腰をかがめて滑車ロープを握ったまま、砲弾や火薬袋をかかえたままの者たちもいる。まるで永遠の戦争を一瞬にとどめた記念碑のようだ。

マレク王子が新たな兵士に命じて、大砲の周囲から石化した兵士を取り除く作業がはじまった。動かない兵士が押され、引きずられ、地面に倒される。ロープをつかんだ指が折り取られるのを見て、わたしは縮みあがった。石像になっても彼らはまだ生きているのに――下に向かってそう叫びたかったけれど、叫んだところで、マレク王子がそんなことを気にするとは思えなかった。

重い石像を取り除く作業には時間がかかり、しばらく砲火がやんで、わたしたちにとっては小休止になった。わたしは心を落ちつかせてから、サルカンに尋ねた。「もしも……もしも、わたしたちが降服したら……彼は受け入れると思う?」

「むろん」と、サルカンは答えた。「やつは降服を受け入れ、わたしたちを殺すだろうな。子どもたちも、引き渡してしまえば、同じ運命だ。やつは、そんなことはおくびにも出さずに、われわれの降服を受け入れるだろうが」そう言ったあと、彼は矢の魔術を妨害する仕事に取りかかった。飛来する矢を目がけて呪文を放ち、飛ぶ方向を強引にねじ曲げる。銀の光線に誘導された一群の矢が狙いをはずし、第一防壁に当たった。彼は手で下を示しながら言った。「朝までもちこたえられるかどうかだな。マレクだって、自分の兵団をつぶすつもりでなければ、水も食事も休憩もなく兵士を戦わせつづけるわけにはいかないだろう。朝までもちこたえれば、敵は休憩にはいる。そのときこそ、やつのほうから和平交渉を提案してくるかもしれない。朝までもちこたえることができれば……」

夜はそうかんたんには明けそうになかった。


戦いの勢いがほんのしばらくおとろえた。黄の沼男爵軍は内側の第二塹壕まで撤退していたが、第二防壁のトンネルが死体で埋まったために、マレク軍はそれ以上進めなくなっていた。第一防壁の外側をマレク王子が馬で行ったり来たりしながら、砲撃の再開をじれったそうに待っている。彼のそばにソーリャがいて、第二塹壕に向けて一定の間隔で矢を送りこんでいた。

矢を導くソーリャの呪文のほうが、矢をそらすサルカンの呪文よりもかんたんだった。矢じりはアローシャが鍛造したものにちがいなく、みずから突き刺す肉を求めて飛んでいく。ソーリャはただその方向を示すだけでいい。一方、わたしたちは、ソーリャだけではなく、アローシャの魔術とも戦わなければならない。アローシャの矢じりには、彼女の強い意志――魔力と信念が、ハンマーのひと振りごとに打ちこまれている。その方向をねじ曲げるにはかなりの力わざを必要とした。ソーリャは種をまくように腕を大きく振りあげ、矢を導く銀の光線をつぎつぎに放ってくる。サルカンとわたしはかわるがわる、男爵軍に襲いかかる矢を払いのけるだけで手いっぱいになった。

それでもしだいに、作業にリズムが生まれた。重い網を引いて魚を捕るように、襲来する矢の方向を変えて、サルカンと交替する。水をちびりと飲んで休み、また窓辺に戻る。それを繰り返した。けれどもそのうち、ソーリャが攻撃の間隔をずらしはじめた。わたしたちがリズムを乱すような最悪の間合いを選んで矢を放ってくる。腰をおろす暇もないほど間隔を狭めたかと思うと、あわてて飛び出していったのに、じりじりと待たなければならなかった。かと思うと、わたしたちに向かって矢が飛来し、ほとんど間をおかず、攻撃が二回つづいた。

「そのうち矢が尽きるわ」わたしは疲れはて、節々の痛みに耐えながら壁にもたれかかった。敵の弓兵のまわりには、使われた矢をかき集める少年兵がいた。彼らは戦場を走りまわって死体や防壁に刺さった矢を引き抜き、また使うために弓兵に届けている。

「たしかに」サルカンは魔力をそそぐことに集中し、いくぶんうわの空で質問に答えた。「しかし、やつは矢の数を減らしている。おそらくは、朝までぎりぎりもたせるつもりだろうな」

サルカンはつぎの小休止で書斎から駆け出し、実験室から密封されたガラス瓶を手に戻ってきた。瓶の中身は、サクランボのシロップ漬けだった。書斎の奥には大きな銀の湯沸かし器があり、いつでもお茶が飲めるようになっていた。着弾の衝撃で繊細なガラスのカップは割れてしまったが、その湯沸かし器はまだ残っていた。サルカンはお茶をふたつの計量カップに注いで、サクランボの瓶をわたしのほうに差し出した。

濃いワインレッドのサクランボは、谷のなかほどにあるヴィオスナ村でつくられていた。砂糖と蒸留酒にひたして保存されていたサクランボを、大きなスプーンに山盛り二杯すくってお茶に入れ、そのスプーンもきれいに舐めた。わたしにとっては故郷の味、この谷のおだやかな魔力がサクランボのなかに閉じこめられている。でも、サルカンがお茶に沈めたサクランボはたったの三個。数を決めているかのように三個をすくうと、瓶のふちでスプーンを傾けてシロップを落とした。わたしは目をそらし、両手でカップを包んで、ありがたくお茶をすすった。温かい夜なのに、体が冷えきっていた。

「少し横になって眠っておけ」サルカンが言った。「マレクはおそらく、夜明け前に最後の猛攻を仕掛けてくるだろう」すでに砲撃が再開されていた。でも、たいして被害は出ていなかった。大砲の扱いをいちばん心得た砲手たちが、石化の術で固まってしまったからだ。何発かの砲弾は飛距離が伸びずに味方の兵士のなかに落ち、逆に何発かは塔を越えるほど遠くまで飛んだ。防壁はまだもちこたえている。男爵軍の兵士らは地面に突き立てた槍の上に毛布を広げ、飛んでくる矢を防いでいた。

温かいお茶を飲んでも体の疲れは抜けず、頭は木を切りつづけたナイフのようになまくらだった。わたしは敷物をふたつに折って、かんたんな寝床をつくった。そこに横たわると、ようやく気分がましになったが、眠りは訪れそうにない。銀の光線と矢の襲来が窓のはるか向こうで断続的につづいている。矢をそらす呪文を唱えつづけるサルカンの声が、遠いところからの声のように聞こえる。彼の顔は暗がりのなかでよく見えず、部屋の石壁に鋭い横顔の影が映っていた。耳とほおの下にある床は、遠くから巨人が歩いてくるかのように、かすかに震えていた。

目を閉じて、自分の息づかいだけに意識を向けた。たぶん、一瞬だけ眠ったのだろう。落下の夢を見て飛び起きると、サルカンが壊された窓から下を見おろしていた。矢の襲来は止まっていた。わたしは力を振り絞って立ちあがり、彼に近づいた。

マレク軍の陣営の周囲で、騎士や召使いたちが、巣をつつかれた蜂のように右往左往していた。ほどなく、テントのなかから鎧をまとったハンナ王妃があらわれた。簡素な白いドレスの上に鎖帷子をはおり、片手に剣を持っている。マレク王子が王妃に近づき、馬上から身をかがめて話しかけた。王子を見あげる王妃の顔は、鋼のように決然としていた。「あの人たちはふたりの子を〈森〉に連れていくでしょう。いまわしいヴァジリーがわたくしにしたように！」王妃の声はよく響いた。「それぐらいなら、まずは、わたくしの体をばらばらに切り刻ませるがよい！」

マレク王子は少しためらったのち、馬からおりて楯を用意させ、剣を引き抜いた。騎馬隊の戦士らも馬をおり、王子に近づいた。ソーリャも王子の横についた。わたしは困惑して、サルカンのほうを見た。こんなにも多くの兵士を死に追いやったマレク王子は万死に値すると思っている。でも、どうしてもわからない。マレク王子は、ほんとうに王妃の言うことを信じているの？わたしたちが子どもを――スターシェクとマリシャをそんな恐ろしい目に遭わせるわけがないのに……。「どうして、マレクはあんなことを信じるの？」と尋ねた。

「なにゆえマレクは、それですべての辻褄が合うと、自分を信じこませることができるのか
――」サルカンは書棚の前に立っていた。「なぜなら、それがやつの欲望にかなった嘘だから」

そう言うと、書棚から両手を使って幼児の背丈ほどもある一冊の大きな本を抜きとった。わたしは本を持つのを助けようとして手を伸ばし、すぐに引っこめた。ぬめっとした黒い革表紙だった。いやだ、これにさわりたくない。

「そうだろう、わたしもだ」サルカンが言い、その本を読書用の椅子に付いたテーブルに置いた。「これは黒魔術の本。実にいまわしい本だ。しかし、これ以上の兵士を戦いに投入するより、死体をもう一度使ったほうがましだ」

本には古めかしい書体で長い呪文がしるされていた。いっしょにそれを唱えて彼を助けようとしてみたが、無理だった。わたしは、しょっぱなから怖じけづいた。この呪文の根っこにあるのは死だ。この魔法書は最初から最後まで死に満ちていた。見るのもいやだった。しりごみするわたしに、サルカンがいらだって眉根を寄せた。「なにをびくつくことがある。ど素人でもあるまいに。これのどこが問題だ？　まあいい。やつらの攻撃を鈍らせてこい」

わたしはさっさとその場から離れた。とにかくその魔法書から遠ざかりたくて窓辺に近づき、床に散らばる石のかけらを拾い集めて、水差しから大雨を降らせたときのように降雨の呪文を唱

えた。こうして、石つぶての雨がマレク軍に降りそそいだ。兵士らは両手で頭を守らなければならなかった。それでも、王妃は立ち止まることさえなく、いちばん外側の防壁の裂け目をくぐり抜けた。死体の山を踏み越えていく王妃のドレスの裾は血で赤く染まっていた。

マレク王子と彼の騎馬隊の戦士らが、楯をかざしながら王妃のあとを追った。わたしは王妃の前にまわった彼らを、さらに大きな石で狙い打ちにした。何人かがよろめいて膝をついたが、おおかたは頭上にかざした楯で身を守り、第二防壁のトンネルまでたどり着いた。彼らはトンネルをふさいだ死体を引きずって、道をあけようとした。男爵軍の兵士らがトンネルの内側から槍で突き、マレク軍の戦士らはそれを楯と鎧でかわした。何人かがかわしきれず、きらめく鎧姿で足を引きずって後退するか、倒れて死んだ。しかし、多くの戦士は果敢に戦い、トンネルの入口をあけ、とうとう王妃がなかに足を踏み入れた。

トンネル内の戦いを見ることはできなかったが、それはすぐに終わった。トンネルのなかから流れてきた血は、たいまつの灯のもとでは黒ずんでいた。王妃は剣をかかげてトンネルを抜け出すと、もう一方の手でつかんでいた生首を放り投げた。首はすっぱりと断ち斬られていた。トンネルを守っていた男爵軍の兵士らが、震えあがって後退した。そのあとから、マレク王子と戦士らが王妃のまわりに広がり、剣を振りあげて男爵軍に襲いかかる。そのあとから、さらに兵士が第二塹壕になだれこむ。ソーリャがバチバチとはじける白い炎を放った。

男爵軍の兵士らはあわてて後退し、足をとられて転んだ。兵士らが恐れているのは王妃であり、わたしは王妃の姿に、剣を持ったカシアを重ねた。ふたりがかき立てる恐怖は同じ種類のものだった。王妃は何度も何度も剣を振りあげ、突き刺し、たたき斬(き)った。一瞬のためらいもなく、着実に、冷酷無比に。どんな剣も彼女を傷つけることはできなかった。マレク王子が命令を叫んでいた。最後の第三防壁の内側にいる男爵軍の兵士らが、壁の上にのぼって弓で王妃を狙ったが、矢が彼女の皮膚を破ることはなかった。

わたしは窓辺から室内を振り返り、書棚に突き立った黒い矢羽根のついた矢を一本抜き取った。ソーリャがわたしを狙った、アローシャが鍛造した鉄の矢じりのついた矢だ。それを持って窓辺に戻った。両手が震えていた。でも、ほかに打つ手がない。ほかにやるべきことを思いつかない。なにものも王妃を止めることはできないのだ。でも……もし王妃を殺したら、マレク王子がわたしたちの要求を呑むことはいっさいなくなるだろう、ぜったいに。だとしたら、彼もいっしょに仕留めたほうがいい。もし王妃を殺したら……そう考えるだけで得体の知れない、胸が悪くなるような戦慄(せんりつ)に襲われた。地上にいる王妃は小さく見えた。人ではなく、腕を振りあげてはおろすカラクリ人形のようだ。

「少し待て」と、サルカンが言った。わたしは後ずさりした。救われた気がした。ただ、彼がおぞましい長い呪文を唱え終わるまで、耳をふさいでいなければならなかったけれど。一陣の風がぬるりと湿った手のようにわたしの肌をなで、窓から外に吹き抜けていった。腐敗と血の臭いがした。おぞましい風は、その後も休みなく、窓から外に、吹きつづけた。そして地上の塹壕では累々と横たわる骸がうごめき、身じろぎし、ゆっくりと立ちあがった。

死体は地面に落ちている剣を拾わなかった。彼らはどんな武器も必要としなかったし、敵の兵士に傷を負わせようともしなかった。ただ、からっぽの両手を前に突き出し、手が触れた兵士をがっちりとつかんだ。およそ二、三体でひとりの生きた兵士に向かった。塹壕にはいまや生きた兵士よりも死者のほうが多い。死体はことごとくサルカンの魔術にあやつられていた。マレク軍の兵士らが狂乱状態になって斬りかかったが、死体は血を流さなかった。その顔はぼんやりとして、うつろだった。

死者たちは塹壕のなかをよろよろと歩き、戦士にしがみついた。王妃の足や腕をとらえる死体もあった。王妃はそれらを振りはらい、鎧の戦士たちが太い剣でたたき斬った。男爵軍の兵士らも、マレク軍の兵士らと同じくらいこの魔術に恐れをなし、冷酷無情な王妃から逃げると同時に、死者たちからもあわてて逃げた。王妃は逃げる者たちに剣を振るいながら前進した。死者たちが、新たになだれこもうとするマレク軍の兵団を押しとどめていた。王妃を囲む戦士らが男爵軍の兵士らを斬り捨てる。王妃はいっさい立ち止まらなかった。

もはや王妃のドレスに白いところはなかった。裾から膝まで血に濡れ、その上の鎖帷子も腕も手も赤く染まり、顔には血糊がこびりついていた。わたしは手もとの矢を見おろし、そこに宿るアローシャの魔力に触れた。矢が生きた温かい肉を求めて、もう一度飛びたがっている。その渇望が指を通して伝わってきた。矢じりに小さな疵があった。アローシャが鍛冶場でやっていたように、それを指先でなでて、鉄の表面を平らにした。そこに自分の魔力もわずかに込めると、死を求める矢じりが手のなかでずっしりと重さを増したように感じた。「ふとももに」と、指示をあたえたのは、命を断ってしまうことに怖じけづいたからだった。王妃の前進を阻めればそれでいい。王妃に狙いを定め、矢を投げた。

矢はうれしげに風を切ってぐんぐんと飛び、王妃の鎖帷子を引き裂き、ふとももつけね近くに命中した。突き立った矢が半分ほど鎖帷子から飛び出しているのが見える。血は一滴も流れなかった。王妃が片手で矢を引き抜き、投げ捨てた。そして、塔の窓をちらりと見あげた。わたしは後ずさり、王妃は殺戮に戻った。

王妃に打ちすえられたように顔が痛かった。鼻をふさがれるような、虚に呑みこまれるようなこの息苦しさ……この感じには覚えがある。「〈森〉だわ！」わたしは声をあげた。

「なんだって？」サルカンが聞き返す。

「〈森〉よ」と、わたしは答えた。「〈森〉が王妃のなかにいるのよ」どんな呪文も、どんな浄化も、〈聖魔の遺宝〉も、審判も、どれひとつ見抜けなかった。でも、わたしは唐突に確信した

——いつもわたしを見つめ返す存在があったこと、それが〈森〉だったということを。〈森〉は身を隠すなんらかの方法を見つけていたのだ。

わたしは彼を振り返った。「やっぱり、『ルーツの召喚術』が必要だったのよ、サルカン。あの人たちの前で示さなければ——マレク王子とソーリャと、すべての戦士と兵士の前で。もし、王妃が〈森〉に乗っ取られていると彼らが納得したら……」

「マレクがそれを信じると思うのか？」サルカンが言い、窓の外を見た。しばらくすると、彼はまた言った。「まあ、いい。いずれにせよ、三重の防壁が落とされた。生き残った者たちを塔のなかに入れよう。あの大扉が、われわれが呪文を唱え終わるまで、ぎりぎりもちこたえてくれることを祈るのみだな」

28

虚無の咆哮

わたしたちは広間に駆けおり、扉を開け放った。黄の沼男爵軍の兵士がなかにはいってきたとき、百人いるかいないかという、生き残った者の少なさにぞっとした。彼らは広間にとどまるか、階段をおりて地下に向かった。だれもが汚れ、疲れはて、顔が恐怖を塗り重ねてゆがんでいた。屋内にはいれたことを喜んではいたけれど、サルカンとわたしにおびえて、近づいてこようとはしなかった。黄の沼男爵すら、わたしたちに疑いの目を向けた。広間にはいり、サルカンの前に立つと、「あんなものは兵士じゃない」と開口いちばんで言った。男爵軍の兵士たちが、わたしとサルカンに距離をあけながら、男爵を守るように取り囲んだ。「死者をよみがえらせたことだ」

「もちろん、人間とはちがう」と、サルカンが答えた。「しかしもし、あなたが生きた兵士を失うほうがましだと言うのなら、その繊細な感受性を次回は考慮に入れるとしよう」サルカンは口を堅く結んだ。わたしは疲労困憊（こんぱい）していた。いったい夜明けまでどれだけあるんだろう？　そう考えたけれど、尋ねたいとは思わなかった。「休める者は休ませよう。食糧の備蓄はすべて使ってくれ」と、サルカンが言った。

ほどなく、カシアが兵士たちを押しのけながら、階段をのぼってきた。黄の沼男爵は負傷者と消耗の激しい者を階下に送り、側近（そっきん）をそばに残した。「ワインとビールの樽（たる）があけられたわ」カシアは声をひそめてわたしに言った。「子どもたちをあそこに置いておくのは安全じゃないわ。ニーシュカ、いったいなにが起きたの？」

サルカンは広間の台座に置かれた自分専用の椅子にすわり、椅子の両袖（りょうそで）に渡すように魔法書『ルーツの召喚術（しょうかんじゅつ）』を広げて、口のなかでぶつぶつと毒づいた。「よりによって、いまこのときに酒か……。下に行って、ぜんぶりんご汁（シードル）に変えてこい」と、わたしに言った。わたしはカシアといっしょに地下に急いだ。兵士らは樽にあけた穴からこぼれるワインを、手や兜（かぶと）ですくって飲んでいた。穴の下に頭を近づけて直接口に受ける者や、樽をまるごと傾けて飲む者もいる。すでにけんかもはじまっていたが、酒の分配をめぐるけんかの叫びは、よみがえる死者や殺戮（さつりく）の恐怖を前にした叫びより、よほどましだった。

カシアが兵士らを押しのけて、わたしに道をつくってくれた。わたしの姿を認めると、兵士らはけっしてカシアに立ち向かおうとしなかった。わたしはいちばん大きな樽に近づき、両手を樽に添えて、疲れきった体からどうにか魔力を絞り出した。「**リリンターレム**」と呪文を唱えて、地下庫の瓶や樽がカタカタと揺れはじめるのと同時に、へなへなとすわりこんだ。兵士たちはなおも押し合いへし合いで飲んでいた。いくら飲んでも酔えないと気づくまで、あとしばらくはかかるだろう。

カシアがわたしの肩に、力がはいりすぎないように慎重に触れた。わたしは振り返って、彼女を抱きしめた。強いカシアがいてくれて、ほんとうによかった。「もう上に戻らなくちゃ。子どもたちをお願いね」

「あたしは、あなたを助けたほうがいいんじゃない?」カシアは静かに言った。

「子どもたちを守って」わたしは言った。「もしものときは——」カシアの腕を取り、地下庫のいちばん奥の壁までいざなった。スターシェクとマリシャが寝床から起きあがり、不安そうに兵士らを見つめていた。マリシャは眠そうに目をこすっている。わたしは石壁に両手を這わせて、地下墓につづく入口の扉のへりをさぐった。扉と壁のわずかな隙間を見つけ、カシアの手を導いて、その場所を知らせた。そして、魔力で編まれた見えないひもをたぐり寄せた。これは扉を開くための取っ手のようなものだ。わたしはカシアに言った。「この扉を押しあけて、子どもたちをなかに入れて、しっかり扉を閉じて」それから手をあげて、「**ハートル**」と呪文を唱え、宙から出現したアローシャの剣をカシアに手渡した。「これを持っていて」

カシアがうなずき、剣を肩から背負った。最後に彼女にキスをして、わたしは上の広間に引き返した。

男爵軍はすでに全員が塔のなかに退避していた。防壁はまだいくらかは役立っていた。防壁があるおかげで、マレク軍の大砲で塔の大扉を直撃されずにすんでいる。男爵軍の兵士が何人か、矢狭間（やはざま）の窓の左右にある台座にのぼり、外の敵に矢を放っていた。厚い扉にドンッとなにかが当たり、魔力の閃光（せんこう）が走った。「やつらは大扉に火を放つつもりだぞ」矢狭間の窓から兵士のひとりが叫んだのは、わたしがちょうど広間に戻ったときだった。

「やらせておけ」サルカンは兵士を見あげることもなく言った。わたしは台座の上にいる彼のもとに向かった。彼は大きな玉座（ぎょくざ）のような椅子を、ふたつの座面がある長椅子につくりかえていた。ふたつの座面の肘掛けを共有する部分にテーブルがついている。そこにどっしりと厚い魔法書、『ルーツの召喚術』が置かれている。なつかしさと同時に、まだどこかなじめない奇妙な感じがあった。わたしは椅子にそっと腰をおろし、その表紙を指でなぞった。蔓草（つるくさ）の装飾模様、金文字……。本にひそむ魔力が蜂の羽音のような低いうなりをあげている。疲労で指先の感覚が鈍っているのか、そのうなりはどこか遠いところから聞こえる音のようだ。

わたしたちは表紙を開いて、読みはじめた。サルカンのよく通る落ちついた声が正確に呪文を読み進めていく。その声がわたしの頭のなかの霧をゆっくりと払っていった。わたしは彼の声のまわりでハミングし、歌い、ささやいた。周囲の兵士が静かになった。広間の隅や壁ぎわに寄り、夜ふけの居酒屋で悲しい歌に耳を傾ける人々のように聴き入っている。彼らは呪文が紡ぎ出す物語を追おうとして、それを記憶しようとして、うまくいかずにとまどっている。それでも、彼らを引きつけながら、呪文の物語は前に進んでいく。

わたしも彼らといっしょに呪文のなかに引きこまれ、そこに自分が溶けていくのをありがたく思った。きょう味わった恐怖が消えることはない。でも、『ルーツの召喚術』は、それさえも物語の一部に――ほんのちっぽけな一部に変えてしまう。霊力がみなぎり、まばゆく清らかにほとばしり、呪文が第二の塔のようにそびえたっていく。準備ができたら、わたしたちは大扉をあけて、召喚術の光で塔の前庭を照らすことになるだろう。窓の外では空が白みはじめていた。日の出も近い。

大扉がきしみをあげた。外からなにかがはいってきた。大扉の上から、下から。そして、二枚の扉板のあいだの細い隙間から。扉に近い兵士が警告の叫びをあげた。くねくねと動く細長い影があらゆる小さな隙間から這い出てきた。蛇のようにするりと、どんなに狭いところもくぐり抜けて……。目を凝らすと、それらは蔓の巻きひげや根っこの先端だった。蔓と根は隙間を見つけてなかにはいりこんだ。板と石の表面を這いのぼり、窓ガラスに広がる霜のように扉板全体をおおい、がっちりととらえた。そこから、あの覚えのある甘ったるい腐臭がただよってくる。

まさに〈森〉だった。わたしたちがこれからすることを知っているかのように、ペテンを暴こうとするくわだてを見抜いているかのように、〈森〉は正体を隠そうともせず、あからさまな攻撃を仕掛けてきた。黄の沼領出身のの兵士たちが、恐怖に顔を引きつらせながら、手にした剣や短刀で蔓や根をたたき斬った。彼らにも、それが〈森〉だとわかっているのだ。しかし斬っても斬っても、新たな蔓や根が伸びてくる。そして、外からマレク軍の大槌がふたたび大扉に振りおろされ、二枚の扉板が激しく揺れた。蔓が閂を這い進み、鉄製の金具に襲いかかる。百年の変化を一瞬に凝縮するかのように、流血を思わせる赤茶色の錆が鉄の表面にみるみる広がっていく。蔓に巻きつかれ、激しく揺さぶられ、金具がガタガタと震動した。

サルカンとわたしは呪文をやめるわけにはいかなかった。あせる気持ちで舌をもつれさせながら、精いっぱい早くページをめくりながら読み進んだ。でも、召喚術そのものが急ぐことを許さず、物語の流れを早めることはできなかった。わたしたちがすでに築いた霊力の建造物が、呪文の早さに抗うように、ぐらぐらと揺れはじめた。物語を紡ぎ出す糸が切れかかろうとしている。いまや、わたしたちが召喚術にあやつられているのだ。

けたたましい音とともに、右の扉板の下部が砕け散った。たちまち新たな蔓がはいりこみ、葉を茂らせ、巻きひげをほどき、奥へと進んでいく。蔓の一部は兵士らの腕をとらえ、剣をもぎとって投げ捨てた。べつの一部は、閂を見つけて巻きつき、少しずつ引いた。閂がきしみをあげながらじりっじりっと動き、とうとういちばん端の金具からはずれた。またも大槌が振りおろされ、扉が突然大きく開いて、そばにいた者が跳ね飛ばされた。

開いた大扉の向こうに、馬に乗ったマレク王子がいた。マレクは鐙（あぶみ）に両足をかけて立ちあがり、角笛を吹いた。その上気した顔には流血への渇望と怒りがみなぎっている。高ぶるあまり、大扉がなぜこんなに突然開いたかにも頭がまわらないようだ。蔓植物が大扉につづく石階段の周囲の地面に根をおろしていた。太く黒い根が網のように広がって忍びこめる暗部をさがし、石階段の細い割れ目にもぐっていく。それが暁（あかつき）の光のなかでどうにか見える。マレクはそんな足もとの光景には目もくれずに馬を進め、石階段をのぼり、扉が破壊された塔の入口をくぐった。そのあとに騎馬隊がつづいた。騎士たちが馬上から剣を振りおろし、血の雨を降らせた。男爵軍の兵士らが彼らを槍（やり）で突きあげた。馬がいなないて倒れ、死体が転がるなかで断末魔のあがきのように脚で激しく宙をかいた。

わたしのほおを涙がつたい、魔法書のページの上に落ちた。でも、呪文を読みつづけるしかなかった。突然、なにかがわたしにぶつかった。その強い一撃に呼吸が止まった。呪文が舌からこぼれ落ち、最初は音がまったく聞こえなくなった。つぎの瞬間、わたしとサルカンのまわりに虚無（きょむ）が口をあけ、咆哮（ほうこう）をはじめた。すべての音を、わたしたちに届く前に、その深い虚（うろ）が呑（の）みこんだ。まるで野辺に吹きすさぶ嵐のどまんなかにはいりこんでしまったみたいだ。周囲には灰色の豪雨が降りそそいでいるのに、そこだけしんと静かで、でもそのときなにが起きているかはわかっていて――

突然、世界がひび割れ、裂け目がわたしたちのもとから四方に走った。床、壁、魔法書、椅子、台座――それは木や石にできた裂け目ではなく、この世界の裂け目だった。裂け目の向こうにはのっぺりとした虚無の闇しかない。美しい金文字を飾った厚い『ルーツの召喚術』がひとりでに表紙を閉じて、水底に沈んでいく石のように裂け目に吸いこまれていった。サルカンがわたしの腕をつかんで、椅子から立ちあがらせ、台座をおりる階段に向かった。わたしたちのすわっていた椅子もすでに闇に落ちていた。つぎには台座がまるごと。あらゆるものが崩れ落ち、無に帰ろうとしている。

サルカンはまだ呪文を唱えつづけていた。呪文を崩壊させないように、最後の一節を何度も繰り返している。わたしはふたたびそこに加わろうとして、ハミングしてみた。でも、息がつづかなかった。なんだかとても変だ。肩がずきずきするけれど、肩を見ても、おかしなところはない。そのままそうっと視線をおろすと、胸のすぐ下に一本の矢が突き立っていた。わたしはとまどって矢を見おろした。ぜんぜん痛くない……。

高窓の美しいステンドグラスがかすかにくぐもった音をたてて割れ、色鮮やかなガラスの雨を降らせた。あちこちの裂け目がさらに広がって、兵士らが悲鳴をあげて裂け目に落ち、呑みこまれて沈黙した。壁や床の石が崩れ、それもまた消えた。塔の石壁がうめきをあげていた。

サルカンは、暴れ馬をなだめるように、呪文の最終節をどうにかぎりぎりのところで御しつづけた。わたしは彼に魔力を送りこんで助けようとした。彼はわたしの体を片腕でかかえ、わたしの全体重を支えていた。わたしは足を一歩踏み出すごとによろめき、ほとんど引きずられるように歩いた。矢の刺さった胸が痛みはじめた。体がやっと目覚めて、異変に気づいたように激痛が襲ってきた。息ができないから叫びたい。なのに、叫ぼうにも息が足らない。まだ戦いつづける兵士がいた。塔から——崩れ落ちる世界から逃れようと、飛び出していく兵士もいた。視界の端で、マレクが死んだ自分の馬を蹴り飛ばし、床に走る新たな亀裂を跳び越えた。

気づくと、破壊された大扉のあいだに王妃が姿をあらわしていた。その背後から朝日が差している。一瞬、わたしには扉口にいるのが人間ではなく、床から天井までまっすぐに伸び、銀色の枝葉を茂らせた一本の樹木のように見えた。サルカンがわたしを地下につづく階段にうながし、おりるのを助けてくれた。塔が激しく揺れ、階段の上から石のかけらが転がり落ちてくる。サルカンは一段おりるごとに呪文の最後の一節を唱え、魔術が暴走しないように御しつづけた。でも、わたしは彼を助けることができない……。

ふたたび目をあけると、石の床に膝をついて心配そうにのぞきこむカシアがいた。ほこりがもうもうと立ちこめているが、石壁の揺れはおさまっている。わたしは、石壁に背中をあずけて床に脚を投げ出してすわっていた。そう、ここは地下庫だ。階段の最後をどうおりたのかは憶えていない。近くで、黄の沼男爵が生き残った兵士らに大声で指示を出していた。兵士らがワインの棚と酒樽と、積み重ねた鉄鍋で、階段下に間に合わせのバリケードをつくっている。補強のためにさらに石のかけらがそこに寄せられた。螺旋階段の上から日差しがこぼれ落ちてくる。サルカンがわたしの隣にいて、嗄れかかった声で、まだ呪文の同じ一節を唱えつづけていた。

わたしは彼に体を支えられて、この場所まで来たのだろう。わたしたちのすぐそばには鍵付きの金属製キャビネットがあった。その扉の取っ手の周囲には焼け焦げた跡がある。サルカンは手振りで、カシアにキャビネットの解錠をうながした。カシアが両手で取っ手をつかむと、鍵穴から炎が噴き出し、彼女の手を這いあがった。でも、カシアは歯を食いしばり、どうにか取っ手をまわし、鍵を破壊して扉をあけた。キャビネットの棚には、かすかに光る液体を満たした小さな瓶が並んでいた。サルカンがひと瓶を取り出し、わたしを指差した。カシアは彼を見つめ、突き刺さった矢に視線を移し、「あたしが、引き抜くの？」と、サルカンに尋ねた。彼が首を横に振り、片手を前に押し出すしぐさをした。カシアはごくりと喉を鳴らし、うなずいた。そして、ふたたびわたしの横にひざまずいて言った。「ニーシュカ、我慢して」

カシアがわたしの胸に突き立った矢に両手を添えて、矢羽根を折った。肉のなかで矢じりが動き、わたしは口を開けたり閉めたりするだけの無言の悲鳴をあげた。苦しくて息もできない。カシアは矢軸のささくれを手早く取り除き、できるかぎり軸の表面をなめらかにした。そして、わたしを横向きに壁にもたせかけると一回きりの強い突きで、矢を背中に貫通させ、出てきた矢じりをつかんで、体に残った軸を引き抜いた。

わたしはうめいた。熱い血が胸と背中からあふれだす。サルカンが瓶をあけて液体を片手で受け、わたしの開いた傷口にそそいだ。焼かれるように痛かった。ろくに動かない片手で押しのけようとしたが、彼は取り合わず、わたしの服を左右に開き、さらに液体をたらした。カシアがわたしの体を返し、背中の傷口にも同じことをした。その瞬間、わたしは叫んでいた。突然、声が戻ってきた。カシアから口に布きれを押しこまれ、わたしはそれを嚙(か)みしめ、がくがく震えながら痛みに耐えた。

その液体のせいで、痛みはましになるどころか、さらにひどくなった。わたしはカシアとサルカンから逃れ、冷たく硬い石壁に体を押しつけた。この石の一部になって、なにも感じなくなってしまえたらいいのに……。指を漆喰(しっくい)にめりこませ、すすり泣いた。カシアの手が肩にそっと添えられるのを感じた。そのとき、いちばん苦しいところを越えたのに気づいた。流血が減り、やがて完全に止まった。まわりで起こっていることがふたたび見えるように、聞こえるようになった。階段から戦闘の音がする。剣を互いに斬り結ぶ鈍い響き。剣はときに石壁に当たって鈍い音をたてた。剣が削られ、すり減る音に、時折、鈴の音のような澄んだ響きが交じる。戦闘で流れた血が細い流れになってバリケードの下を抜けてくる。

サルカンがわたしの隣で石壁に背中をあずけた。くちびるはまだ動いていたけれど、声はもうほとんど出ていない。力を振り絞るように目をぎゅっと閉じている。『ルーツの召喚術』はいまや、片側だけ波に洗い流された砂の城のようになっていた。いまにも倒壊しそうな残りの部分を彼は渾身の力で支えていた。もし残りの部分も崩れてしまったら、きっとこの塔はまるごと、世界の裂け目に呑みこまれてしまうだろう。わたしたちはそこで喰らい尽くされるだろう。あとにはからっぽの虚しか残らない。そして最後には山腹が崩れ、その穴さえも埋め尽くし、はじめからなにも存在しなかったかのように景色を塗り変えてしまうだろう。

サルカンが目をあけ、わたしを見つめた。彼はカシアの背後にいる子どもたちを手で示した。子どもたちは樽の陰からおそるおそるようすをうかがっている。彼はふたたび手を使って言った。行け！――こんどはわたしにだ。子どもたちを逃がせ、ここから連れ出せ、と言っているのだ。わたしがためらうと、彼は眼をぎらりと光らせ、地下庫の床をまるごと手で払いのけるようなしぐさを見せた。まもなく倒壊するぞ、ということだ。魔法書はすでに彼の手もとにない。『ルーツの召喚術』は消えてしまった。呪文を終わらせることはできないし、彼の力が尽きてしまえばきっと……。

　わたしは深く息をつき、サルカンの指に自分の指をからめて、呪文に合流した。彼はすぐには受け入れなかった。わたしは声をひそめ、息をはずませながら、自分の感じるままに歌った。もう地図はない。言葉も憶えていない。でも、わたしたちは、これをやり遂げたことがある。どこに向かうのか、なにを立ちあげるのか、それを憶えている。わたしは崩れそうな壁に砂を足して、それを押し固め、打ち寄せる波をかわす広くて長い濠をつくった。ハミングをつづけ、そこに少しだけ物語と歌を織りまぜた。こうして心のなかにもう一度、砂を積みあげた。彼はわたしをどう助ければよいのか最初はとまどい、魔力の放出を抑えていた。わたしは彼に歌いかけた。彼の両手に濡れた小石をあずけるところを思い描いて、節をつけた。そのうち、彼のほうから少しずつ、その石を返してきた。彼は祈りのような呪文を唱えていた。濡れた砂でつくった壁の土台にゆっくりと、正確に、均等に、石をひとつひとつ並べていくように——そのあいだも、わたしたちの塔を支えつづけながら。

　魔術がふたたび力をみなぎらせ、密度を増した。壁は崩壊をまぬがれた。それでもわたしは心のなかで補修の作業をやめなかった。あちらこちらに触れて強度を確かめ、補強の方法を見つけ、それを彼に示した。新たな砂を積みあげ、彼にその壁を平らに、なめらかにする作業をまかせた。最後に、わたしたちはいっしょに、葉のついた一本の枝を塔のてっぺんに差した。それはまるで風にはためく三角旗のようだった。息が切れてきた。体の奥に奇妙に縮んだしこりがあった。まだ薬効がつづいているのか、引きつるような痛みがある。それでも魔力はわたしのなかをよどみなく流れつづけた。早瀬のように、きらめいて、あふれだすほどに。

兵士らの叫ぶ声がした。最後まで上に残っていた男爵軍の兵士らが階段下のバリケードをつぎつぎに乗り越えてきた。ほとんどが剣を失い、命からがら逃げてきたようだ。悲鳴があがり、階段上から強い光が差しこんだ。なかにいる兵士が手を差し伸べ、逃げてきた者たちがバリケードを越えるのを助ける。おりてくる味方の兵士はそれほど多くはなく、流れはすぐに止まった。兵士らは最後に残った木材と鉄の大鍋をバリケードのてっぺんに乗せて守りを強化した。マレク王子の怒声が階段の石壁に反響し、王妃の金色の頭がバリケードの向こうにちらりと見えた。男爵軍の兵士らがバリケード越しに槍を突き出した。けれども槍の切っ先は王妃の肌をすべって、横にそれた。バリケードがめりめりと壊されていく。

もうこれ以上、呪文を唱えつづけるのは無理だ。カシアが立ちあがり、地下墓につづく扉を押しあけた。「ここから下に。早く！」彼女は子どもたちに叫び、わたしの腕をつかんで引っぱりあげた。サルカンもふらつきながら立ちあがる。カシアはわたしたちを扉のなかに押しこみ、床から剣を拾いあげ、あの薬をひと瓶つかみとると、「おりて！」と、兵士たちにも声をかけた。わたしたちにつづいて、兵士らもなかに駆けこんだ。

召喚術は、まだわたしとサルカンのもとにあった。彼は、螺旋階段をおりるわたしのすぐ後ろにいた。ギギギッと金属のきしる音が上から聞こえ、階段に闇がおりた。最後になった兵士が地下庫とつながる扉を閉めたのだろう。階段の両側の壁に刻まれた古代文字がうっすらと輝き、かすかな声でささやきはじめた。気づくと、この場所の石たちが放つ魔力によって、わたしたちの魔術がゆるやかに変わりはじめていた。心のなかに思い描く塔のかたちが前とはちがっていた。もっと大きな建造物……窓やテラス……黄金の丸屋根。壁は青白い石で……階段の壁には銀色の文字が刻みつけられて……。サルカンの呪文を唱える速度が落ちた。きっと、彼もわたしと同じものを見ているにちがいない。それは太古の塔、はるか昔に失われた塔だ。わたしたちのまわりに、ほのかな光が満ちてきた。

階段をいちばん下までおりて、あの狭い円形の部屋、地下墓の入口の間に転がりこんだ。狭い空間なので、大人数の人間がはいると、とても息苦しかった。カシアが古い燭台をつかみ、その底部を壁に何度もたたきつけて石レンガを砕き、墓室に通じる穴をあけた。墓室のほうからひんやりとした風が吹きこみ、それでようやく息苦しさから解放された。カシアは子どもたちふたりを墓室にそっと押しやり、王の棺の陰に隠れているように指図した。

はるか上のほうで石が砕ける音がした。いずれは王妃が、マレク王子と戦士らを従えて階段をおりてくるだろう。円形の部屋にいる数十名の兵士は、おびえたようすで壁ぎわに固まった。多くの兵士が鎧の上に黄色の外衣を、いや、その切れ端をくっつけている。いっしょに戦ってきたのに、わたしには彼らの顔に見覚えがない。そのなかに黄の沼男爵の姿もない。ふたたび遠くから剣を斬り結ぶ音がした。男爵軍兵士が何人か、まだ階段に残されて戦っているようだ。そのあいだも、召喚術の光はどんどん明るさを増していく。

マレク王子が階段に取り残された最後の兵士を剣で突き、その死体が転がり落ちてきた。男爵軍の兵士らがマレクを迎え撃つために飛び出していく。王子といえども、いまの彼らにとって、マレクは討つべき敵なのだ。しかしマレクは、最初に突進してきた兵士の剣を楯で受けると、みずからの剣で兵士の腹を刺し貫いた。そのまま身をひるがえし、今度はべつの兵士の首を刎ねる。と同時に、剣の柄でもうひとりの兵士の頭を殴り、切っ先で前にいる兵士の片目を突いた。わたしの横にいたカシアが、怒りの叫びをあげて、剣を振りあげた。でも、その叫びが終わらないうちに、マレクに応戦した兵士がことごとく倒れていた。

そのときちょうど、わたしたちは召喚術の呪文を終えた。わたしが最後の三語を歌い、サルカンがそれを引き継ぎ、ふたたびふたりの声を合わせた。たちまち、まばゆい光が円形の部屋を満たした。その光はほとんど大理石の壁の奥から放たれていた。マレクはみずから剣で切り拓いた空間に足を踏み出した。その後ろから、王妃が階段をおりてくる。

王妃はおろした剣の先から血をしたたらせ、冷ややかに超然と立っていた。まばゆい光がその体を透過し、すみずみまで照らし出している。けれども、そこに穢(けが)れのしるしはない――マレクにも、その後ろにいるソーリャにも。王妃を照らす光が、その両端でマレクとソーリャをとらえていた。ふたりにも穢れの影はない。あるのは、ぎらぎらした利己心と、棘(とげ)だらけの要塞のような驕(おご)りだけ。ところが、王妃にはそういったものさえなかった。わたしは荒い息をつき、とまどいながら彼女に目を凝らした。まちがいなく、穢れは認められない。

彼女のなかには、まったくなにもないのだ。召喚術の光は王妃を完全に透過している。その体は内側から腐りつづけたあげくに、皮膚という樹皮に包まれた完全な虚(うろ)となり、もはや穢れはどこにも残されていなかった。いまになって、やっとわかった。わたしたちはハンナ王妃を救出するために〈森〉にはいった。〈森〉は、わたしたちがさがしているものをわたしたちに見つけさせた。けれども、それはただの虚(うつ)ろな残骸(ざんがい)、〈心臓樹(しんぞうじゅ)〉のひとかけら、からっぽのあやつり人形だった。あらゆる審判と検証が終わるのを、あやつり人形は待ちつづけた。そして、わたしたちがなにもおかしなところはないと信じたとき、〈森〉が忍び寄り、人形をあやつる糸を取ったのだ。

光は王妃を照らしつづけ、わたしの目の前にようやく〈森〉がゆっくりとその姿をあらわした。さっきまで女性の顔に見えていた雲が、もう一度空を見あげると、一本の樹木に見えてくるように。〈森〉はたしかにそこにいた。それは〈森〉以外のなにものでもなかった。金色の髪の流れは葉に広がる白い葉脈、その手足は枝、つまさきは床を突き抜け、地中深くまで伸びている。

王妃はわたしたちの背後の壁を、壁にあけられた穴を見つめていた。その穴の向こうには、青い火の玉の燃える墓室がある。そのときはじめて、王妃の顔に変化があらわれた。突風にあおられて細い柳（やなぎ）がねじれるとき、その梢（こずえ）が怒りに震えるように。〈森〉を強い霊力で支配する存在――その正体がなんであれ、それははるか昔も、ここにいた……。

ハンナ王妃のミルクのように白い顔が、召喚術の光のもとで、水に洗われる絵の具のように剝（は）がれ落ち、そのあとに、まったくべつの女の顔があらわれた。茶、緑、黄金（こがね）――さまざまな色合いが木目のような流紋を描く肌。黒に近い濃緑色の髪に、秋の紅葉のような赤や黄金や茶のすじが交じっている。そのなかの黄金のふさだけが白いリボンといっしょに三つ編みにされ、頭のまわりに添わせてある。着ているのは白いドレス。でも、それはなんとなく、彼女にふさわしくない。ただ着せられているだけのようにも見える。

わたしの目には、彼女とわたしたちのあいだに横たわる王の遺体も見えた。王の遺体は白い布にくるまれ、六人の男たちによって、ここに運ばれてきた。王の顔は動かず、目は乳白色にくもっている。従者たちは遺体を墓室に運び、大きな石の棺にそうっとおさめ、布をかぶせた。

召喚術の光のなかに、白いドレスの女王が従者たちにつづいて地下墓にはいる光景が浮かびあがった。彼女は身をかがめて棺をのぞきこむ。その顔にあるのは悲しみではなく、なにが起きたのかをまだ理解できない当惑と混乱だ。彼女は小枝のような節くれだった長い指を伸ばし、王の顔に、まぶたに触れる。王は動かない。女王ははっとしたように手を引く——六人の男たちのじゃまにならないように。彼らは棺にふたをし、その上に青い火の玉を置く。彼女は当惑しながら、青い火の玉を見つめる。

　六人の従者のうちから、ひとりの男が彼女に話しかける。その姿が幽霊のようにうっすらと見える。男は、どうか気がすむまでここにいらしてください、と語りかけている。彼は腰をかがめてお辞儀し、彼女ひとりを残して入口から出ていく。彼女から顔をそむけたとき、彼の顔によぎったものを、はるかな時をへだてて召喚術の光がとらえる。それは冷酷な決断だ。

〈森〉の女王は、それを見ていなかった。石棺に向かって立ちつくしていた。両手を棺のふたに添え、マリシャみたいに途方に暮れて。彼女も、幼いマリシャと同じように、死が理解できない。青い火の玉のゆらめきをただ見つめている。やがて、ゆっくりと体をまわし、傷つき茫然とした顔で、むきだしの石の壁に視線をめぐらしていく。でもふいに、その動きが止まる。そしてもう一度、目を凝らす。部屋の小さな入口に石レンガが積みあげられている。彼女は、自分がこの墓のなかに閉じこめられようとしているのに気づく。

　それをまじまじと見つめたあと、彼女はまだわずかにあいた入口に駆け寄り、ひざまずく。男たちの手早い作業ですでに入口のおおかたが石レンガでふさがれてしまった。あの冷酷な表情を見せた男だけが、作業に加わらず呪文を唱えている。彼の両手から青っぽい銀色の光が石レンガに放たれ、レンガをしっかりとつなぎ合わせていく。彼女が抗うように片手を隙間から伸ばす。彼は取り合わない。彼女の顔を見ることさえない。だれひとり彼女を見ていない。最後の石レンガがはめこまれ、彼女の手が墓室に押し戻される。

彼女はひとりきりで立ちあがる。困惑し、驚き、怒りに震えている。でも、まだ恐れてはいない。彼女は決然と片手をあげる。でもそのとき、背後の青い火の玉がゆらめき、炎が勢いを増す。その光が壁面を鮮やかに照らし、階段からつづく長い文字列に意味をあたえる。振り返った彼女とともに、わたしにはその文字を読みとることができた。**永遠にとどまり、永遠に眠れ。動くこともまたとなく、去ることもまたとなし。**これはただ王を弔う言葉ではない。ここは墓であり、牢獄(ろうごく)でもある。彼女は身を返して、壁をたたく。指がはいりこむ隙間をさがして石を押すというむなしい努力をつづける。恐怖が胸の底からせりあがってくる。石が彼女を閉じこめ、冷やかに沈黙する。この墓室は山のふもとの岩盤を削ってつくられている。だから、ここからは出られない、もう二度と……。

突然、〈森〉の女王がその追憶を払いのけ、召喚術の光が消えた。最後の光が水のように墓室の壁を流れ去った。サルカンがよろよろと後退したので、わたしは壁に押し倒されそうになった。幻影が消えて、わたしたちはふたたび入口の間にいた。けれども、〈森〉の女王の胸に沸き返る恐怖が、まだわたしのあばら骨を内側からたたいていた——閉じこめられた鳥が何度でもはばたいて壁にぶつかるように。日差しを奪われ、水を奪われ、大気を奪われて苦しむように……。彼女は死ねなかった。彼女はまだ、死んではいない。

そしていま、彼女はわたしたちの前に、ハンナ王妃を隠れみのとして立っている。その顔に、いまのいままで幻影のなかで見ていた〈森〉の女王の面影はない。〈森〉の女王はもがき、苦しみ、どうにかして牢獄から外に出た。彼女はふたたび自由を得た。そして彼女は……あの男たちを殺したのだろうか？　殺した……。彼らだけじゃない、彼らの恋人、彼らの子ども、彼らの世界に住むありとあらゆる人々を殺した。彼女は人々をいたぶり尽くした。かつての彼らのように、今度は彼女自身が非道な怪物となって……。そして、彼女は〈森〉をつくった。

薄闇のなかで王妃がシューッと低い音を出した。蛇が敵を威嚇する音ではなく、木立の葉ずれの音、風が吹いて枝葉がこすれ合う音だった。彼女が足を踏み出すと、背後の階段から蔓草があふれるように這いおりてきた。蔓が生き残っている兵士の足首や手首、喉もとにからみつき、引きずり、石壁や天井にたたきつけた。そうして彼女のために道をつくった。

わたしとサルカンはふらつきながらも、なんとか立っていた。カシアがわたしたちの前に立ち、みずから楯となって襲いかかる蔓をたたき斬り、守ってくれた。それでも、べつの蔓が蛇のように彼女の後ろにまわりこみ、墓室の子どもたちに襲いかかり、引きずり出した。先にマリシャがとらえられ、スターシェクが蔓を断ち斬ろうしたが、奮闘むなしく、彼の腕もからめとられてしまった。カシアが子どもたちのほうに駆け出した。その顔が全員を守りきれないくやしさにゆがんでいる。

そのとき、マレク王子が飛び出し、子どもたちにからみつく蔓をめった斬りにした。剣の刃が魔力によってかすかに光っている。マレクは王妃と子どもたちのあいだに立ち、楯を持ったほうの腕で子どもたちを自分の背後に押しやり、墓室の安全な場所に逃がそうとした。彼は王妃の前に立ちはだかった。「母上……」と、呼びかける。決然と剣をおろし、王妃の両の手首をつかんだ。マレクは王妃を見おろした。王妃がゆっくりと顔をあげる。「母上……母上は取り憑かれておられます。どうか自由になってください。マレクです……あなたの息子のマレクです。どうか、わたしのもとに戻ってください」

わたしは壁ぎわに身を寄せた。マレクは強い決意と母親への思慕をみなぎらせていた。その鎧は血と煤で汚れ、顔にはひとすじの血糊が走っている。でもその瞬間、求めるものの純粋さゆえに、彼は子どものように、ともすれば聖人のようにも見えた。王妃は彼を見つめ、片手を彼の胸に添えた。そして、彼の命を断った。五本の指が棘と小枝と蔓に変わり、鎧を突き破って肉に達し、深くめりこんだところでこぶしを握った。

たとえわずかだとしても、ハンナ王妃のなにかが——心のひとかけらがまだ残されていたのだとしたら、彼女はそのなけなしの慈悲を、この瞬間に使った。王妃の手から彼の体がずるりと抜けた。マレクは自分の敗北を知らずに即死した。彼の顔はなにも変わらなかった。王妃の手から彼の体がずるりと抜けた。その体もほとんど変わらなかった——鎧の胸当てに彼女の手が抜けていった穴がひとつあいているほかは。マレクは床にあおむけに倒れた。鎧が敷石に当たって、甲高い音が響きわたる。それでもまだ彼の目は澄み、確信に満ちていた。彼は最期まで確信していた。自分が英雄として語りぐさになるだろうと、この戦いに勝利するだろうと、そう思いこんでいた。彼はまさに王様だった。そして、彼自身の思いこみのなかにわたしたちみなを引きずりこんだのだ。

驚きのあまり、だれもすぐには動けなかった。ソーリャが打ちのめされたように、息を大きく吸った。つぎの瞬間、カシアが剣をかまえて飛び出した。彼女の一太刀(ひとたち)を王妃が剣で受け止めた。ふたりはそのまま剣で押し合った。刃と刃がこすれ合い、火花を散らす。王妃が上からのしかかり、カシアをじょじょに押さえつけていく。

サルカンが、炎と熱波の呪文を唱えた。紅蓮(ぐれん)の炎が王妃を包み、カシアの服の裾(すそ)を焦がし、彼女と王妃の剣を呑みこんだ。カシアは炎の輪から転がり出るしかなかった。王妃の鎧が溶け、きらめく銀の液体となって流れ落ち、黒い燃えかすを散らして足もとにたまった。白いドレスが逆巻く炎と煙のなかに消失した。それでも、王妃が炎に焼かれることはなかった。彼女の白い手足は少しも損なわれていなかった。ソーリャが白い炎の鞭を放った。その炎がサルカンの炎とぶつかり、青い炎に変わる。ふたりの魔力が交じり合った青い炎が、弱点をさがすように、王妃の体をくまなくめぐった。

わたしはサルカンの手を握って魔力を送りつづけ、青い炎が王妃の背中を打ちすえるのを支えた。蔓がちりちりと焦げた。蔓にからめとられなかった兵士らが、ふらつきながら階段のほうに逃げていくのが見えた。せめて彼らを助けたい……。さまざまな呪文が頭のなかを駆けめぐるけれど、使う前から、効かないだろうとわかっていた。炎が王妃の体を焼くことはない。剣が彼女を傷つけることはない。剣を何度振りおろしたところで同じだ。召喚術は失敗だったんじゃないか……そう考えてぞっとした。あの大きな虚が王妃を乗っ取ってしまったのだとしたら……。いや、虚のしわざだろうか。目の前にいる彼女はあまりにも巨大だ。わたしたちがこの世界にどんな穴をいくつ掘ろうと、彼女はその穴をすべて満たし、なお尽きることがない。彼女は〈森〉だ。あるいは、〈森〉が彼女……。その根はあまりにも深く地中におりている。

サルカンがときどき苦しげに大きく息を吸うようになった。ソーリャはすでに力尽き、階段にへたりこんでいた。彼の白い炎はすでに死んでいる。わたしが魔力を送りつづけようが、サルカンが力尽きるのも時間の問題だった。王妃がわたしたちのほうを振り向いた。その顔に勝利の笑みはなかった。あるのは、終わりのない怒りと、ただ勝利したという冷ややかな認識だけ。

そのとき、王妃の背後でカシアが立ちあがった。カシアは背負っていたアローシャの剣を抜き、王妃に斬りかかった。

剣の刃先がうなじを浅く裂き、つぎにぐさりと突き立ち、首を半分抜けた。とたんに、虚無の咆哮がはじまった。耳の底がうぁんうぁんと鳴り、周囲の闇が濃くなった。王妃の顔は静かだった。アローシャの剣がなにかをごくごくと飲みはじめた。飲んで、飲んで、飲んで……。けっして癒やせない渇きをかかえて、もっと寄こせとすごむように。虚の叫びが甲高くなった。

それはさながら、ふたつの果てしなきものどうしの戦い、底なしの裂け目と流れつづける川との戦いだった。わたしたちは立ちつくし、凍りつき、見守り、そして祈った。王妃の表情は変わらなかった。剣が突き立った喉もとで、つやめく黒いものが彼女の肉をとらえようとしていた。それは傷口から、グラスの水に広がる黒インクのように、王妃の体に広がっていった。彼女は片手をゆっくりとあげて、指先で傷口に触れた。黒くつやめくものが指先にわずかについた。彼女はそれを見おろした。

そして、わたしたちのほうを見やった。蔑みのこもったまなざし。あない、あなたたちはなんて愚かなの、と、いまにも首を振りそうだった。

突然、彼女の膝が沈み、あやつり人形の糸が切れたように、頭と胴と手足がかくんと落ちた。その瞬間、サルカンの放った炎がハンナ王妃の体をとらえた。金色の短い髪が白い煙のなかで逆立ち、皮膚が黒く焦げ、ぱっくりと割れた。焦げた皮膚の下を青白い輝きが走るのが見えた。一瞬、うまくいった、とわたしは思った。アローシャの剣が、〈森〉の女王の不死身をついに打ち破ったのだ、と。

ところが、そうではなかった。あちこちの皮膚の裂け目から、青白い煙が渦巻きながら立ちのぼり、勢いを増し、咆えながらわたしたちの横を走り抜けた。逃亡――。〈森〉の女王がふたたび、牢獄から抜け出したのだ。アローシャの剣は、まだ飲み尽くすことをあきらめず、煙の流れをとらえようとした。けれども煙はあまりにもすばやく、血の渇きに震える剣の横すらかすめすぎ、頭をおおったソーリャの上を通って階段を駆けのぼった。また一部は小さな通気口から逃れ、さらに多くは墓室に飛びこみ、天井の細い裂け目から消えた。そんな細い裂け目があることに気づいていなかった。カシアが上からおおいかぶさって子どもたちを守っていた。わたしとサルカンは壁に張りつき、息を詰めた。〈森〉の女王が、わたしたちの皮膚をぬめっとさすり、朽ち葉と腐葉土のかすかな臭いを残して通りすぎた。

こうして、煙は――〈森〉の女王は消えた。

主がいなくなったハンナ王妃の亡骸はまたたく間に粉々に崩れた。燃えきった薪が灰になるときのようだった。アローシャの剣が床に落ちる音がした。あとに残ったのは、生き残った者たちのかすれた息づかいだけ。生きている兵士はみな逃げていった。死んだ者はみな蔓と炎に呑まれ、白い大理石の壁にただよう幽霊のような煙になった。カシアがゆっくりと立ちあがり、子どもたちを引き寄せた。わたしは床に膝をつき、恐怖と落胆に震えていた。マレクの開いた手がすぐ近くにある。彼は焦げた石や溶けた鋼鉄に囲まれ、部屋のまんなかの床から石室の天井を見あげていた。でも、その目はもうなにも見ていなかった。

アローシャの剣の黒い刃が宙に溶けていき、あとには柄しか残らなかった。剣は使いはたされ、〈森〉の女王は生き延びたのだ。

29
糸繰り川をくだって

子どもたちを連れて塔から出ると、朝日が差していた。もの言わぬ六千の兵士の遺体にまぶしい日のそそぐ光景が、この世のものとは思えなかった。すでにハエが飛びまわり、大群のカラスが舞いおりている。カラスたちは、わたしたちが出ていくといっせいに飛び立ち、防壁にとまって、じゃまものがいついなくなるかとうかがった。

地下墓からあがってくるとき、地下庫で黄の沼男爵の姿を見つけた。炉のそばの壁に寄りかかってすわっていたけれど、見開かれた目はなにも見ておらず、床には血だまりができていた。カシアが、彼の隣で倒れて死んでいる兵士の片手に眠り薬の小瓶が握られているのに気づいた。彼女は割れもせずに残ったその瓶を取りあげ、外へ出る前に子どもたちにひと口ずつ服ませた。この兄妹がこれ以上つらいものを見なくてもすむように。

カシアが兄のスターシェクをおぶり、サルカンが体を丸めて眠る妹のマリシャを両腕に抱いた。わたしはどうにか自分の足で歩いて彼らを追った。あたりの光景に胸を悪くするには心がうつろすぎたし、涙を流すには心が渇きすぎていた。まだ息は荒く、胸に痛みがあった。わたしの横を歩くソーリャがときどき、剣を持った兵士の死体の山を越えていかなければならないときなどに、手を貸してくれた。わたしたちはソーリャを捕虜にはしなかった。彼は茫然とわたしたちについてきた。夢ではないとわかっていながら、これが夢ならいいのにと思いつづけるしかない人のようだった。地下庫にいるとき、彼はぼろぼろになった白いマントを、幼いプリンセスをくるむためにサルカンに差し出した。

塔はまだかろうじて建っていた。広間の床は、割れた敷石と死んだ根とその上に広がるしおれた蔓とで迷路と化し、一部は地下に横たわる王妃の遺骸と同じように黒く焦げていた。何本かの円柱が折れて天井に穴があき、上の書斎とつながった穴から椅子が一脚落ちかけていた。瓦礫をまたぎながら立ち去るとき、サルカンがそれをちらりと見あげた。

マレク軍を寄せつけないように築いた防壁に沿って歩いた。防壁のトンネルをくぐるとき、古代の石が悲しげな声でささやきかけてきた。打ち捨てられた野営に着くまで、生きた人間にはひとりも出会わなかった。それでもとうとう、補給品を漁る数人の兵士を見つけた。わたしたちの姿を認めると、そのうちのふたりが銀のカップをつかんでテントから逃げ出した。生きた人間の声を聞いて、ひとり残らず死んでしまったわけじゃないと信じられたら、ひとそろいの銀器だって喜んで差し出したのに……。でも、彼らは逃げるか、テントや物陰に隠れて出てこなかった。わたしたちは静まり返った野辺にいた。そのとき、はっと記憶がよみがえり、わたしは思わず声をあげた。「大砲についてた兵士たちは……」

あの砲手たちは、石の兵団となって大砲の周囲から取り除かれたまま、うつろな灰色の目で塔を見つめていた。わたしたちは無言で彼らのまわりに立った。呪文(じゅもん)を使える力なんか、だれにも残っていなかった。わたしはサルカンに手を差し出した。彼はマリシャを片腕に移し、自由になった手をわたしに握らせた。

どうにかふたりの魔力をためて、呪文を唱えた。兵士らは身をよじり手足を突き出しながら石から解放され、時間の流れと呼吸が唐突に戻ってきたことにうろたえた。何人かは指を失い、石になっているあいだに欠けた部分が新たな傷になっていた。それでも熟練の砲兵、魔術と同等の威力を発揮する大砲を扱ってきた強者(つわもの)たちだった。目を見開いて後ずさったのち、ソーリャの姿を認めて、砲手のなかのひとりが言った。「閣下(かっか)、ご命令は?」

ソーリャはぽかんと見つめ返し、どうすればいいのか迷うかのように、わたしたちのほうを見た。

わたしたちはいっしょにオルシャンカの町をめざした。大軍が移動して傷んだ街道は土ぼこりがひどかった。兵団がここを通ったのは、まだきのうのことだ。なるべくなら、そのことは考えたくなかった。きのう六千人の兵士がこの道を行軍し、きょうにはことごとく死んでいるということは。兵士らは塹壕のなかで、広間で、地下庫で、あの長い螺旋階段で死んだ。彼らの顔が土ぼこりのなかに浮かんでは消えた。オルシャンカの町のだれかが、わたしたちが近づいてくるのに気づいたらしく、ボリスが荷馬車で迎えにきてくれた。わたしたちは彼の荷馬車に乗り、残りの道のりを荷台のうえで穀物袋のように揺れつづけた。車輪のきしみが、これまで聴いてきた戦争を語り伝える歌のように聞こえた。馬の蹄の音は、歌に拍子をつける太鼓だった。そういう歌の物語は、屍が散らばる戦場から傷ついた兵士が故郷に戻るところで終わらなければならないはずだ。でも、旅の歌唄いがそれについて歌うのを聞いたことはない。

　ボリスの妻のナタリアが、マルタが使っていた部屋にわたしを寝かせてくれた。日当たりのよい小さな寝室で、棚に古びたぬいぐるみが飾られ、ベッドに小さなキルトがかけられていた。マルタは結婚して自分の家庭を持ったけれど、彼女の部屋は以前のままに残され、わたしを温かく迎えてくれた。ナタリアが母さんのようにわたしのひたいに手を添えて、もう怪物は来ないから眠りなさい、と言った。わたしは目を閉じて、彼女の言葉を信じるふりをした。

　目覚めたときには夕方になっていた。温かな夏の夕闇がおりて、外が青く染まっている。家のなかには、だれかが食事をとり、べつのだれかが仕事から帰ってくる、なつかしい夕刻のざわめきがあった。わたしは窓辺にすわり、長いあいだそこにいた。ここは、わたしの実家より裕福なうちだ。二階もあって、その分だけ寝室が多い。広い庭では、マリシャが犬と四人の子どもたちといっしょに走りまわっていた。四人のおおかたはマリシャより年上のようだ。マリシャの新しい木綿のドレスには早くも草の染みがつき、三つ編みはほどけかかっていた。でも、スターシェクは戸口の近くにすわり、庭で遊んでいる子のなかには自分と同じ年頃の子もいるのに、仲間に加わろうとはしなかった。背筋を伸ばし、教会にいるときのような厳粛な面持ちを崩さず、簡素な服を着ていても庶民の子のようには見えなかった。

「あの子らは、クラリアに戻さなければならない」と、ソーリャが言った。休息をとったことで、彼の驕った自尊心もめきめきと回復したようだ。まるで最初から行動をともにしていたかのように、彼はわたしたちの話し合いに首を突っこんできた。

夜が更けて、子どもたちは眠りについていた。わたしたちは冷えたプラム酒を飲みながら、庭にすわっていた。なんだか自分がおとなのふりをしているみたいだった。いまの自分は、家にお客を迎えるときの父さんや母さんにそっくりだ。林に近い木立のなかのベンチやブランコにすわり、収穫や家族のことを話す。そのあいだ、子どもたちは木イチゴを摘んだり、栗の実を拾ったり、おにごっこをしたりする。

いちばん上の兄がマルゴーシャと結婚したとき、兄は突然わたしたち妹や弟と走りまわるのをやめて、両親やマルゴーシャといっしょにすわるようになった。まじめくさったおとなの仲間になるなんて、そんな変化が自分にも忍び寄るなんて、あってはならないことのような気がした。自分がここにすわっていることが現実とは思えなかった。ましてや、その場で王位継承や王殺しについて真剣に話し合われていることは、なおさら信じられなかった。これが、流行歌の一節ではなくて、現実であるということが。

交わされる議論を聞いていると、わたしはますますおかしな気分になった。「スターシェク王子にすぐにも王位を継がせ、摂政を置かなければ」と、ソーリャは言った。「摂政は、ギドナ大公か、ヴァルシャ大公か、せめて――」

「あの子たちにとって、お祖父様とお祖母様のもと以外に、行くべきところはどこにもないわ」と、カシアが言った。「あの子たちを背中におぶってでも、あたしがギドナまで連れていきます」

「お嬢さん、きみはわかっていないな」ソーリャが言った。

「なれなれしい口をきくのはやめて」カシアの剣幕に押されて、ソーリャはおとなしくなった。「そう、いまはスターシェクが王様なのね。大いにけっこうよ。王様は、マリシャを母方の親族のもとに連れていくよう、あたしに求めていらっしゃるわ。ギドナこそ、ふたりの行くべきところよ」

「いずれにせよ、都では近すぎる」サルカンがじれったそうに、落ちつきなく指先をもみ合わせながら言った。「もちろん、ヴァルシャ大公は、新国王がギドナに託されるのを喜ばないだろう」ソーリャが反論しようと息を吸いこむと、彼はきっぱりと言った。「わたしはそれでかまわない。クラリアは以前も安全ではなかった。だから、これからも安全ではない」

「でも、安全な土地なんて、どこにもないわ」わたしはとまどいながらも、話に加わった。「そのことは、これから先もずっと変わらない」みんなの話していることが無益な議論に思えてならなかった。近くの木には春の洪水のあとが——家の戸口より高いところまで水があふれた証拠が残されているのに、同じ川岸のどこに家を建てようかと議論するようなものだ。

少し間をおいて、サルカンが言った。「ギドナは海辺の街だ。北地方の海を背にした城なら、堅固(けんご)な守りを固めるのに——」

「それでも〈森〉はあきらめない！」わたしにはそれがわかっていた。〈森〉の女王の顔をのぞきこんだとき、なだめようのない激しい怒りが、石つぶてのようにわたしの肌を打った。サルカンは長い歳月にわたって〈森〉の暴走を押さえこんできた。それは石を積みあげてダムをつくり、水の流れを堰(せ)き止めるようなものだった。彼は〈森〉の力を幾千もの流れに分散させた。川に、泉に、井戸に、この谷にくまなくばらまいた。でも、永遠に流れを堰き止めておくことはできない。きょうか、翌週か、翌年か……いつかは〈森〉が決壊するだろう。無数の泉に、流れに、〈森〉があふれ、すさまじい音をたてて逆巻きながら山腹をせりあがる。新たな力を得て勢いに乗り、やがては山越えの道まで達することだろう。

それを迎え撃てるような強大な力はどこにも存在しない。ポールニャ国軍はもはや壊滅しているし、ローシャ国軍は疲弊している。そのうえ、〈森〉は一度や二度の、いや、何度の負け戦にも持ちこたえる力を備えている。ひとたび足がかりを得れば、そこに種をまき散らす。山越えの道を何度か押し戻されたところで、たいした痛手にはならない。〈森〉はじりじりと前進する。彼女は進みつづける。スターシェクとマリシャを北地方に送ったら、もしかしたら、ふたりが成人するまで、老いるまで、一生を終えるまで、〈森〉からふたりを守ることはできるかもしれない。でも、ボリスとナタリアの孫たちは――マリシャと庭を駆けまわっていた子どもたちは、いったいどうなるんだろう？　その子たちの孫は？　じわじわと迫りくる〈森〉の影におびえながら、おとなになっていくんだろうか？

「ポールニャ国が存亡の機にあって、〈森〉を押し返すことは不可能だな」と、サルカンが言った。「マレクの死がローシャ国まで伝われば、ローシャ国軍はただちにライドヴァ川を渡り、報復戦に打って出るだろう」

「〈森〉を押し返すだけでは、だめなの！」わたしは言った。「あの人たちは押し返そうとして失敗した。そして、あなたは押し返してきた。でも、永遠に息の根を止めなければ……彼女の命を断たなければ……」

サルカンがわたしをにらみつけた。「ほう、すばらしい考えだ。アローシャの剣でも彼女を殺せなくて、ほかにどんな手があるんだ？　きみの考えを聞かせてもらおうか」

わたしはサルカンを見つめ返し、自分の胸を締めつける恐怖が彼の瞳にも映りこんでいるのを認めた。彼の顔が静かになった。彼はわたしをにらみつけるのをやめて椅子に身を沈めたが、それでもまだ目をそらそうとはしなかった。ソーリャが困惑してわたしたちふたりを交互に見つめ、カシアが心配そうな顔をわたしに向けた。でももう、引き返すわけにはいかない。

「なにかはわからないけど……」わたしは震える声でサルカンに言った。「わたし、なにかできそうな気がするの。とにかく、わたしといっしょに、〈森〉にはいってくれない？」


カシアはまだ心を決めかねるように、オルシャンカの町はずれの十字路で、わたしのそばに立っていた。夜明けどきの灰色の空には淡いピンクが微妙に交じっている。「ニーシュカ、ほんとうに、あたしに手伝えることはないの？」彼女が小さな声で尋ねたけれど、わたしは首を振り、キスをした。カシアは両腕をわたしにまわし、慎重に少しずつ腕をせばめながら、別れの抱擁をした。わたしは目を閉じて、彼女の体を引き寄せた。そのあいだだけ、わたしたちは子どものころに、少女のころに戻ることができた。遠くに〈森〉の影はあっても、幸せだったあのころに——。朝日がのぼり、街道に立つわたしたちを照らした。いつまでもぐずぐずしてはいられなかった。カシアは金色に輝き、毅然(きぜん)として、生身の人とは思えないほど美しかった。わたしの両手には魔力があふれていた。わたしは両手で彼女のほおをはさみ、お互いのひたいをくっつけ、そして離れた。

スターシェクとマリシャがすでに馬車の荷台に乗りこみ、心細そうにカシアを見つめている。ソーリャが子どもたちの隣にいた。御者(ぎょしゃ)を務めるのは兵士のひとりだった。すでに戦場や塔から逃げた何人もの兵士が、オルシャンカの町にたどり着いていた。黄の沼領の兵士もいれば、マレク軍の兵士もいた。彼らも護衛として馬車についていくことになった。もうお互いを敵だとは思っていなかった。そもそも、最初から敵どうしではなかったのだ。マレク軍の兵士も、王家のふたりの幼子(おさなご)を助けたいと思っていた。兵士らは〈森〉の女王によってチェス盤のあっちとこっちに分けられた。彼女はそのかたわらにすわり、どちらの駒(こま)もひとつずつ消えていくのを冷ややかに見ていたのだろう。

オルシャンカの町の人々が、その年〈ドラゴン〉におさめる品々を先に集めて荷馬車に積んでくれた。彼は数頭の馬と荷馬車を提供してくれたボリスに金貨を渡した。「なんなら、きみが馬車を駆ってもいいんだ」と、彼はボリスに言った。「家族もいっしょに連れていっていい。これだけあれば、新しい生活をはじめるのに充分な資金になるだろう」

ボリスは妻のナタリアを見やった。彼女は小さく首を振った。彼はサルカンに向き直って言った。「わたしたちは残ります」

サルカンは口のなかでぶつぶつ言いながら、ボリスに背を向けた。彼にはボリスの選択が愚かしく思えてもどかしいのだ。わたしはボリスの目をじっと見た。足もとから、この谷の低いつぶやきが聞こえてくる。それは、ここが故郷だ、と語りかけてくる。わざと裸足(はだし)で外に出てきたので、足の指を丸めると、やわらかな草と土を指がとらえて、この土地の力を自分のなかに引き入れることができた。わたしには、ボリスがなぜここから出ていかないのか理解できる。わたしがドヴェルニク村まで行って父さんと母さんに出ていくように頼んでも、ふたりは首を縦に振らないだろう。「ありがとう」と、わたしはボリスにお礼を言った。

荷馬車が車輪をきしませながら出発した。兵士らがそのあとにつづいた。カシアが両腕を子どもたちにまわしたまま、わたしを振り返った。やがて土ぼこりが雲のように立ちのぼり、だれの顔も見えなくなった。サルカンを振り返ると、彼は張りつめた厳しい表情でわたしを見つめていた。「さてと、行くか」と、彼は言った。

わたしたちはボリスの大きな家から水車小屋につづく道をくだった。水車のまわる音と川の流れの音がしだいに近くなる。足もとの土に小石が交じるようになり、やがて石の道に変わって、泡立つ水が眼下にあらわれた。岸辺には小舟が何艘(そう)か係留されていた。わたしたちはいちばん小さな舟のロープをほどき、舟を流れに押しやった。わたしはスカートをたくしあげ、彼は先に靴を投げ入れた。優雅な作法とはほど遠かったけれど、どうにかふたりとも濡(ぬ)れずに舟に乗りこむことができた。彼が二本のオールを取った。

彼は〈森〉に背を向けて舟にすわると言った。「きみが拍子をとってくれ」

わたしは拍子をつけてバーバ・ヤガーの〝急ぎの歌〟を低い声で歌い、彼がオールを漕いだ。

舟はすぐに加速し、岸辺の景色がかすみのように流れすぎていった。


朝の暖かな日差しを浴びて、糸繰り川は滔々と流れていた。わたしたちの小舟は水面をすべるように、ひと漕ぎで半哩を進んだ。ポーニエツ村の岸辺で女たちが洗濯する姿がちらっと見えた。白いリネンを山と積んだかたわらにすわって、彼女らはハチドリのように通りすぎるわたしたちに目を丸くした。ヴィオスナ村のサクランボ畑も垣間見えた。川にかかる枝が小さな実を結びはじめ、流れには花びらが散っていた。ドヴェルニク村はほとんど目にはいらなかった。湾曲した岸辺のかたちから、その半哩東に村があることはわかったけれど、振り返ったときには、村の教会の尖塔が見えるきりだった。尖塔についたブリキの風見鶏が日差しにきらりと光った。舟には追い風が吹いていた。

わたしは低い声で歌いつづけ、舟は進みつづけた。やがて前方に、樹木の黒い壁が立ちはだかった。サルカンがオールを引きあげて船底に置いた。そして後ろを振り向き、樹林の壁の手前に広がる大地を見つめたとき、彼の顔がこわばった。わたしもすぐに、〈森〉との境界をつくる野焼きされた土地が消えているのに気づいた。不毛の黒い大地があるべきところに、緑の草が生い茂っている。

「境界沿いに一哩は焼きはらってやったのに……」彼はそう言うと、〈森〉との距離を測るように南の山脈を見やった。でも、それはもうどうでもいいような気がした。〈森〉からどれだけ離れているかが問題ではなくて、〈森〉の息の根を止められるかどうかが問題なのだから。

　オールを置いたいま、舟は糸繰り川の流れのままに進んでいる。川の下手には黒い高木が両岸の壁のようにそびえ、もつれた指のような長い枝を川に張り出していた。彼がわたしのほうを向き、手を差し伸べた。わたしたちは互いの指をからめた。彼が、攪乱の呪文を、それから不可視の呪文を唱えた。わたしは呪文を引き継ぎ、舟にささやきかけた。**あなたはからっぽの舟、ロープがすり切れて川に流された。ただようままに、石瀬も軽やかに乗り越えてきた。わたしたちは取るに足りないもの、お気づかいは無用――**。太陽は高くのぼっていた。木々の壁にはさまれた川面に、日差しが真上からそそいでいる。わたしは一本のオールを舟の舵として使い、日差しに輝く川の道をくだった。

　しばらくすると、両岸の堆積が広く厚くなった。イバラが赤い実をつけ、竜の歯のような白くて鋭利な棘を突き出している。このあたりまで来ると、木々は巨大に、幹は太くいびつなかたちになり、川に向かって傾くように生えていた。鞭のように宙に飛び出す細い枝。空をつかみとろうともがいているかぎ爪のような枝。どれもこれも、威嚇のうなりをあげているみたいだった。舟にとって安全な水域がしだいに狭くなっていく。水は静かに流れている。あまりにも静かすぎるので、かえってなにかがひそんでいるのではないかと不安をかき立てる。わたしたちは舟のまんなかに身を寄せた。

　ふいに、一匹の蝶が飛んできて、わたしたちの魔術を破った。その黒と黄の蝶は、〈森〉に迷いこんだのか、疲れたように舟の舳先に翅を休めた。そこに黒いナイフのような鳥が襲いかかり、蝶をとらえた。鳥は舳先にとまって嘴から壊れた翅をしばらくのぞかせていたが、そのうち頭を三回のけぞらせ、カチカチと嘴を鳴らして、ぜんぶ呑みこんだ。そして、小さな黒いビーズのような眼でわたしたちをじっと見た。サルカンが捕まえようと手を伸ばすと、鳥はさっと飛び立ち、ふたたび木々のなかに消えてしまった。下流から冷たい風が吹き抜けていった。

　人のうめきのような音が岸辺から聞こえた。川に大きく傾いて根っこが地面から浮きあがった古木の一本が、うなりをあげて、舟の後ろに倒れてきた。水が盛りあがり、オールが渦に巻かれて流された。回転しながら前に押しやられる舟から落ちないように、両の舟べりをつかんで耐えるのが精いっぱいだった。舳先が後ろになり、舟が傾き、水が流れこんできた。氷のように冷たい水が裸足を舐める。舟はなおも回転しながら、押し流されていく。まわされながら下流に目をやると、川に倒れた古木の上に〈歩くもの〉がぎくしゃくとした足の運びで岸から出てくるのが見えた。そいつは枝のような頭をぐるりとまわし、わたしたちのほうを見た。

サルカンが叫んだ。「**レンドカン・セルコーズ！**」舳先が正しい方向を向く。わたしは、〈歩くもの〉を指差し、手遅れかもしれないと思いながらも、炎の呪文を放った。「**ポールジット！**」〈歩くもの〉の背中から鮮やかなオレンジ色の炎があがった。そいつは煙とオレンジ色の尾を引きながら、〈森〉のなかに逃げこんだ。

見つかってしまった。

〈森〉のまなざしがハンマーの一撃のように、わたしたちの上に落ちてきた。わたしは水のたまった舟底に背中から倒れこみ、服をぐっしょり濡らした。木々が枝を伸ばし、棘のある枝を張り出し、わたしたちの周囲に散った木の葉が舟の航跡を埋めた。川の湾曲部を過ぎると、ふたたび前方に五、六体の〈歩くもの〉と濃緑色の大カマキリが見えた。そのすべてがわらわらと水にはいり、こちらに向かってくる。

水の流れが速くなった。わたしたちがやつらの横をあっという間に通過することを糸繰り川が期待するかのように。けれども、敵の数が多すぎた。〈歩くもの〉たちがなおもこちらに向かってくる。サルカンが舟の上で立ちあがり、呪文を唱えるために息を吸いこんだ。炎と稲妻で攻撃するつもりだったのだろう。でもそれより早く、わたしは身を起こして、彼の腕をつかみ、舟の後方へ、水のなかへ引きずりこんだ。驚きと憤慨(ふんがい)が、わたしを振りほどこうする彼の腕から伝わってくる。わたしたちは深く沈んで、また浮かびあがった。小枝とそこにしがみつく一枚の葉っぱのようだ。茶色の小枝と薄緑色の葉。まわりの世界もわたしたちといっしょにぐるぐるまわった。それは幻影であり、幻影ではなかった。わたしは一枚の葉っぱに、流される小さな木の葉になることだけを考えた。糸繰り川がこれを待っていたかのように、狭くて速い水流にわたしたちを引きこみ、勢いよく押し流した。

〈歩くもの〉たちが舟を捕まえ、大カマキリが鋭い爪のついた前肢(まえあし)で舟を壊し、わたしたちをさがすように頭を突っこんだ。そして頭をもたげ、きらきら光る複眼であたりを何度も見まわした。でもそのころには、わたしたちはそいつらの足もとをすでに流れすぎていた。糸繰り川が、〈森〉のまなざしからわたしたちを守るように流れの渦に巻きこみ、水底のどんよりとした緑の静けさのなかに引きこみ、ふたたび吐き出したのだ。気づくと、いっしょに浮上した大量の木の葉とともに、かなり下流の日に照らされた水面に浮いていた。上流では、〈歩くもの〉たちと大カマキリがまだ水をかきまわし、水に鎌を振りおろしている。わたしたちは、静かに水面を流されていった。

薄闇のなか、わたしたちは長いあいだ小枝と木の葉になった。いつしか川幅が狭くなり、川岸の木々は高く、奇っ怪なかたちに変わった。川面にかかる枝々は厚く重なり合って屋根のように日光をさえぎり、わずかな光しかもれてこなかった。日光が届かないために下生えにも勢いがなく、薄刃のナイフのような羊歯と赤いきのこがびっしりと生えている。水際に灰色の葦が茂り、白い根が黒い土から飛び出し、川の水を吸いあげている。木々はそれほど密生しておらず、〈歩くもの〉と大カマキリたちがわたしたちをさがして岸辺に近づいてくるのが見えた。さっきより数が増え、べつの種類も交じっている。そのひとつは、しきりとあたりの臭いを嗅ぎまわる巨大なイノシシだった。大きさが小馬ほどもあり、首の後ろに長い毛がみっしりと生えている。上あごに鋭い歯が並び、目はまっ赤に燃える石炭のようだ。イノシシは、どの怪物よりも早くわたしたちに接近した。岸辺の臭いを嗅ぎまわり、泥と朽ち葉の山をかき分け、最短の道を選んで、わたしたちを追ってくる。こんなに用心深く、ひっそりと気配を消して流されているのに……。わたしは歌った。**わたしたちは小枝と葉っぱ。ただの小枝と葉っぱ。なにものでもありません。**イノシシが鬱憤を晴らすように体を激しく揺すり、鼻を鳴らし、樹林のなかに戻っていくのを、流されながら視界の端でとらえた。

それがけだものを見た最後になった。〈森〉のまなざしが消えると、その打ちすえるような激しい怒りも遠のいていった。〈森〉はいまもわたしたちをさがしている。でも、どこをさがせばいいのかはわかっていない。川下に流されるにつれて、わたしたちにのしかかる圧力は消えていった。鳥のさえずりや虫の声も聞こえなくなり、糸繰り川の流れの音だけが大きくなった。川幅がまたわずかに広がり、なめらかな小石が川底に広がる浅瀬になり、水流が速さを増した。突然、サルカンが姿勢を変え、うめくような声をもらし、わたしの体をかかえた。うながされるままに、水面から伸びあがって前方を見ると、あとわずかなところで川がごうごうと音をたてて消えていた。どんなに慎重に気配を消したとしても、わたしたちはほんものの小枝と木の葉じゃない。水とともに断崖を落ちればひとたまりもないだろう。

糸繰り川は、もっと先へと促すように、わたしたちを断崖のほうへ押し流した。川底の石は濡れた氷のようにすべり、わたしたちは肘や膝を打ちつけ、三度も転んだあげく、どうにかこうにか、滝のわずか手前で岸に這(は)いあがった。ずぶ濡れの体ががくがくと震えた。このあたりの黒い木々はひっそりとして、塔のようにそびえ立ち、わたしたちには目をくれようともしなかった。樹齢を重ねた木々にとって、わたしたちなどは根っこのあたりをうろつくリスも同然だったのかもしれない。滝の底から巨大な雲のように霧が立ちのぼり、断崖のへりとその下にあるすべてをおおい隠していた。サルカンが、さて、つぎはどうしたい？　と問うようにわたしを見つめた。

わたしは霧のなかにおそるおそる足を踏み出し、進むべき道をさぐった。裸足の下で地面が深くしっとりと息づき、川の霧が肌にまとわりついた。サルカンの片手がわたしの肩に添えられている。手探りし、足がかりをさがしながら、いまにも崩れそうなぼろぼろの崖(がけ)の斜面をくだった。そしてとうとう足をすべらせ、しりもちをついた。サルカンも巻き添えになり、わたしたちは崖をすべり落ちた。かろうじて背中を斜面にあずけていたので、頭からまっさかさまに落ちるのだけはまぬがれた。ずるずるとすべり落ち、最後は一本の大木の根っこにぶつかって止まった。その大木は水が逆巻く滝つぼのほうに大きく傾き、むきだしの根っこで巨大な岩にしがみついていた。

わたしたちは息を呑んで、その場に倒れたまま上を見あげた。灰色の巨岩がしかめっ面でわたしたちを見おろしている。どう見ても、根っこでできたぼさぼさの眉毛をたくわえた大鼻の老人の顔にしか見えなかった。すり傷と痣だらけになっていたけれど、わたしはなぜかこの場所に安心感を覚え、束の間だけ、安全なポケットのなかにかくまわれたような気がした。〈森〉の激しい怒りがここでは感じられない。激しく渦巻きながら移動する霧を透かして、水際にそっと浮かんでは沈む木の葉が見えた。その上をおおう淡い黄色の木の葉……銀色の枝。ここで休息できるという喜びを噛みしめた瞬間、サルカンが呪いの言葉をつぶやいて身を起こし、わたしの腕をつかんだ。彼はわたしを無理やり立たせ、ほとんど引きずるように滝つぼから離れ、水がかかとにかぶるぐらいの浅瀬を進み、ようやく止まった。もう頭上に大木の枝はない。わたしは振り返って霧のなかに目を凝らし、やっと気づいた。いまのいままでわたしたちがいたのは、岸辺に生える古いこぶだらけの〈心臓樹〉の根もとだったのだ。

そこから走って逃れ、川がつくる狭い道をさらに下流に進んだ。糸繰り川はほとんど小川になり、わたしたちが水跳ねをあげていっしょに走れるぎりぎりの川幅しかなかった。川底をつくるのは灰色と琥珀色の砂だった。あたりに立ちこめる霧がしだいに晴れて、最後にゆらゆらと残った霧も一陣の風に吹きはらわれた。その瞬間、わたしたちは足を止め、凍りついた。わたしたちが立っているのは、〈心臓樹〉が茂る広い平地だった。わたしたちは〈心臓樹〉に囲まれていた。

30 〈森〉の心臓

互いの手をきつく握りしめ、息をひそめて立ちつくした。動きさえしなければ、〈心臓樹〉に気づかれないですむような気がした。糸繰り川はこの〈心臓樹〉の林を縫って、やさしいせせらぎを響かせながら、さらに先までつづいている。水がとても澄んでいるので、川床の砂がよく見える。黒、茶色、銀灰色、そのなかに琥珀や水晶の輝きも交じっている。陽光がふたたび木の間から降りそそいでいた。

ここに群生する〈心臓樹〉は、上流に生えていた奇っ怪な沈黙する柱のような高木とはちがった。どれも大木だが、高さは樫の木くらいで、それほど高くはない。そのかわり、からみ合うように豊かに枝葉が広がり、青白い花が咲いている。去年の秋の落葉が干からびて地面に広がり、その下からワインのような、けっして不快ではない落ちた実の匂いがかすかに立ちのぼってくる。それでも、わたしの肩はこわばったままだった。

鳥たちが枝で絶え間なくさえずっていてもいいのに、小動物たちが実を集めにきていてもいいのに……。ここは不思議に深い沈黙に包まれている。川が静かに流れるほかに、動くものはなにもない。〈心臓樹〉も動こうとはしない。そよ風が枝を揺らすことはあっても、葉は眠たげにささやくだけで、すぐにまた黙りこむ。水が足もとを流れ、日が差している。

わたしはついに一歩を踏み出した。木々からなにかが飛びかかってくることはなかった。甲高い声で警告する鳥もいなかった。もう一歩踏み出した。さらにもう一歩。水も木もれ日も温かで、わたしのリネンの服は背中から乾きはじめていた。わたしたちは静寂のなかを下流に向かって歩いた。糸繰り川の流れが木々のあいだにゆるやかな曲線を描いている。わたしたちはさらに川の流れをたどり、とうとう、川が小さな静かな池にそそぎこんでいるところまで来た。

小さな池の対岸に最後の〈心臓樹〉があった。たっぷりと枝葉を広げ、ほかの木々よりも梢(こずえ)が高い。〈心臓樹〉の手前には地面から少し高く盛りあがった土山があり、緑におおわれて、白い花が散っていた。その土山の上に〈森〉の女王が横たわっていた。身につけているのが塔にいるときと同じ白い喪(も)のドレスだということは、変わりはてた姿になっていてもすぐにわかった。ドレスの長い裾(すそ)がほつれ、両脇は裂け、袖(そで)もずたずた。袖口を飾る真珠は血で汚れ褐色になっていた。濃い緑の髪は土山の側面までこぼれて、〈心臓樹〉の根とからみ合っている。土山の上を這(は)う根っこが、女王の体をそっと包む茶色の長い指のように見える。かかと、ふともも、肩、喉

――ほぼ全身に根が巻きつき、髪のなかにはいりこんだ根は髪を梳いているかのようだ。女王は夢を見て眠るように目を閉じていた。

もしここにアローシャの剣があったら、女王を大地に串刺しにできただろうに……。彼女が力を得ているこのみなもとで、生身の心臓をひと突きにできれば、もしかしたら、息の根を止められたかもしれないのに……。アローシャの剣はあの塔の戦いで消えてしまった。

サルカンが〝火の心臓〟の最後のひと瓶を取り出した。赤と黄金の秘薬が燃やし尽くすことを渇望し、ガラス瓶のなかで早く出せと騒いでいる。わたしは瓶を見おろし、黙りこんだ。わたしたちは、すべてを終わらせるためにここに来た。〈森〉を燃やすため。そして、ここが〈森〉の中心……心臓。彼女こそ、〈森〉の心臓だ。でも、いざ〝火の心臓〟を彼女の体にそそぎ、目の前で彼女がもがく姿を見ることになると思うと……。

サルカンがわたしの顔を見つめて、「あの滝に戻れ」と言った。彼は、わたしを追いはらおうと考えている。

わたしは首を横に振った。彼女を殺すことをためらっているわけじゃない。〈森〉の女王は、彼女があたえた死と恐怖の報いを受けるべきだ。彼女は死と恐怖の種をまき、育て、たっぷりと刈り取り、さらに多くの犠牲を求めた。〈心臓樹〉の樹皮の下に閉じこめられたカシアの声にならない叫び、自分の母親に殺される瞬間のマレクの顔、その痛切な光景。あの〝緑の夏〟、幼いわたしがブラックベリーをエプロンいっぱいに摘んできたのを見たときの母さんの戦慄。〈森〉は子どもであろうが容赦しないことを母さんはよく知っていた。ポロスナ村の破壊された家々のうつろな壁、村におおいかぶさる〈心臓樹〉の枝葉。怪物に化身させられたバロー師の苦しみ。剣で突かれつづけた母親の骸を見て、「お母様……」と小さくつぶやいたマリシャ。

わたしは〈森〉の女王を憎んでいる。焼き殺してやりたい。彼女に取り憑かれ、穢れ人として焼き殺された多くの人々と同じ目に遭わせてやりたい。でも、残虐な仕返しがさらに残虐な連鎖を生むことにも気づいている。あの古代の塔をつくった人々は、彼女を墓に閉じこめた。彼女は彼らに復讐し、〈森〉をつくった。谷の人間をむさぼり、いたぶり尽くした。そしていま、わたしたちは彼女に〝火の心臓〟をそそぎ、このきらめく清らかな水を灰に埋めて涸らそうとしている。それが正しいことだろうか。だけど、ほかになにができるんだろう?

わたしはサルカンとともに、池を歩いて渡った。水が膝より上にくることはなく、足もとの小石は丸くなめらかだった。近づくと、〈森〉の女王はますます奇妙に見えた。生きている感じがしなかった。くちびるがかすかに開いているけれど、胸は息をするように動いていない。木彫りの像だと言われたら、信じてしまいそうだった。肌はなめらかで、うっすらと木目のような模様が色の濃淡によって浮きあがっている。サルカンが〝火の心臓〟の瓶をあけ、最初のひとたらしを開いた口に、残りをすべて体に振りまいた。

〈森〉の女王が、かっと目を開いた。白いドレスに、髪に、体をおおう〈心臓樹〉の根にも火がつき、めらめらと燃えあがった。サルカンに引きずられるように、わたしは小川が池にそそぎこむところまで戻った。女王がしわがれた怒りの叫びをあげ、炎と煙が口から噴き出した。皮膚の下のあちこちで、炎がオレンジ色の星のように閃光を放ち、爆発した。女王は根っこの下で身をよじり、手足をばたばたさせた。緑の草が焼きはらわれ、煙が雲のように立ちこめる。女王の肺が、心臓が、肝臓が、焼ける家の窓に映る影のようにかたちをあらわにする。体を囲んでいた長い根がちぢれて焼き切れ、女王はいきなり、土山の上に体を起こした。

女王の顔がわたしたちのほうを向いた。火に長くくべられた薪のような顔——皮膚は黒く焦げてひび割れ、オレンジ色の炎をのぞかせる。白い灰が皮膚から噴きあがり、髪は炎の輪となって頭を囲んでいる。女王がふたたび叫び、喉の奥に赤い炎の輝きが見えた。舌は黒い炭と化している。火はおさまるところを知らず、体のあちこちから噴きあがった。それでも、皮膚はつぎつぎに生まれる樹皮のように再生された。女王は池に向かってよろめきながら進んだ。わたしは恐怖に打たれてその光景を見つめ、召喚術が呼び出した幻を——石室に閉じこめられたと知ったときの女王の狼狽と恐怖を思い出した。殺されても死なないだけじゃなくて、彼女にはどうしたら死ねるのかさえわからないんじゃないだろうか。

サルカンが川床の小石と砂をつかんで、嵩増しの呪文を唱え、女王に投げつけた。小石と砂は宙を飛びながらふくらみ、大きな石となって女王にぶつかった。かきまわされた炉のように、大量の火の粉が舞いあがる。それでも、女王が力尽きて灰と化すことはなかった。彼女の体は燃えつづけていても、焼き尽くされることはない。じりじりと池に近づき、両手と両足を水にひたす。蒸気がもくもくと湧きあがった。

　池にそそぎこむ小川の流れが急に速くなった――まるで池が水を求めているとわかっているかのように。さざなみが立つ澄んだ水につかっても、女王の体はまだ赤い輝きを放っていた。体の奥で燃えつづける〝火の心臓〟が、水にひたされるのを拒んでいる。女王は両手で水をすくって口に運んだが、おおかたは焦げた皮膚の熱で蒸発していった。ふいに、彼女はサルカンが投げつけた石のひとつをつかみ、これまでわたしが感じたこともない奇妙な魔力を絞り出し、石のまんなかをくりぬいた。こうして石を碗（わん）に変え、彼女はそれを使って水を飲みはじめた。

「いっしょに！　さあ！」サルカンが叫んだ。「火を放ちつづけろ！」わたしははっとした。どれだけ焼かれてもまだ生きている〈森〉の女王を見ているうちに、催眠術をかけられたようになっていた。わたしはサルカンの手を取った。

「**ポールジット、モーリン、ポールジット、ターロ**」と、彼が呪文を唱え、わたしが燃える炉に風を送りつづける呪文を歌った。女王の背後で〈心臓樹〉の根っこからバチバチと炎がはじけ、彼女の体内の火が勢いを増した。女王は怒りの叫びをあげて碗から顔をあげた。その目は、奥で炎が燃える黒いふたつの穴だった。

緑の蔓(つる)が川床から伸びてきて、わたしたちの脚に巻きついた。裸足(はだし)だったので、わたしはどうにか抜けだすことができたが、サルカンは靴にからみついた蔓によって水のなかに引き倒された。たちまち周囲の蔓が彼の両腕に這いあがり、喉に向かった。わたしは両手で蔓をつかんで、呪文を唱えた。「**アラーク・ラ！**」緑の閃光が蔓を駆け抜ける。指に刺すような痛みが走った。サルカンが早口に呪文を唱え、体を引き抜いた。ただ靴だけは水のなかに残った。わたしたちはただちに岸にあがった。

まわりの〈心臓樹〉が目覚めはじめていた。枝を震わせ、揺らし、嘆きを吐露(とろ)し合うように木の葉を鳴らした。〈森〉の女王が、わたしたちから目をそらし、騒ぎはじめた〈心臓樹〉のほうを見た。石の碗を手に持って水を飲みながら、そびえ立つ〈心臓樹〉の燃える根にも水をかけ、火を消そうとしている。糸繰り川の水は、女王の体内の炎を少しずつしずめていった。水につかった脚はすでに堅く黒い炭になっている。

「あの木だ」サルカンがしわがれた声で言い、岸から立ちあがった。蔓の棘(とげ)に刺された傷跡が喉もとに赤い首輪のように残っていた。「彼女は、あの木を守ろうとしている」

わたしは池の岸辺に立ち、視線をあげた。太陽が傾きはじめ、大気は重く湿っていた。「**カールモズ**」空に向かって呼びかけると、雲がじょじょに集まり、大きな塊(かたまり)になった。「**カールモ**

ズ」雨が降り出し、雨粒が水面（みなも）にぽつぽつと波紋を描いた。サルカンがいらだって声をあげた。

「どうする気だ！　火を消してしまっては――」

「**カールモズ！**」わたしは叫び、両手を振りあげ、空から稲妻を自分の手に引き寄せた。

今回はなにが起きるかはわかっていた。でもだからと言って、それに備えがあるわけじゃなかった。備えられるわけがない。稲妻は今回も、世界をまるごとさらっていった。一瞬なにも見えなくなり、白い静寂に包まれた。つぎの瞬間、すさまじい雷鳴のとどろきとともに、わたしは稲妻を自分の手から放っていた。稲妻は土山の後ろにある〈心臓樹〉を直撃し、太い幹をまっぷたつにした。

わたしは衝撃で後ろにはじき飛ばされ、目をまわした。水の流れる川床に倒れ、片ほおを小石と水草に打ちつける。黄金の葉を茂らせた枝が揺れている。視界がぼやけ、くらくらして、なにも考えられない。世界が奇妙に静まり返った。それでも、恐怖と怒りの金切り声が、耳になにか詰まっているような、くぐもった響きになって聞こえてきた。わたしは震える腕で体を支え、頭をもたげた。〈心臓樹〉が燃えていた。すべての枝葉が炎をあげ、幹はまっ黒に焦げている。稲妻は幹から分かれた大きな低い枝に当たって、木のおよそ四分の一を砕いていた。

〈森〉の女王が叫びつづけていた。両手を〈心臓樹〉に添えて、がむしゃらに割れた幹をもとに戻そうとしている。でも、彼女自身が燃えているので、その手で触れた樹皮が火をあげる。彼女は両手を木から離した。蔓草の巻きひげが地面から噴き出し、〈心臓樹〉の幹を這いあがり、からみつき、絞めあげ、割れた幹を戻そうとした。〈森〉の女王がわたしを振り向き、池を渡って近づいてきた。顔が怒りにゆがんでいる。わたしは震えながら這って逃げ出した。でも、逃げたってなんにもならない。たとえ〈心臓樹〉が死んだところで、彼女が致命傷を負うことはないだろう。この〈心臓樹〉は、彼女の命と結びついてはいないのだから。

稲妻の衝撃で木々のなかに吹き飛ばされたサルカンが、よろめきながら戻ってきた。服の裾が焦げ、煤で黒ずんでいる。彼は糸繰り川の流れを指差して呪文を唱えた。「**ケルドゥル・フォーリンガン**」スズメバチの羽音のようなうなりがかすかに聞こえ、川の水が震えはじめた。「**トゥアル、ケルドゥル――**」川岸が崩れはじめた。川がゆっくりと動く。小さな池と燃える〈心臓樹〉からはずれる方向をさぐるように、川が流れを変えて、新たな川床が生まれ、小さな池の水が熱い流れになって放出された。

〈森〉の女王がサルカンをさっと振り向いた。彼女は両手をあげ、さらに蔓を水のなかから誘い出そうとした。蔓の先端をつかみ、サルカンに投げつける。宙を飛ぶあいだに、蔓が伸び、太さを増して、鞭のようにサルカンの体に、腕に、脚に巻きつき、さらに生長した。サルカンが地面に倒れこんだ。わたしは立ちあがろうとした。稲妻をつかんだ両手がまだ痛み、鼻も煙にやられて息が苦しい。でも、彼女が近づいてくる。灼熱の石炭のような体で、煙をたなびかせ、蒸気の霧を厚くまとわりつかせて。彼女はわたしの両腕をつかんで叫んだ。わたしは自分の肉の焦げる臭いを嗅いだ。彼女につかまれた両腕が黒く焦げている。
〈森〉の女王がわたしを引きずった。あまりの痛みになにも考えられなくなった。服がくすぶっている。彼女の焼きごてのような指の下で袖が燃え落ちた。彼女のまわりの空気がかまどのような熱を発し、水のように揺れている。わたしは彼女から顔をそむけて、どうにか息をした。女王はわたしを引きずって池を渡り、自分が体を横たえていた、いまは焼けて黒ずんだ土山と、砕かれた〈心臓樹〉に近づいた。

　いったい、なにをするつもり？　痛みに耐えながら叫び、抵抗した。わたしをつかむ指がどうやっても離れない。わたしは裸足で彼女を蹴りあげ、足にも火傷した。やみくもに魔力をかき集め、呪文を途中まで叫んだ。でも、彼女がわたしを激しく揺さぶったので、歯がガチガチ鳴って、最後まで言いきれなかった。彼女はわたしに密着して燃えつづける熾火だった。わたしは彼女をつかんで、引き寄せようとした。いっそ焼け死んでしまいたかった。穢れを植えつけられて、自分がどうなるかなんて知りたくなかった。わたしの魔力を〈森〉の中心に位置するこの巨大な〈心臓樹〉にあたえようとするのが、いったいなんのためかなんて……。

　でも、彼女の手はがっちりとわたしの腕をとらえていた。わたしは、焼けた木と灰のなかに――稲妻が〈心臓樹〉を砕いてつくった虚のなかに放りこまれた。蔓がからみつき、締めつけてくる。〈心臓樹〉が、わたしのまわりで、棺(ひつぎ)のふたのように閉じた。

31

変化(へんげ)

冷たい樹液がわたしの体の表面をつたい、髪に、肌に、ねばつく緑の粘液がまとわりついた。むせながら剛力の呪文(じゅもん)を唱え、懸命に木の壁を押しつづけると、どうにか樹皮の裏側に一本の細い裂け目が生まれた。裂け目の両端に指をかけ、力いっぱい左右に押し開く。裸足(はだし)のつまさきを裂け目の下部に突っこみ、あの平地に戻ろうと必死に体を前に押し出した。樹皮の破片が爪の隙(すき)間(ま)に刺さる。恐怖に駆られて見さかいもなくもがき、足で蹴りあげ、木のなかから逃げ出そうとした。そしてとうとう、わたしは木から転がり落ち、冷たい水に体を打ちつけた。起きあがってみると、なにもかも前とはちがっていた。

そこに炎と戦いのあとはなかった。サルカンも、〈森〉の女王も姿を消していた。自分が脱出したはずの巨大な〈心臓樹(しんぞうじゅ)〉すらも、ここにはない。それ以外の〈心臓樹〉も前ほどの数はなく、ほぼ半分に減っていた。そして、午後の日差しではなく、明るい朝日が差していた。小鳥がさえずりながら枝から枝へと移り、さざなみの立つ水辺でカエルが鳴いている。

自分がまだ囚われているのはすぐにわかった。でも、ここが〈森〉だとは思えなかった。カシアがさまよったような、ヤジーが木の根もとにうずくまっていたような、恐ろしいいびつな影におおわれた〈森〉ではない。サルカンと足を踏み入れた、あの異様な静けさに満ちた平地だとも思えない。小さな池の水がわたしのかかとをやさしく洗っている。水跳ねをあげながら池を渡り、川に向かった。糸繰り川に沿って引き返そう。サルカンがひとりきりで召喚術を使って、わたしに脱出の道を教えることは不可能だ。でも、糸繰り川をくだってここまで来たのだから、おそらく川が出口にもなるはずだ。

けれども、ここでは糸繰り川すらも姿を変えていた。上手に行くにしたがって川幅がしだいに広くなり、深さが増し、流れがゆるやかになったけれど、あのもうもうと立ちこめる霧に出会うことはなく、滝のとどろきも聞こえなかった。とうとう川がゆるやかな曲線を描くところまで来た。この地形には見覚えがあった。わたしは岸辺の若木に目を凝らした。ひょろりとした〈心臓樹〉の若木は、おそらく樹齢十年くらいで、あの老人の顔のような灰色の巨岩にしがみついて生えていた。でも、この巨岩があったのは断崖の下だったはず。この若木は、サルカンとともに崖をすべり落ちたあと、最初に出会った〈心臓樹〉だった。あのときは、滝つぼのそばで霧に隠れ、枝を大きく張っていたのに……。

でもここに、あの滝はない。断崖もない。木はまだ小さくて若い。そして川の対岸に、もう一本の〈心臓樹〉が生えていた。見張り役のようなこの二本の〈心臓樹〉から先も、川はゆったりと、色合いを濃くして遠くまで伸びている。ずっと先まで〈心臓樹〉は見えず、ふつうの樫の木や松の高木がつづいている。

ふいに、自分のほかにも人がいるのに気づいた。こちらの岸の木より月日を重ねていそうな対岸の〈心臓樹〉の根もとに、ひとりの女性が立っていた。

一瞬、わたしには、その人が〈森〉の女王に見えた。木目のような肌も、もつれた豊かな髪も、〈森〉の女王と血族であるかのようによく似ていた。でも、その人のほうが女王よりも面長の顔だちで、目は緑色だった。〈森〉の女王の肌や髪の色合いが黄金や赤褐色や濃い緑であるのに対して、対岸の人はもっと淡い褐色や銀灰色だった。彼女は、わたしと同じように、川を見おろしていた。声をかけようか迷っていると、川上のほうからかすかなきしみが聞こえてきた。はるか上手から一艘の舟がすべるように近づいてくる。大木をていねいにくりぬいた美しい丸木舟だった。その舟の上に〈森〉の女王が立っていた。

〈森〉の女王は頭に花輪を飾り、ほほえみを浮かべていた。彼女にはわたしの姿が見えていないようだ。かたわらに立つ男の顔には見覚えがあった。でもそれは死んだあとの顔――かたわらに立つ男は、あの塔に眠る古代の王だった。死んだときよりもずっと若くて、背が高く、顔にはしわがない。一方、〈森〉の女王は、地下墓の石室に閉じこめられたあの日となにも変わらなかった。ふたりの背後に、ひとりの若い男が張りつめた表情ですわっていた。少年期をようやく過ぎたばかりの年頃だったが、わたしにはその骨格のまま年をとった姿が想像できた。塔にいた、冷酷な顔つきの男だ。彼のほかにも塔の地下墓にいた男たちが舟に乗りこんでいた。みんな銀の鎧に身を固めて、舟を漕ぎ、両岸の深い樹林に警戒の目を光らせている。

この丸木舟につづいて、さらに何艘かの舟がやってきた。でも、先頭の舟とはちがって、一枚の葉を大きくしただけのような単純なつくりの筏舟だった。それらの筏舟には見たこともない種族の人々がおおぜい乗りこんでいた。だれもが樹木のような風貌で、〈森〉の女王に少し似ていた。黒っぽい胡桃、明るい桜、白っぽいトネリコ、温かな橅——肌や髪の色は木肌の色のようにさまざまだった。子どもも何人か交じっているけれど、老人はひとりもいない。

丸木舟が静かに岸辺に寄り、女王が舟からおりるのを王が助けた。〈森〉の女王は笑みを浮かべて両腕を開き、木の風貌を持つ女性に近づき、「リナーヤ」と、声をかけた。不思議なことに、わたしにはその言葉が魔力を宿し、名前であると同時に特別な意味を持っていることが感じとれた。妹、友だち、旅の道連れ、そんな意味を持つ言葉だ。女王が発したその名は、木立のなかで奇妙に反響した。枝葉がささやき返し、川が波立ち、周囲のあらゆるものがその言葉に反応した。

〈森〉の女王はまだわたしに気づいていなかった。リナーヤと呼びかけた女性の両ほおにキスをすると、王の手を取り、〈心臓樹〉の林を縫って、小さな池のある平地のほうに導いた。塔から来た男たちが丸木舟を岸辺につなぎ、先を行くふたりのあとに従った。

　リナーヤは静かに岸辺にたたずみ、残りの舟からつぎつぎに人がおりるのを見守っていた。舟ががらっぽになるたびに、彼女はそれに軽く指で触れた。すると、舟はすぐにもとの一枚の木の葉に戻った。川の流れがそれらをかたづけるように岸辺に近いよどみに集めた。こうして、川はまた静かになった。最後に舟からおりた森の民も、すでに平地のほうに向かっていた。ふいにリナーヤがわたしのほうを向き、深くよく響く声で言った。「あなたも来て」

　わたしは彼女をまじまじと見つめた。でも、彼女はすぐに身を返し、川の流れに足を踏み入れて遠ざかっていった。わたしは一瞬ためらったのち、彼女のあとを追いかけた。怖かったけれど、心のどこかで彼女を恐れなくてもいいと感じていた。わたしは水跳ねをあげながら川のなかを歩いた。リナーヤは、肌が水を吸いとっているかのように水跳ねをあげなかった。

　わたしは、奇妙な時間の流れのなかにはいりこんでしまったようだ。平地に着いたときには、すでに結婚式が終わっていた。〈森〉の女王と彼女の夫となった王が手をしっかりと握り合い、緑におおわれた土山の上に立っていた。花輪がふたりの肩からたれていた。森の民がふたりを取り巻くように林のなかに散らばり、静かに見守っていた。彼らには人間離れした、不思議な深い静けさがあった。塔からやってきた数人の男が警戒するように彼らをうかがい、〈心臓樹〉の葉が風に鳴るかすかな音にもびくっと反応した。あの若い冷酷な顔つきの男が新婚のふたりのかたわらに立ち、女王の奇妙に長い節だらけの指が王の手を包むのをかすかに眉をひそめて見つめていた。

リナーヤがそこに加わった。彼女の目が涙に濡れて、雨後の若葉のようにきらめいていた。〈森〉の女王が彼女のほうを向いてほほえみ、両手を差し出した。「泣かないで」と、女王は言った。その声には川の流れを思わせる軽やかな響きがあった。「遠くへ行ってしまうわけではないわ。谷の端に建つ塔に行くだけなのよ」

リナーヤはなにも答えなかった。ただ女王のほおにキスをし、つないでいた手を放した。

王と〈森〉の女王はいっしょに立ち去り、塔から来た男たちもあとに従った。森の民も木立のなかに静かに消えた。リナーヤがそっとため息をもらした。木々が風にそよぐ音のようだった。わたしたちはまたふたりきりになって、緑の土山のそばに立っていた。リナーヤがわたしのほうを向いた。

「あたしたちは、長いあいだ、この土地にあたしたちだけで暮らしてきたの」と、彼女は言った。長いあいだ――というのは、樹木にとっての長さなのだろうか……。だとしたら、それは千年？　二千年？　一万年？　果てしなく世代が変わりながらも、彼らはさらに深くこの土地に根づいていったのだろう。「そしてだんだん、あたしたちは人としての暮らしを忘れていったの。少しずつ、あたしたちはおとろえていった。
そのうちに、魔法使いの王が、家来を引き連れて、この土地にやってきた。あたしの姉は、彼らを谷に招き入れた。姉は、彼らがあたしたちに知恵をもたらし、人としての暮らしを思い出させてくれるだろうと考えた。あたしたちはそれによって再生できるだろう、あたしたちにも彼らに教えてあげられることがあるだろう、お互いを生かし合えるだろう、姉はそう考えた。でも、あの人たちは恐れたのよ——より強く生きることを。より強く生長することを望んでいるはずなのに、彼らは変わろうとしなかった。そして、悪いことばかりを覚えた」彼女が話すあいだも歳月が流れすぎた。雨に煙る景色のように、灰色の時が静かにわたしのかたわらを通りすぎていった。そして、また夏がめぐってきた。でもそれは、あの結婚式の夏から長い歳月がたったあとの夏だ。森の民が樹林を縫って戻ってくる姿が見えた。

彼らの多くは疲れはて、足どりが重かった。傷を負っている者も少なくない。黒く焦げた腕をさする者もいれば、足を引きずる者もいる。ある者は、ずさんに斧（おの）を振るわれた丸太のように片脚が断ち切られ、両わきから支えられてどうにか歩いていた。もしかしたら、森の民の体は切り口から新たに生長し、もとどおりになるのだろうか。親子も何組かいて、ひとりの女性は赤ん坊を抱いていた。はるか遠い西のかなたの空に、黒い煙がうっすらと立ちのぼっている。

集まってきた森の民は、〈心臓樹〉の林から実を集め、子どものころのわたしとカシアが林のなかでままごとをしたときのように、落ちた樹皮や葉でカップをつくった。彼らは池のきらきら光る澄んだ水をすくうと、林にちりぢりになった。ひとりかふたりで、時には三人固まって、木立のなかをさまよい歩いた。わたしはその光景を前に立ちつくした。わけもなく涙があふれてきた。そのうち幾人かが、日差しがそそぐ木立のなかで立ち止まった。彼らは〈心臓樹〉の実を食べ、池の水を飲んだ。母親は実を小さく齧って口移しで幼子にあたえ、カップから水を飲ませた。

　彼らの体に変化が起こった。脚がみるみる長くなり、つまさきが地面にめりこみ、胴が空に向かってまっすぐ伸びた。彼らは太陽のほうに両腕を差し出した。服がはらはらと落ちて褐色の落ち葉や乾いた草に変わった。子どもたちの変化はとりわけ早く、突然、美しい灰色の若木になって、勢いよく枝を四方に伸ばし、こぼれんばかりに白い花を咲かせた。ハッと激しい息づかいとともに生命を一気に解き放つように、銀色の葉を茂らせた。

　リナーヤが土山から離れ、彼らのなかにはいった。森の民のなかでも、傷ついた者や老いた者は変化しきれずに苦しみもがいていた。赤ん坊はすでに花の冠を頂く美しい木に化身しているのに、母親のほうは、その若木のそばでうずくまり、体を震わせていた。両手を若木に添えて、顔を苦痛にゆがめている。カップが地面に転がっていた。リナーヤが彼女の肩にそっと触れ、立ちあがるのに手を貸した。母親は赤ん坊の木から少しだけ離れたところにどうにか立った。リナーヤは彼女の頭をなでて実を食べさせ、自分のカップの水をあたえた。そして、あの深みのある不思議な声で歌いかけた。母親は涙を流し、しばらくうなだれて立っていた。そして突然、太陽に向かって顔をあげたかと思うと、生長をはじめた。こうして、人であった彼女は姿を消した。

　リナーヤはさらに何人かの苦しんでいる人たちを助けた。カップの水を飲ませ、新たな実をもいで、彼らの口まで運んだ。木に変わりはじめた彼らの樹皮をなで、化身が最後までうまくいくように、歌のような呪文を唱えて、魔力をそそぎつづけた。苦しんだ末に、こぶだらけの小さな若木に変わった者もいた。いちばん老いた人はちぢんで細い若木になった。こうして、平地は〈心臓樹〉で満たされ、リナーヤだけがそこに残された。

　リナーヤが池の岸辺に戻ってきた。「どうしてこんなことに……?」わたしは尋ねずにいられなかった。こんなことになってしまった理由を知らなければならないと思った。でも同時に答えを聞きたくなかった。なぜ彼らがここまで追いつめられたのか、その理由を知るのが怖かった。

　リナーヤは遠くを、川の上手のはるか先を指差した。「彼らが近づいてくるわ。見て」彼女は低い声で言った。わたしは川の遠くに目を向けた。川面（かわも）には空が映る代わりに、何艘もの丸木舟に乗りこんでこちらに近づいてくる兵士らの姿があった。彼らはカンテラやたいまつや大きな斧を持っていた。先頭の丸木舟の舳先（へさき）に王国旗がたなびき、舟の上に結婚式に付き添っていたあの若者が立っている。年をとって顔にはさらに冷酷さが増して、〈森〉の女王を墓室に閉じこめたときとほぼ同じ容貌になっている。そして、頭には国王の冠――。

「彼らが近づいてくるわ」リナーヤが繰り返した。「彼らは姉を裏切った。そして、姉を閉じこめてしまったの。光も差さない、生長できない場所に。そして、今度はあたしたちに襲いかかってきた」

「戦って追い返すことはできないの？」わたしは尋ねた。リナーヤの深いところにひそむ魔力を感じとることができた。流れではなく、井戸……底なしの井戸のような魔力を。「あなたなら逃げることだって――」

「無理よ」と、彼女が答えた。

わたしは口をつぐんだ。彼女の目のなかに緑の樹林が果てしなく広がっている。見つめるほどに、彼女がひとりの女性には見えなくなってくる。わたしが見ているのは、彼女の半分にすぎない。見えているのは、幹、その上に広がる枝、葉、花、そして実――。でもその下には網の目のように根が広がっている。その根はどこまでも長く伸び、大きく広がり、この谷の深い地層にもぐりこんでいる。わたしにも根っこはあるけれど、それはちがう種類の根っこだ。わたしは根ごと引き抜かれ、土地から切り離され、王様の宮殿や大理石の塔に植え替えられた――つらいことだったけれど、それができた。だからこそ、生きのびられた。けれども、彼女をここから掘り返し、どこかに移すことはできない。

「彼らは悪いことばかりを覚えた」と、リナーヤは繰り返した。「だけどもし、あたしたちがこのままの姿で、ここで戦えば、あたしたちは悪いことを思い出してしまう。そして、あたしたちもいずれは……」彼女は口をつぐんだ。「あたしたちは、思い出さないほうを選んだの」彼女はそう締めくくった。

リナーヤは身をかがめ、カップをふたたび池の水で満たした。「待って！」わたしは水を飲もうとする彼女の腕に手をかけた。「わたしを助けてほしいの」

「あなたが変わるのを助けることならできる」彼女は言った。「あなたはあたしとひとつになれるくらい深い根を持っているから。あなたなら、あたしといっしょに生長することもできる。そして、安寧（あんねい）に生きていける」

「そんな……わたしにはできない」

「あたしとひとつにならないと……あなたはここでひとりきりになってしまうわ」リナーヤは言った。「そして、あなたの悲嘆や恐怖が、あたしの根を毒することになるの」

わたしは恐ろしさに言葉もなく立ちつくした。だんだんとわかってきた。これが〈森〉の穢（けが）れのはじまりだということが。森の民はみずから化身することを選んだ。そして、生きつづけた――深くて長い夢のなかを移ろいながら。だけどそれは、人の生き方ではなく、樹木の生き方だ。目覚めて、動きまわることはない。罠にかかることもない。樹皮の奥に閉じこめられて、ひたすら外に出たいと切望する人間とはちがう。

　もし、化身を拒んで人間という種族にとどまれば、わたしはひとりきりでいるさみしさと苦しみに苛まれることになるのだろう。そして、そんなわたしの悲嘆が、リナーヤの化身した〈心臓樹〉に毒と病をもたらすことになるのだろう。この林の外に生える、怪物のような異形の木々がそうであるように。わたしの魔力が木を生かしたとしても、それは怪物の木になってしまう。

「わたしを解放してほしいの、外に出してほしいの」わたしは言った。「わたしは、あの人に閉じこめられてしまったのよ――あなたのなかに」

　リナーヤの顔に悲しみが広がった。やっぱり、そうなのだ。わたしを化身させることでしか、彼女にはわたしを救えない……。ほんとうのリナーヤはもうこの世にいない。〈心臓樹〉のなかにまだ人間の彼女がいくらか残っているとしても、それはとても深いところにあって、ゆっくりとした奇妙な時の流れを生きている。〈心臓樹〉は彼女の記憶を、彼女が生きた時間をさぐりあてていた。だから、彼女はわたしに解決策を……彼女なりの解決策を示すことができたのだろう。それがリナーヤにできる精いっぱいのことだった。木に化身すること、それがまさにリナーヤとその種族の人々が求めた、唯一の解決策だったのだから。

　わたしは息を呑んで、後ずさった。彼女の腕に触れていた片手を離した。リナーヤはしばらくわたしを見つめたあと、水を飲みほした。池の岸辺に、彼女は根をおろしはじめた。黒い根が広がり、銀の枝が四方に伸び、幹がぐんぐん伸びた——彼女のなかにある底知れない湖の深さと同じくらいに高く、空に向かって。木はまたたく間に生長し、こぼれんばかりに白い花を咲かせた。銀ねず色の樹皮に畝のような筋がいくつも刻まれた。

わたしは〈心臓樹〉の林のなかでまたひとりになった。もう小鳥のさえずりは聞こえなかった。数頭のシカがおびえたように跳ねていき、最後にちらりと白い尾を見せて木の間に消えた。落葉がはじまった。地面に散り敷かれた褐色の葉が、霜に当たって、足もとでパリパリと砕けた。太陽が沈もうとしている。寒くて怖くて、両腕で自分を抱きしめた。吐く息が白くなり、凍てつく地面に触れている裸足の指がかじかんで丸くなった。〈森〉はわたしの周囲で閉じようとしていた。もう出口はない。

でもそのとき、背後から光が差した。冴えざえとしてまばゆい、なつかしい光……。『ルーツの召喚術』の光だった。希望に突き動かされ、わたしは後ろを振り向いた。〈心臓樹〉の林に雪が降りはじめていた。時がまた飛ぶように流れすぎていったらしい。もの言わぬ裸の木々の林は荒涼としている。召喚術の光が、月光のように降りそそいでいる。突然、池がぎらっと輝き、なにかが水のなかから姿をあらわした。

〈森〉の女王だった。彼女は池から這いあがると、地下墓にいたときと同じ白い喪のドレスの裾を引きずり、雪面に黒いすじを残してよろよろと数歩進んだ。そして崩れるように岸辺に倒れた。ずぶ濡れの体を丸めて岸辺に横たわり、しばらく荒い息をついていた。それから目を見開き、震える両腕で体を支えて、ゆっくりと体を起こし、林を見まわした。そこに新しい〈心臓樹〉が増えているのを知ったとき、女王の顔はみるみる激しくゆがんだ。体を揺らしながら、彼女は立ちあがった。白いドレスが泥にまみれて肌に張りついている。〈森〉の女王は土山に立ち、林を見渡した。そしてゆっくりと振り返り、上を見あげた。はるかに上を。そこには大きな〈心臓樹〉の木が枝を張っている。

　雪のなか、彼女はためらいがちに足を踏み出し、数歩進んで、その〈心臓樹〉の大きな銀色の幹に両手を添えた。しばらくはそうして震えながら立っていたけれど、おもむろに体を傾け、樹皮にほおを寄せた。泣いてはいなかった。見開かれた目は茫然として、なにも見ていなかった。

　どうして、サルカンはひとりきりで召喚術を実行できたんだろう？　いったい、わたしは召喚術の光によってなにを見ることになるんだろう？　考えてもわからなかった。それでも、神経を張りつめて、つぎに起きることを待った。これから見えるものが、きっと、脱出の方法をわたしに示してくれるはずだ。召喚術の冴えた光に照らされ、降りしきる雪がきらめいた。雪はわたしの肌に触れることはなかったが、〈森〉の女王の歩いた跡をふたたび白く塗り替えていった。彼女はまったく動かなかった。

〈心臓樹〉の枝がかすかに動いて葉むらが鳴り、いちばん低い枝がそうっと女王のほうに傾いた。冬にもかかわらず、枝につぼみがふくらみ、開花し、花びらを散らし、一個の小さな緑の実を結んだ。実はすぐに熟れて金色になった。そして静かに誘いかけるように、枝は彼女の上に熟れた実をたらした。

〈森〉の女王がその実をもいだ。両手で金色の実を包み、そこに立ちつくしている。突然、林の静寂のなかにズンッと、わたしには耳になじみのある音が響いた。音は川のほうから聞こえてきた。川上のどこかで斧が振りおろされている。

女王がひたと手を止めた。〈心臓樹〉の実は彼女のくちびるのそばにあった。わたしたちは遠くの音に耳をそばだてた。ズンッ。ふたたび音が響いた。女王が両手をだらりとたらし、金色の実が転がって、雪に埋もれた。女王はもつれたドレスの裾をたくしあげ、土山をおりて、川に向かった。

わたしは彼女を追った。心臓が早鐘を打っていた。いまや斧の音は一定間隔でつづいている。

いつしかわたしたちは〈心臓樹〉の林の端まで来ていた。そこにあった若木はたくましく生長し、大きな枝葉を広げていた。岸辺に一艘の丸木舟がつながれ、ふたりの男が対岸にあるもう一本の〈心臓樹〉を切り倒そうとしている。男たちは上機嫌で重そうな斧を交互に振るい、幹はすでに深く切りこまれて、銀ねず色の木っ端を散らしていた。

〈森〉の女王の悲鳴が樹間に響きわたった。樵夫たちは驚いて作業を中断し、斧を握ったままあたりを見まわそうとした。でもそのときにはすでに女王が飛びかかっていた。女王は両手の長い指でそれぞれの喉をわしづかみにし、振り捨てるように川に投げこんだ。男たちは水にむせながら手足をばたばたさせてもがいた。女王は傾いた木のそばにがっくりと膝をつき、樹液のしたたる切り口に、どうにかしてその傷口をふさごうとするように、両手のすべての指を押し当てた。けれども、もう手遅れだった。その木は助からないほど深く傷つき、川の上に大きく傾いていた。あと一時間のうちに、長くもって一日のうちに、完全に倒れてしまうだろう。

〈森〉の女王が立ちあがった。寒さではなく、怒りにぶるぶると震えながら。女王といっしょに大地が震えた。突然、彼女の足もとの地面が裂け、〈心臓樹〉の林の端に沿って両方向に亀裂が走った。女王はその裂け目を跳び越えた。わたしもあとを追って、ぎりぎりのところで跳び越えた。丸木舟が開いた裂け目に落下して消えた。と同時に、川がすさまじい轟音をあげて滝に変わった。段差によって出現した崖に守られるように〈心臓樹〉の林が沈み、霧に包まれた。ひとりの樵夫が足をすべらせて川に落ち、悲鳴とともに滝に向かって流される。もうひとりが叫んで手を差し出したが、間に合わなかった。

大きく育った川辺の〈心臓樹〉はその先にある林とともに沈み、痛めつけられた〈心臓樹〉が崖の上に残った。わたしと女王は崖の上にいた。落下をまぬがれた樵夫が、揺れつづける地面にしがみつきながら岸に這いあがってきた。樵夫は〈森〉の女王が近づいてくるのに気づくと、斧を振りあげ、襲いかかった。彼女の体が斧を跳ね返し、樵夫の手から斧が飛んだ。女王はまったく動じていなかった。その顔はうつろで、途方に暮れているようにさえ見えた。彼女は樵夫をつかみ、傷ついた〈心臓樹〉のところまで引きずった。樵夫は抵抗のかいもなく、幹に押しつけられた。地面から蔓がするすると伸びてきて、樵夫の体を幹に縛りつけた。

樵夫が恐怖に顔を引きつらせ、体を弓のように反らした。〈森〉の女王が後ずさった。男の足先は、人間が木に接ぎ木されるように、斧が切りこんだ隙間に密着していた。たちまち変化がはじまり、靴が裂けて足から剝がれ、つまさきがずるずると伸びて新しい根になった。もがいていた腕が枝に変わり、五本の指が溶けてひとつになった。大きく見開いた苦悶の眼が銀色の樹皮におおわれた。わたしは彼に駆けよった。助けたいという気持ちと恐ろしさが心のなかでせめぎ合う。手だけでは銀の樹皮を剝がせず、この場所では魔力も使えなかった。でも、ただ突っ立って見ていることには耐えられなかった。

男が力を振り絞って体を前に押し出し、ささやいた。「アグニシュカ……」それはサルカンの声だった。つぎの瞬間、彼は消えた。彼の顔が幹にぽっかりあいた暗い虚に呑みこまれていった。わたしはとっさに虚のふちを手でつかみ、彼を追いかけ、まっ暗な虚のなかに飛びこんだ。

その木は地中にぎっしりと根を張っていた。掘り返されたばかりの湿った生々しい土の臭いにむせ返った。炎と煙の臭いもする。わたしは根っこを引き抜いてしまいたかった。もうここにはいたくない……。でも、それは正しいやり方じゃないはずだ。わたしがいまほんとうにいるのは木のなかだ。わたしは木のなかに閉じこめられている。押して、突いて、力まかせに前に進もうとした。体の底から突きあげるような不安と恐怖がわたしを引き戻そうとする。それでも手を前に突き出すと、焦げて砕けた木を指先が感じとった。木の薄片が皮膚を裂き、ねっとりした樹液が目や鼻をふさぎ、息ができなくなった。

樹木と腐敗と炎の臭いが鼻を満たした。「**アラーマク**」と、しわがれた小さな声で壁を通り抜ける呪文を唱える。樹皮を思いっきり押して、壁を突き破った。こうしてやっとのことで、わたしは煙が立ちこめる、〈森〉の中心にある〈心臓樹〉の林に戻った。

わたしは土山の上にいた。服は樹液で緑に染まり、背後には雷に打たれた〈心臓樹〉があった。召喚術の光はなおも水面(みなも)を渡ってわたしのところまで届いている。残り少なくなった池の水が光に照らされ、地平線からのぼったばかりの満月のように輝いている。目が痛くなるほどまぶしくて、長くは見つめていられなかった。池の対岸に、サルカンがいた。岸辺に膝をつき、口もとは濡れ、手からしずくがしたたっている。口と手だけが、煤(すす)と泥と煙で黒く汚れていない。きっと、手で水をすくって口に運んだのだ。ひとりきりで召喚術を実行するために、糸繰り川の水とともに霊力を取りこんだのだろう。

でもいま、目もくらむような光のなかに〈森〉の女王が姿をあらわし、サルカンにのしかかっていく。女王は長い指で彼の首を絞めあげる。銀色の樹皮が地面から彼の膝へ、ふとももへ這いあがっていく。サルカンは喉にかかる女王の指を引き剝がそうともがく。突然、女王が彼を突き放し、わたしのほうを振り向いた。わたしが〈心臓樹〉から逃れ出たのを知って、女王が怒りの叫びをあげる。でも、そのときには〈心臓樹〉の大枝がめりめりと音をたてて幹から折れていた。大枝は轟音とともに落下し、地面に大きなくぼみをつくった。

わたしは土山からおりて、池の底に広がる石を踏みながら〈森〉の女王に近づいた。女王が怒りをたぎらせてわたしに向かってくる。「アグニシュカ！」サルカンがしわがれた声で叫び、這いあがる樹皮と戦いながら、わたしのほうに片腕を伸ばした。わたしに近づいてくる〈森〉の女王の動きがしだいにゆっくりになり、止まった。召喚術の光が彼女を背後から照らし出す。女王のなかのすさまじい穢れが、長い歳月をかけて絶望がつくった苦渋(くじゅう)の黒い雲が、召喚術の光に浮かびあがった。でも、光は彼女だけでなく、わたしの体も照らし、そして透過した。〈森〉の女王には、わたしの顔の奥に、彼女を見つめ返すほかのだれかが見えていたはずだ。

そしてわたしにも、女王の顔の奥に、この林にやってくる以前の女王の姿が見えた。どんなふうに彼女が塔の人々を追いつめたのか。塔の人々、魔法使い、農民、樵夫――すべての人々に彼女がなにをしたのか。それが一瞬のうちに見えた。穢れた〈心臓樹〉を、どんなふうに一本、一本、植えつけていったのか。その根にどんなふうに彼女の不幸と苦しみをそそいだのか、苦渋という養分をあたえたのか……。それと同時に、わたしのなかの深いところからゆっくりと、恐怖と交じり合って、リナーヤの憐れみがせりあがってきた。憐れみと、悲しみと、後悔が……。〈森〉の女王にもそれが見えていたのだろう。女王はわたしの前で立ち止まったまま、がくがくと震えだした。

「わたしが、あの人たちを、止めたの」と、〈森〉の女王が言った。その声は、夜間に枝が窓ガラスをこする音を思わせた。だれかが窓から家にはいりこもうと、窓をカリカリかいているのではないかと想像させる音を。「息の根を止めるしかなかったの」

女王はわたしに話しかけているのではなかった。彼女のまなざしはわたしを通りすぎていた。彼女が見ているのは、わたしの奥にある彼女の妹の顔だった。「彼らは〈森〉を燃やした」この世から去って久しい人に向かって、女王はわかってほしいと懇願するように言った。「彼らは木々を切り倒した。これからも、彼らは木々を切り倒す。いつも来ては去っていく。季節のように。春のことなど、これっぽっちも考えない冬のように」

彼女の妹は、もうだれかに話しかける声を持たない。でも、〈心臓樹〉の樹液はいまもわたしの肌にまとわりつき、わたしの足もとの地面には〈心臓樹〉の根が深く広がっていた。「わたしたち、ここから出ていくわ」わたしはそっと彼女に話しかけた。それは女王とわたし自身、どちらに対する答えでもあった。「この場所に永遠に居すわるつもりはないの」

ついに、わたしを通りすぎていた〈森〉の女王のまなざしがわたしをとらえた。「わたしは行けなかった、どこへも」と、女王が言った。わたしにはそれだけで理解できた——彼女が変わろうとしても変われなかったこと、死のうとしても死ねなかったことが。女王は塔の支配者と兵士たちを殺し、新しい〈心臓樹〉で野辺を埋め尽くし、血に濡れた手でここまでやってきた。そして、同じ種族の人々とともに眠りにつこうとした。でも、彼女には根を張ることができなかった。あまりに多くのつらい出来事を記憶に刻みすぎたから、あまりに多くのたいせつなことを忘れてしまったからだ。彼女は殺すこと、憎むことを覚え、生長することを忘れた。そして最後に彼女に許されたのは妹のそばで——夢見るでもなく、死ぬでもなく——ただ横たわることだけだった。

わたしは手を伸ばし、裂けた〈心臓樹〉のいちばん低い枝から一個の果実をもいだ。すべてを見通していたかのように、その実がひとつだけ金色に熟れて、わたしたちを待っていた。わたしは金色の実を彼女に差し出した。「わたしがあなたを助ける」わたしは〈森〉の女王に語りかけた。「彼女を救いたいのなら、あなたにはそれができる」

〈森〉の女王は、傷ついて死にかけた〈心臓樹〉を見あげた。泥のような涙が彼女の目からあふれた。濃い茶色のしずくがほおをつたい、泥と灰と涙が混じり合った細い流れをつくった。彼女はゆっくりと両手をあげて、実を受け取ろうとした。節くれだった長い指がそっとやさしく実を包むとき、彼女の指がわたしの指をこすった。わたしたちはお互いを見つめ合った。その一瞬、渦巻く煙のなかで、彼女にはわたしが娘に、塔の種族と森の種族のあいだに彼女が産み落としたかった娘に見えていたかもしれない。〈森〉の女王は、わたしの師になっていてもおかしくなかった。バーバ・ヤガーの魔法書がわたしに進むべき道を示してくれたように、〈森〉の女王がわたしの導師に、わたしの道しるべになっていてもおかしくはなかった。わたしたちが敵どうしにならずにすむ世界だって、きっとどこかにあるはずなのに……。

　わたしは腰をかがめ、丸くなった一枚の葉を拾い、池から残り少なくなった澄んだ水をすくった。わたしたちはいっしょに土山をのぼった。〈森〉の女王が〈心臓樹〉の実を口に近づけ、ひと口齧った。淡い金色の果汁があごからしたたり落ちる。女王は目を閉じ、そこに立った。わたしは彼女の体に片手を添えた。宿主を絞めあげる蔓のように、彼女にきつく深くからみつく憎しみと苦しみがつたわってきた。わたしはつぎにその同じ手を妹の木に添えた。彼女のなかにある深い井戸に手を伸ばし、その静けさとおだやかさを感じとった。雷に打たれても、彼女は変わらなかった。たとえ木が倒れても、歳月が倒木を土に還しても、彼女の静けさはそこにありつづけるのだろう。

〈森〉の女王が木の大きく割れた傷にもたれかかり、両手を黒く焦げた幹にまわした。わたしは女王の口に、池の水の最後のひとしずくをたらした。そして彼女の肌に触れ、そっと呪文を唱えた。とてもかんたんな呪文を。「ヴァナーレム」

すぐに変化がはじまった。白いドレスの最後の切れ端が吹き飛ばされ、焦げた肌が黒い薄片となって剝がれ落ちた。足もとから新しい樹皮が這いあがり、たっぷりと開いた銀色のスカートのように彼女のまわりに育ち、古い〈心臓樹〉の裂けた幹とひとつになった。〈森〉の女王が目を開き、わたしを見つめた。そのまなざしが、彼女にふいに訪れた安堵を伝えていた。それを最後に、〈森〉の女王はこの世から消えた。そして生長をはじめた。足が地中に伸びて新しい根となり、妹の木の古い根と重なり合った。

わたしは後ずさり、女王の根が地中に深くもぐっていくのを見とどけた。それから身を返し、からっぽになった池のぬかるみを走って、サルカンのところに行った。彼の体を這いのぼっていた樹皮の動きは止まっていた。彼といっしょに樹皮を砕き、肌に張りついている薄片を剝がした。ようやく彼の両脚が解放されると、わたしが彼の手を引っぱって、樹皮の残骸のなかから助け起こした。それからふたりで川の岸辺に崩れるように腰をおろした。

疲れきっていて、頭のなかはからっぽだった。サルカンがわたしの隣で、気むずかしげに、ほとんど恨みがましく、自分の両手を見おろしていた。そして突然、身をかがめ、川床におおいかぶさって、水を含んだやわらかな川底の土をかき出しはじめた。わたしはしばらくぼんやりと見つめたのちに、ようやく彼が川の流れをもとに戻そうとしているのだと気づいた。手伝うために身を乗り出し、川床に手を突っこんだ。作業を開始するとすぐに、彼と同じ感覚を共有していることに気づいた。彼はきっとそれを感じとりたくはなかったのだろう。これが自分のなすべき仕事だという確信に、わたしたちは突き動かされていた。川がみずから流れることを、池に水をそそぎこむことを求めていた。

泥をかき集めて何度か取り除くだけで、わたしたちの指のあいだを水が流れはじめ、あとはその水が川床に残ったものを取り除いていった。池がふたたび水で満たされていく。わたしたちはへとへとになって、またすわりこんだ。わたしの隣で、サルカンが両手の汚れを、ずたずたに破れたシャツやズボンやそばに生える草に、懸命にこすりつけていた。爪の隙間にも黒い三日月のように土が詰まっている。とうとう、彼は憤慨の声をあげて、両手を膝におろした。疲れすぎていて魔法も使えないのだ。

わたしは彼の肩にもたれかかった。彼のいらだちが不思議にも安心感をもたらした。しばらくすると、彼のほうからしぶしぶ、わたしの背中に腕をまわしてきた。〈心臓樹〉の林には、すでに深い静謐が戻っている。わたしたちの持ちこんだ炎も怒りも、長い平安のなかのごく短い中断に過ぎなかったように。灰は池の底に沈み、泥と交じり合って消えた。木々は焦げた葉を水辺に落とした。裂けてむきだしになった地面を苔がおおい、そこにくさむらが広がった。池の奥の岸辺では、新しい〈心臓樹〉が古い〈心臓樹〉に寄り添い、支え、その傷口をおおい隠している。二本の木に、天の星々のように、白い小さな花が咲きはじめていた。

32 収穫祭

わたしは〈心臓樹〉の林のなかで眠ってしまった。頭がからっぽで、とにかく疲れはてていた。サルカンがわたしをかかえあげ、塔まで運んでくれたのだろうけれど、そのあいだのことはほとんど憶えていない。ただ、帰還の呪文で一気に塔に戻るとき、胃がむかむかした。そのときだけ目覚めて不平を言い、またすぐ眠りに落ちた。つぎに目覚めたときには、自分の狭い部屋の狭いベッドの上で毛布にくるまっていた。わたしは毛布を跳ねのけて起きあがった。自分がなにを着ているかなんて、まったく気にしなかった。壁の絵が、この谷にあたる部分に沿ってざっくりと裂けていた。鋭くとがった石のかけらが当たったらしく、画布の下半分がだらりとたれている。絵が秘めていた魔力はすっかり消えていた。廊下に出ると、そこにも砕けた石や砲弾が散乱していたが、なんとか通り抜け、ほこりでちくちくする目をこすりながら階段をおりた。そして、サルカンが旅の荷造りをしているところに出くわした。

「都から穢れを祓うだれかが必要だ。蔓延してしまう前に手を打たなければ」と、彼は言った。
「アローシャが快復するのを待ってはいられない。宮廷も夏が終わるまでには、南地方に戻さなければならないからな」

彼は乗馬服に身を包んでいた。赤く染めた革で仕立てた乗馬用の長靴に銀の拍車がついている。かたやわたしは、煤と泥の塊で、ぼろぼろの服は、汚れすぎていることを除けば、まるで幽霊そのものだった。

彼はわたしとは目を合わせることもなく、フラスコやガラス瓶をクッション付きの箱に詰めつづけた。べつの大きな袋にはすでに本がたくさん詰められて、実験室のわたしたちのあいだのテーブルに置いてある。足もとの床は斜めに傾き、壁のあちこちに砲弾や落石であいた穴がある。そこから夏の温かい風が吹きこみ、部屋にある紙や粉を散らし、石の床をうっすらと赤や青に染めていた。

「この塔を支える術をほどこした。しばらくは倒れずにもつだろう」彼は赤紫の煙をコルク栓で閉じこめたフラスコを箱におさめながら付け加えた。「〝火の心臓〟は、わたしが持っていく。きみは、早めに塔の修理に手をつけたほうがいい。まずは――」
「わたし、ここに残るつもりはないわ」わたしは、彼をさえぎって言った。「〈森〉に戻ろうと思うの」

「ばかを言うな」と、彼は言った。「魔女がひとり死んだら、彼女のかけた魔法がすべて解けると思うのか？　彼女が改心すれば、すべてはもとどおりになるとでも？　〈森〉はいまも怪物と穢れであふれている。邪悪な力が消えてなくなるまでには、長い歳月がかかるだろう」

サルカンはおかしなことを言っている、とわたしは思った。〈森〉の女王は死んだわけじゃない。彼女はただ夢を見ながら眠っているだけだ。それに、彼が旅に出るのは、穢れを祓うためでも、王国を救うためでもないだろう。この塔は壊れてしまった。彼は糸繰り川の水を飲み、わたしが差し出した手を握ってしまった。だから、できるだけ早くここから逃げ出して、新しい石の壁を見つけ、その奥に引きこもりたいのだ。今度は自分自身を十年間、そこに閉じこめておくつもりなのだろう——彼の根っこがしおれ、自分が置き去りにしたものの欠落に胸のうずきを感じなくなるまで。

「瓦礫の上にすわっていたって、怪物と穢れが減るわけじゃないもの」わたしはそう言うと、フラスコとガラス瓶と魔法書に囲まれたサルカンに背を向けた。そして、塔から去った。

頭上では、〈森〉の木々が燃えるような赤と金と橙に染まっているが、足もとの下生えからは季節を勘ちがいした白い春の花が顔をのぞかせている。今週から夏の最後の熱波が訪れ、小麦の収穫期がはじまった。畑では照りつける太陽のもとで、人々が脱穀作業に汗を流している。でも、薄暗い〈森〉はひんやりと涼しい。ここには厚い緑の日除けがあり、糸繰り川が音をたてて流れている。わたしは裸足で落ち葉を踏みながら歩いた。手に持ったバスケットには金色の実がいっぱいはいっている。わたしは川がゆるやかに曲がるところで立ち止まった。一体の〈歩くもの〉が水辺にうずくまり、枝のような頭をさげて水を飲んでいた。

〈歩くもの〉はわたしを見つけて、警戒する。でも、ただじっとしているだけで、逃げることはない。そのうち硬い足でじりじりとわたしのほうに近づき、腕一本の長さのところで止まった。わたしは動かない。とうとう、〈歩くもの〉のほうから二本の腕を伸ばし、わたしから金の実を受け取り、口に運んだ。両手で実を少しずつまわしながら齧っていき、最後に種だけを残した。

〈歩くもの〉がわたしを見つめ、誘うように樹林のなかへ数歩進んだ。わたしはうなずいた。

〈歩くもの〉は、木の間に伸びる長い一本道にわたしを案内した。やがて、生い茂る蔓植物が切り立った断崖とおぼしきものを隠しているところで立ち止まり、岩の裂け目にある細い径を指し示した。そこから濃く甘ったるい腐臭がただよってくる。わたしたちは径をのぼり、周囲から隠された狭い谷底にはいった。その谷底のいちばん奥に、枝のよじれた古い〈心臓樹〉があった。穢れによって灰色に変わった幹が異様にふくらんでいる。谷底の草地に枝が張り出し、その先端が地面をかすめるほど、実がたわわになっている。

〈歩くもの〉が心配そうに横に立っている。彼らは、わたしが病んだ〈心臓樹〉をなんとか浄化したがっていることを知っている。それを助けてくれるものもあらわれるようになった。彼らには庭師の才能がある。〈森〉の女王の激しい怒りから解放されて、なおさらその傾向が強くなった。もしかしたら、彼らは穢れていない実のほうが好きなのかもしれない。

〈森〉にはいまも、悪夢のような恐ろしいものたちがいて、それら自身のおさまりきらない怒りをかかえこんでいる。たいてい、そういう魔物はわたしを避ける。それでもときどき、傷めつけられたウサギやリスの死骸につまずくことがある。それらはひどく残忍な殺され方をしている。わたしを助けてくれる〈歩くもの〉が傷めつけられ、足を引きずってあらわれることもある。大カマキリの鎌で切断された、あるいは鎌の棘で深く刺された傷を負って。

あるときなどは、〈森〉の薄暗いところで、わたしが落とし穴にはまった。下生えと見まがうほど巧妙に、その穴は木の葉や苔で隠されていた。穴の中には割れた枝と気味の悪いぎらぎらした粘液があふれ、肌が焼けるように痛くなった。あの〈心臓樹〉の林に行って池の水で粘液を洗い流すまで痛みは去らなかった。いまも、枝に裂かれた足の傷のかさぶたが一個だけ残っている。あれはけものを生け捕るためのふつうの罠のようにも見えたけれど、そうじゃないとわたしは思っている。あれはたぶん、わたしを狙って仕掛けられていた。でも、そんなじゃまがはいっても、自分の仕事をやめるつもりはなかった。わたしは首をすくめて枝をよけながら、〈心臓樹〉の幹に近づいた。手にした水筒から糸繰り川の水を根っこにそそぐ。そうしながらも、この木はまず望みがないだろうとわかっていた。あまりにもたくさんの人がこの木に囚われ、あらゆる方向に木をねじ曲げている。歳月がたちすぎていて、木から救い出せるほどのかたちとして残っていない。そのすべてをなだめ、落ちつかせ、夢見の眠りに送りこむことはできない。

わたしは両手を幹にあてがい、長いあいだ立っていた。彼らに接触しようとしたけれど、発見できた人々は長い昏迷のなかで自分の名前すらも忘れていた。薄暗い影のなかで歩くこともなくじっとしている彼らは、うつろな目をして、疲れきり、顔もなかばかたちを失っていた。最後は手を離し、引きさがるしかなかった。葉のあいだから夏の熱い日が差しているのに、わたしは寒気に震えた。嘆きと苦しみが肌にからみつき、なかにもぐりたがっている。身をかがめて重い枝の下から抜け、谷底のもう一方の端にある日の当たる空き地に腰をおろした。水筒から水を飲み、水滴が浮き出たその側面にひたいを押しつけた。

さらに二体の〈歩くもの〉があの狭い径をやってきて、最初の一体に合流した。彼らは横並びになって長い頭を前に傾げ、わたしのバスケットを熱心に見つめた。わたしは清浄な実を一個ずつあたえた。わたしが作業をはじめると、彼らはすぐに手伝ってくれた。たきぎになりそうな乾いた枝をいっしょに集め、〈心臓樹〉の幹のまわりに置いた。それから枝が伸びたぎりぎりの地面に円形の溝を掘った。

わたしは溝掘りが終わると、立ちあがって痛む背中を伸ばし、手をこすり合わせて泥を払った。それから〈心臓樹〉のそばに戻り、もう一度両手を幹に置いた。でも今度は、囚われた人々に話しかけようとはしなかった。「キサーラ」と、水分を吸い出す呪文を唱えた。わたしは静かにやさしく魔術をかけた。幹に大きな水滴が生まれ、ゆっくりと落ち、細いいくすじもの流れとなって地面にそそいだ。折しも空高くのぼった太陽が葉むらを透かして強い日差しを送りこんできた。葉がじょじょに乾き、丸くなっていく。魔術を終えるころには、太陽はまた視界から消えた。噴き出した汗でひたいがねばつき、手は樹液まみれになった。足もとの地面がやわらかく湿っている。〈心臓樹〉は骨のように白くなり、風に騒がしく鳴った。枝になった実はすべてしなびていた。

わたしは木から離れて立ち、呪文を唱えて火を放った。どさっと腰をおろし、そばの草で、できるかぎり手にこびりついた樹液をぬぐった。そして、膝を胸に引き寄せた。〈歩くもの〉たちも脚を器用に折りたたみ、わたしのまわりにすわった。〈心臓樹〉はあがきもせず、叫びもあげなかった。すでに半分が焼け落ちている。火はすぐにまわったし、あまり煙も出なかった。灰が湿った地面に落ちて、降りはじめの雪のようにぬかるみに解けた。灰のかけらは、わたしのむきだしの腕にもときどき降ってきたけれど、ちっちゃな火の粉みたいなもので、火傷することはなかった。わたしはそこにとどまりつづけた。この木と囚われ人たちをこの世から見送る者は、わたしたちしかいないのだから。

作業の疲れから、火が燃えているあいだに寝入ってしまったらしい。目覚めたのはまだ正午前だったけれど、〈心臓樹〉は燃え尽きていた。あとに残った黒焦げの根もとは、たやすく崩れて灰になった。〈歩くもの〉たちが、そのたくさんある長い指を熊手のように使って灰を均等にならし、最後に、木のあった場所に小さな土山を残した。わたしはバスケットのなかの実をひとつ、その土山に植えた。糸繰り川の水と〈心臓樹〉の種からつくった生長の秘薬を瓶に入れて持ってきていた。その秘薬の数滴を土山にたらし、育て、大きくなれ、と土のなかの実に歌いかけた。銀色の芽が土から顔をのぞかせ、すぐに三年分くらいの高さまで伸びた。新しい若木は、苦渋の悪夢ではなく、その実がとれたあの林の〈心臓樹〉の静かな夢を受け継いでいた。いずれ時がたてば、〈歩くもの〉たちはこの木から実をとって食べることができるようになるだろう。

わたしは若木の手入れを彼らにまかせた。〈歩くもの〉たちは、若木のやわらかな葉を太陽から守るために日除けをこしらえ、まわりの土から石を取り除いた。忙しく立ち働く彼らを残して、わたしはそこから去った。〈森〉にはさまざまな木の実や木イチゴが熟しているけれど、歩きながらその実を集めるようなことはしなかった。あの清浄な林を除いて、この〈森〉に実るものを食べられるようになるには、まだ長く時間がかかるだろう。枝々の下にはあまりに多くの悲しみが宿り、あまりに多くの苦しみを背負った〈心臓樹〉がこの樹林に根をおろしている。

ザトチェク村の一本の〈心臓樹〉からは何人かの人を助け出した。ローシャ国側にあった〈心臓樹〉からも同じように何人かを救った。でも彼らは、さらわれて日の浅い人たちだった。〈心臓樹〉はすべてを喰らい尽くす。心と夢ばかりではなく、肉も、骨も——。いまになってようやくわかる。マレク王子の望みは、はじめから叶うことのない望みだったのだ。木のなかに囚われて一、二週間以上が経過した人は、救い出すにはすでに木と同化しすぎている。

わたしは囚われた人々の苦痛を取り除き、長く深い夢のなかに送り出していった。〈森〉の女王の怒りが解けたとき、夢見への道を自力で見つけた人もいた。でも彼女の怒りは、まだ数百本の〈心臓樹〉をこの〈森〉に残し、その多くは暗くてひっそりとした場所にある。水分を搾り出して焼きはらうことが、囚われた人々を解放するためにわたしが見つけたもっともやさしいやり方だった。それでも毎回、だれかを殺すような気持ちになることは否めない。囚われたまま生きながらえるよりはそのほうがいいとわかってはいるのだけれど、焼きはらった木の灰色の悲しみは、いつまでもわたしのなかにとどまりつづける。

今朝、わたしは騒がしいベルの音に起こされた。朦朧としたまま茂みをかき分けると、ベルを付けた黄色い牝牛がのんびりと草を食んでいた。わたしは自分がローシャ国側の〈森〉の境界に近いところにいたことを思い出した。「おうちへお帰り」と、牝牛に語りかける。「草地が暑いのはわかるけど、これ以上はいると、悪いものを食べてしまうわよ」遠くから、この牝牛を呼ぶ少女の声が聞こえた。ほどなく茂みをかき分けて少女があらわれ、わたしを見つけて立ち止まった。九歳くらいだろうか。

「この牝牛はよく木立に逃げこむの?」わたしは、たどたどしいローシャ語で少女に話しかけた。

「牧草地が小さすぎるの」少女は、青い澄んだ瞳でわたしを見あげて言った。「でも、あたし、ちゃんといつも迷子の牛を見つけるわよ」

わたしは少女を見おろした。この子は正直に答えている。少女のなかに銀色の輝きが見えた。まだ表には出ていないけれど、いまにもあふれそうな魔力がこの子のなかに流れている。「この牛をあまり深くまで行かせてはだめよ」わたしは言った。「そして、いつか大きくなったら、わたしに会いにきて。わたしは、〈森〉の反対側の端っこで暮らしているから」

「あなたは、バーバ・ヤガーなの?」少女が興味津々(しんしん)のようすで尋ねる。

「いいえ。でも、バーバ・ヤガーはお友だちのひとりだと思ってるわ」やっと目が覚めてきて、自分の居場所が正しくつかめるようになった。わたしは少女に別れを告げると、西をめざした。

ローシャ国は、〈森〉の境界を見張るために警備隊を送り出している。兵士らをいたずらに刺激したくなかった。わたしが時折〈森〉の境界を越えて出たりはいったりすることが、いまだに彼らの不安をかき立てている。ローシャ国側から迷いこんだ村人を何人か送り届けたあとでも、それは変わらなかった。でも、ローシャ国の人々を責める気にはなれない。ポールニャ国から広ま

って いく歌は噂(うわさ)に尾ひれをつけて、とんでもなく誤ってわたしのことを伝えている。いずれ旅の歌唄(うた)いたちがそのひどい歌をわたしたちの谷にも持ちこむんじゃないかと疑っていたのだが、案のじょう数週間前に、オルシャンカの町の酒場から、わたしがオオカミの怪物になって国王を喰い殺したという歌を歌おうとした男がたたき出された、という話を聞いた。

それでも、牝牛を連れた少女のことを思い出すと、わたしの足どりは軽やかになる。バーバ・ヤガーの散歩の歌を口ずさみながら、家に戻る道を急いだ。おなかが空いたので、バスケットのなかの実を歩きながら食べる。あの林のみずみずしさが舌の上に広がった。根と枝と実に取りこまれた糸繰り川の水が、太陽の光を浴びて、わたしの喉を潤す甘い果汁になっている。そして、この実はわたしを招いていた。いつの日か、疲れはてて、自分自身の長い夢を見つづけたいと思うようになったとき、わたしはその招待を受け入れるかもしれない。でもいまのところ、それは遠い丘の上で開かれているひとつの扉にすぎない。遠くからわたしに手を振る友だち、あの清浄な林の深い静謐(せいひつ)のようなものだ。

カシアがギドナから手紙を送ってきた。子どもたちはなんとか新しい生活になじんでいるようだ。スターシェクはあいかわらず無口だけれど、大貴族(マグナート)が投票のために召集されたときには、立ちあがって彼らに語りかけ、自分が王位を継いで祖父を摂政(せっしょう)とすることを認めさせた。そして、ヴァルシャ大公の令嬢との婚約に同意した。その令嬢はまだ九歳で、庭園で遊んでいるときに、彼女のつば飛ばしのみごとな飛距離が彼を大いに感服させたということだ。結婚の理由としてちょっとどうかと思わないでもないが、少なくとも、その子の父親に謀反をくわだてさせないように、という理由で結婚を決めるよりはずっとましだと思う。

スターシェクの戴冠を記念して馬上槍試合がおこなわれ、彼はカシアを代表戦士に指名して、彼のお祖母様をがっかりさせた。でも結局は、ローシャ国が送りこんできた騎士団をカシアがまとめて打ち破り、万事めでたしとなった。カシアの力わざを目の当たりにしては、ローシャ国側としても、〝ライドヴァ川戦役〟の報復としてポールニャ国に侵攻するという計画には慎重にならざるをえなくなったからだ。〈ドラゴン〉の塔の攻城戦から逃げ出した多くの兵士が、不死身で殺戮のかぎりを尽くす〝戦いの女王〟についての話を故郷に持ち帰っていた。どうやら、その話の〝女王〟がカシアと混同されたらしい。おかげでローシャ国は、スターシェクが申し入れた新たな停戦協定をしぶしぶながらも受け入れ、今年の夏はなんとか戦火を見ずに、平和のうちに終わった。もちろんそれは、それぞれの国が復興するまでという危なっかしい平和ではあるのだけれど。

また、スターシェクはカシアの大勝利に乗じて彼女を近衛隊長に任命した。カシアは目下、〝正しい〟剣の使い方について学んでいるところだ――教練の相手となる騎士たちを打ち負かし、落馬させてしまわないように。また、ふたりの貴族とひとりの大公がカシアに結婚を申し込んだ。そしてさらに——カシアが憤慨して書いてきたところによると——なんと、ソーリャまで彼女に求婚した。

信じられる？　あなたは頭がおかしいと言ってやったわ。そうしたら、希望を失わずにきみを待つつもりだ、ですって。この話をアローシャにしたら、彼女、咳きこみながら十分間は笑いつづけていたわ。彼女が言うには、彼にとって断られるのは承知のうえだろう、と。つまり、あたしに求婚することで、スターシェク新国王への忠誠を宮廷人たちに知らしめたかったのだろう、と。だれかに求婚されたことを自慢して言いふらすようなことはしないわってアローシャに言ったら、彼女はこう言ったのよ——「見ててごらん、あいつは自分で広めてまわるから」。彼女の言うとおりだった。翌週には何人もの人から彼との結婚について尋ねられた。腹が立つあまり、いっそ結婚を承諾してやろうかとさえ思ったくらいよ。夫婦の関係において思う存分苦しめてやる、それだけが目的で。でも、こざかしいあいつのことだから、あれこれ理由をつけてうまく逃げるでしょうし、きっと、あたしを縛りつけておく方法を考えるにちがいないわね。

アローシャは日に日によくなっているわ。子どもたちも落ちついてきた。毎朝、みんなで海水浴に出かけているの。でも、わたしはもう泳げない。一気に底まで沈んでしまうし、足をつけるだけでも、海水はわたしの肌によくないみたい。お願い、糸繰り川の水を水筒に入れて、また送ってほしいの！　ここでは、いつも喉が少し渇いている感じ。それにあの水は子どもたちにも効くのよ。眠る前に少し口に含むだけで、あの塔の悪夢を見ないですむようなの。

子どもたちが行っても安全だとあなたが思うなら、この冬には故郷を訪ねたい。もう二度とあそこには行きたくないって言われると思っていたけれど、マリシャはオルシャンカの町に行って、ナタリアの家で、あの家の子たちともう一度遊びたいって言っているわ。

あなたに早く会えますように。

わたしは地面を蹴り、視界がかすむようなひとっ跳びで、糸繰り川まで戻った。川辺に近い眠たげな樫（かし）の古木のかたわらに、わたし専用の小屋がつくってある。戸口のすぐ横には樫の根っこにあいた大きな穴があり、わたしはその穴に草を敷きつめ、あの林に生える清浄な〈心臓樹〉の実をなるべく絶やさないようにしておく。そうしておけば、〈歩くもの〉たちがいつでもそこから実を持っていけるから。穴をのぞくと、小屋を出ていったときより実が少なくなっている。そして、戸口の反対側の横手にある薪箱（まきばこ）には、だれかが薪を補充しておいてくれたようだ。

わたしはバスケットの残りの実を穴に入れて、小屋のなかにはいった。ここでは掃除も整頓も必要ない。床はやわらかな一面の苔だし、草の寝床は毎朝わたしが這（は）い出ると、ひとりでにかたちを戻す。だから家のかたづけに時間をとられることはない。でも、今朝はさんざん動きまわって、午前の時間をずいぶん使ってしまった。太陽の高さからすると、すでに正午を過ぎている。きょうの集まりには遅れたくない。カシアへの返信と、糸繰り川の水がはいったコルク栓の水筒だけをバスケットに入れた。手紙も水筒もダンカに渡せば、ギドナまで届くように彼女が手配してくれるだろう。

わたしは川辺に戻ると、西の方角に、木々の梢（こずえ）をはるかに越える大きな三歩の跳躍をして、〈森〉から出た。そして、ザトチェク橋のところで糸繰り川を渡った。そこには新しい〈心臓樹〉が高く伸び、橋に影を落としている。

わたしとサルカンが〈森〉の女王をさがしに糸繰り川をくだっていたころ、女王は最後の怒りの攻撃をザトチェク村に仕掛けていた。そして、わたしたちが女王を制する前に、村のおよそ半分が〈森〉に呑（の）みこまれた。わたしは、塔から出てひとりで〈森〉をめざして歩いているとき、ザトチェク村から逃げてくる人々と街道で出くわした。村が襲われたと聞いて、すぐに村まで走った。ザトチェク村では最後に残った人々が新しく生えてきた〈心臓樹〉を切り倒そうとしていた。

彼らは家族を逃がす時間稼ぎのために、憑依（ひょうい）されるのも穢れに冒されるのも覚悟のうえで残った人たちだった。そんな勇気ある人たちでさえ、恐ろしさに目をむいていた。もしあのとき、わたしが風にはためくぼろぼろの服を着て、ぼさぼさの髪を煤で汚し、足もとは裸足――つまりどこからどう見たって魔女そのものという身なりでなかったら、彼らはわたしが声をかけても、耳さえ貸さなかったかもしれない。

　村人たちは、わたしを魔女だと信じても、〈森〉が永遠に力を失ったというわたしの話はすぐに信じられないようだった。わたしたちのだれひとり、よもやそんな日が来るとは想像してもいなかったのだ。それでも、彼らは大カマキリと〈歩くもの〉が突然、〈森〉のなかに逃げこんでいくところを目撃していた。そして、そのころには全員が疲労困憊していた。だから結局、彼らは手を引いて、わたしに仕事をまかせてくれた。その〈心臓樹〉は生えてから一日もたっていなかった。〈歩くもの〉たちが、村長と彼の三人の息子をその木に縛りつけて、生長を加速させたようだ。わたしは三人の兄弟を助け出した。でも、彼らの父親は出ていくことを拒んだ。この一年、腹部に灼熱の石炭が埋まっているような痛みがあり、自分の命が長くないだろうことを知っていたからだった。

「あなたを助けられます」と言うわたしに、村長は首を振った。すでになかば夢を見ているような目になり、口もとには笑みが浮かんでいた。ふいに、わたしの両手が樹皮の下に感じとっていた彼のごつごつした骨や体が溶けてなくなった。と同時に、ねじれた〈心臓樹〉がため息のような音をもらして、まっすぐに伸びた。枝から毒をもった花が落ち、すぐに新しいつぼみがふくらんだ。

わたしと村人たちはほんの束(つか)の間、銀色の枝の下に立ち、つぼみのかすかな芳香を吸いこんだ。それは穢れを宿した花の甘ったるい腐臭とは明らかにちがっていた。われに返った村人たちがびくっと反応し、後ずさりした。あの〈森〉の林でサルカンとわたしがそうだったように、村人たちも〈心臓樹〉が平穏に存在していることをすぐには受け入れがたいのだ。〈森〉に由来するものが邪悪と憎悪に満ちていないんて、だれにも想像できないのだ。村長の息子たちがつらそうな顔でわたしを見つめた。「父も助け出してくれないか?」長男が言った。

わたしは村長の息子たちに、もう彼を木から出すことはできない、この木が彼なのだから、と言うほかなかった。疲れきっていてうまく説明できなかったし、それは、この谷で生まれた人間にさえも、たやすく理解できるような事柄ではなかった。息子たちは押し黙り、これが悲しむべきことなのかどうかもわからなくなったように茫然(ぼうぜん)と立っていた。「そう言えば、父さんは母さんに早く会いたがっていたな」ついに村長の長男が言い、弟たちがうなずいた。

村の橋のたもとで〈心臓樹〉が育つことに心穏やかでいられる人は村人にはひとりもいなかった。でも、そこに残すことを受け入れるくらいには、わたしを信用してくれた。だから、いまも〈心臓樹〉は同じ場所にある。そして、あのときよりも大きく育っている。根っこはすでに橋げたの丸太にからみつき、いずれは根っこが橋を支える日が来るだろう。木には実がなり、小鳥が訪れている。〈心臓樹〉の実を食べようとする人はまだ多くはないけれど、動物たちは自分の嗅覚で判断する。わたしも同じだ。十数個の実をもいでバスケットに入れると、わたしは歌いながら、土ぼこりの舞う道をひたすらドヴェルニク村に向かって歩きつづけた。

村の子どもがひとり、家族から離れて村の草地に寝そべっていた。わたしがそっと近づくと、子どもは驚いて跳びあがり、少しだけおびえたようすを見せた。それでも、おおかたの村人は、わたしがときどき村を訪ねることに慣れてきたようだ。あまりにいろんなことがあったので、そのあと自分の家に帰るのをためらったとしてもおかしくはなかった、でも、あの恐ろしい一日のあと、塔を出たわたしに疲れとさみしさ、怒り、悲しみ……そのすべてがのしかかってきた。まるで〈森〉の女王の嘆きと自分のあらゆる感情がからまり合ってしまったみたいだった。わたしはどうにかザトチェク村を浄化すると、あとさき考えずに、疲れた足を引きずって、ドヴェルニク村の自分の家まで行った。母さんは戸口でわたしをひと目見ただけで、なにも言わずに、わたしをベッドに寝かせてくれた。ベッドのかたわらにすわって、わたしの頭をなでて、眠りにつくまで歌ってくれた。

翌日、村の広場に出ていくと、村人たちがおっかなびっくりでわたしのまわりに集まってきた。わたしは女村長のダンカに起きたことのほんの一部を伝えた。それからカシアの母親のヴェンサを訪ね、ヤジーとクリスティナのようすを見にいった。周囲の人を気づかうには疲れすぎていたけれど、わたしがそばにいるだけで人々の顔がぴくっと引きつることには気づかないふりをした。そのうち、わたしが火を噴くわけでも、怪物に化身するわけでもないとわかると、人々の顔の引きつりはおさまった。つまり、会っていれば、人はわたしに慣れるということだ。それからは毎週土曜日ごとに谷の村々をひとつずつ順番にめぐることにした。

サルカンは戻ってこなかった。いずれ戻ってくるのかどうかもわからなかった。風の便りに、彼がまだ都にいて、事態の収拾に努めているらしいことはわかっていたが、彼から手紙は来なかった。領主がいなくても、谷の村々は困らなかった。この谷で起きるもめごとを収めるには男女とりまぜた村長たちがいれば充分だったし、なにより〈森〉が以前のように危険な存在ではなくなっていた。それでも人々は、この谷に魔法使いがひとりくらいはいたほうがいいと思っていた。そんなわけで、わたしは谷の村々をまわり、それぞれの村の烽火台に魔法をかけて、村人が烽火をあげれば、〈森〉のなかのわたしの小屋の蠟燭が灯るようにした。蠟燭は村の数だけあって、どれが灯るかでどの村がわたしを呼んでいるかを知ることができる。

でも、きょう、ドヴェルニク村にやってきたのは、魔法使いの仕事をするためじゃない。わたしは村の男の子に「あとでね」と手を振り、村の広場に意気揚々とはいっていった。広場のまんなかには白い布をかけられたテーブルがあり、今年の収穫物が山のように積んである。そのまわりでみんながダンスを踊っている。わたしの母は、きのこの煮こみ料理のトレイを持って、ヴェンサの娘たちといっしょにテーブルのそばにいた。わたしは駆け寄って、母にキスをした。母さんはトレイをおろすと、わたしのほおを両手ではさみ、それからわたしのもつれた髪を後ろになでつけ、満面の笑みを浮かべた。「まあ、なんて恰好をしてるの」そう言って、わたしの髪から長い銀の小枝と茶色の枯れ葉をつまんだ。「靴をはいてはどうなの？　ついでにこれも言わせてもらうわ。体を洗ってらっしゃい。そして、おとなしく隅っこにすわっているのよ」見おろせば、わたしの足は膝のあたりまで泥まみれだ。でも、母さんはうれしそうに笑っている。父さんが今夜の焚き火にくべる薪を荷車にのせてやってきた。

「食事の時間までには、ちゃんときれいにするわ」わたしはそう言って、きのこをつまみ食いしたあと、ヴェンサの家に行った。ヴェンサは家の表側にある居間の窓辺にすわっていた。病気はかなり快復したものの、彼女はこの窓辺の椅子にすわって、せいぜいかんたんな繕いものをする程度で一日を過ごし、外に出ていこうとはしない。カシアはヴェンサにも手紙を書いているけれど、それは堅苦しくて打ち解けたところのない手紙だ。わたしはカシアの手紙をヴェンサのかたわらで読むとき、ほんの少しだけやさしい言葉を添える。ヴェンサは黙って聞いている。ヴェンサの心にはひそかな罪悪感があるようだ。そして、カシアの心にも、ひそかな恨みが――ほんとうは必要のない宿命を押しつけて我慢を強いた母親へのひそかな恨みがあるようだ。この母子の関係を修復するには――修復できるとしても――長い時間がかかるのかもしれない。わたしはたまには外に出たらどうかとヴェンサを説得し、彼女が娘たちといっしょのテーブルにつくのを見とどけた。

今年は広場に天幕が張られていなかった。きょうの催しは、ドヴェルニク村だけの小さなお祭りだ。大きなお祭りは、十年に一度の選抜の年を除いて、オルシャンカの町でおこなわれる。でもこれからは、毎年になるだろう。収穫期にしては暑い日で、太陽のもとで食事をするのは暑かった。この暑さは日が沈むまでつづくことだろう。それでも気にせずに、わたしはごちそうをおなかいっぱい食べた。半割りのゆで卵を浮かべた酸っぱいライ麦のスープ。お皿に山盛りのソーセージとキャベツの煮こみ。サクランボの砂糖煮をたっぷり入れたパンケーキを四枚。それからみんなで日なたにすわり、満腹のうめきをあげながら、料理がどんなにおいしくて、どんなにたくさん食べたかをおしゃべりした。そのあいだも幼い子どもたちは広場を駆けめぐり、ひとりまたひとりと木陰で眠りに落ちていった。ひとりの青年が家からフィドルを持ち出し、膝のあいだにはさんで、調べを奏ではじめた。最初はとても静かな曲を。すると、さらに多くの子どもたちがうとうとしはじめ、一方では、さらに楽器の数が増えて、演奏の輪が広がった。おとなたちは思い思いに手拍子を打ち、歌を口ずさんだ。ビールの樽(たる)があけられ、ダンカの家の地下庫から冷えたウォッカが持ち出され、ジョッキがみんなのあいだをまわった。

わたしはカシアの弟たち、自分の兄たちとダンスを踊った。それから、少しだけ知っている何人かの村の少年たちとも踊った。彼らがわたしにダンスを申し込むのは、仲間内のきもだめしのようなものかもしれないが、それでもかまわなかった。彼らは、わたしが踊りながら頭に火をつけるんじゃないかとドキドキしていたはずだ。わたしは小さなころ、夕闇にまぎれてハンカおばあちゃんの畑にまっ赤なおいしいリンゴをくすねにいくとき、ものすごくドキドキしたことを思い出した。わたしたちはみんな幸福だった。みんながひとつになっていた。わたしには足もとの大地を流れる川の歌を聞き分けることができた。わたしたちはみんな、川の歌に合わせて踊っていた。

わたしは踊りの輪からはずれ、息をはずませて、母さんのすわる椅子の前にへたりこんだ。髪が乱れ、肩のあたりではねあがっている。母さんがため息をつき、わたしの髪を膝の上に引き寄せ、三つ編みにしてくれた。母さんの足もとに、わたしのバスケットがある。わたしは金色の実をひとつ取って、口に入れた。舌の上でみずみずしい果汁がはじける。わたしは指を舐めながら、焚き火にうっとりと見入った。ふいに、わたしたちのそばのベンチから女村長のダンカが立ちあがった。ダンカは飲んでいたカップをおろし、その場にいるみんなの注目を引くような大きな声を張りあげた。「これはこれは、領主様」

焚き火を囲む輪の端に、片手をそばのテーブルに添えて、サルカンが立っていた。炎の明かりが、銀の指輪や上着の美しい銀ボタンや銀の刺繍を照らし出す。銀の刺繍は青い上着のふちに沿ってほどこされ、襟の片側に竜の頭があり、その体が裾をぐるりとまわり、尾がふたたび反対側の襟もとに戻ってくるという模様だ。シャツのレース飾りが袖口からこぼれ、長靴は炎が映りこむほどぴかぴかに磨きあげられている。王様の宮殿の大広間よりも華やかできらびやかで、もののみごとに、この場所から浮いていた。

みんながまじまじと彼を見つめていた。わたしもそのなかのひとりだ。くちびるを薄く引き結んだ彼の表情に、かつてのわたしなら不機嫌のしるしを認めたはずだった。でもいまは、自分がここにいる口惜しさを噛みしめているのだとわかる。わたしは立ちあがり、親指の果汁を舐めながら彼に近づいた。彼はわたしの背後にあるバスケットの中身に目を走らせ、わたしがなにを食べているかに気づき、にらみつけてきた。「あきれたな」と、彼は言った。

「すごくおいしいのよ！」と、わたしは返した。「よく熟れて食べごろだわ」

「いっそ、きみが木に変わってしまえばよかったな」

「まだ木にはなりたくないわ、いまのところはね」わたしは言った。幸福感が泡のようにはじけて、全身にしゅわしゅわと広がっていく。きらめく川のせせらぎのように、わたしのなかで笑い声がはずんでいる。彼が帰ってきた。「こちらへは、いつ着いたの？」

「きょうの午後だ」彼はいかめしく答えた。「もちろん、今年の年貢を受け取るために来た」

「もちろん、そうでしょうとも」わたしは言った。彼は最初にオルシャンカの町へ行き、貢ぎものを受け取ったにちがいなかった――年貢を受け取るためにここへ来たという言いわけを、いましばらくは使えるように。でもわたしは、そんな言いわけには気長につきあっていられない。放っておいたら、彼はほんとうにそう思いこんでしまうかもしれないから。わたしのくちびるの両端はもう勝手に上に持ちあがっていた。彼はかすかに顔を赤らめ、目をそらした。でも、それがかえって彼のためにはよくなかったみたいだ。なぜなら、そのときにはもうまわりに人が集まり、これはどういうことかと問うように、興味津々でわたしたちを見守っていたからだ。礼儀をわきまえるには、だれもがビールを飲みすぎ、踊りすぎていた。サルカンが視線を戻し、にこにこしているわたしを見て渋い顔になった。

「こっちに来て。母さんに会ってほしいの」わたしはそう言うと、腕を伸ばして、彼の手を取った。

訳者あとがき

もしも十九世紀の英国にドラゴン戦隊が存在したら――そんな大胆な設定で歴史のパラレル・ワールドを描く『テメレア戦記』*Temeraire* シリーズで一躍人気作家となったナオミ・ノヴィクが、今度はダークでビターでちょっぴりロマンチックな、おとなのためのお伽（とぎ）ばなしを書きあげました。それが、本書『ドラゴンの塔』*Uprooted* です。二〇一五年、ニューヨークのデルレイ社から刊行されるや大きな反響を呼んで、今年五月、米国の二大SF賞のひとつ、ネビュラ賞を授与されました。ページを繰りながら魔物が跋扈（ばっこ）する異世界に身を投じ、主人公といっしょに旅をしているような気分が味わえる、まさしくファンタジー小説の醍醐味を堪能できる極上のエンターテインメント作品です。

北と西と南の三方を高い山脈に囲まれた、東西に長く伸びる谷。そのまんなかを流れるひとすじの川。川に沿って点在するいくつもの村と町。土地の高いほう、谷の西端には一本の白いチョークのような〝ドラゴンの塔〟が建ち、川の流れゆく東の方角には、まるで漆黒の壁のような〈森〉が立ちはだかる――。物語の冒頭を読むと、まずは頭のなかにこんな地図が描かれます。

でもどうやら、ここは大きな世界の片隅であるらしい。こうして、村娘アグニシュカの語りによって、この谷と山々の先にある大きな世界の様相が少しずつ明かされていきます。

　谷の東端からはじまり隣国までつづく〈森〉は、はいったが最後、二度とまともな姿では出てこられない恐ろしい場所です。〈森〉そのものが意思を持つかのように、谷の集落に魔物を放ち、人間や家畜を穢し、怪物に変えて、土地を侵略します。この邪悪な〈森〉の進撃を、西の塔に住む謎めいた魔法使い〈ドラゴン〉が百年間（百年ですよ！）かろうじて食い止めてきた。彼はこの土地の領主であり、領民たちを守る見返りとして、十年ごとに十七歳の娘をひとりだけ選んで連れ去り、塔に住まわせます。そこでなにが起きているかはだれにもわからない。十年後、解放された娘はすっかり別人となって、はるか遠い都へと去っていきます。

　主人公のアグニシュカも、塔に連れ去られるかもしれない十一人の候補者のひとりでした。でも、谷の人々は彼女の親友、美しくてかしこくて勇敢なカシアが選ばれると信じて疑いません。アグニシュカも、親友との別れが近づいていることを嘆き悲しみ、カシアを連れ去ってしまうであろう〈ドラゴン〉を憎みます。ところが、選抜の日、〈ドラゴン〉から選ばれたのは、だれもがまさかと驚くアグニシュカでした！

　どうして、わたしが？　と、アグニシュカは煩悶します。なぜ、だれよりも優れたカシアが選ばれなかったの？　髪はくしゃくしゃ、服をすぐに汚したり破いたりする粗忽でうっかり者のアグニシュカは、美と秩序と清潔をこよなく愛する〈ドラゴン〉にとって、つねに眉をひそめさせる存在です。彼は谷の民と親しく交わろうとはせず、意地悪で皮肉屋で、口の悪さは天下一品です。百歳をとうに超えているはずなのに、一見するだけでは老いの影もありません。彼は腹立たしげに、アグニシュカに魔法の呪文をいっしょに唱えることを要求します。なぜそんなことをさせるのか？　なぜアグニシュカを選んだのか？　そもそも、この〈ドラゴン〉とは何者で、なぜこんな辺境の地に住むようになったのか？　そして、なぜ、〈森〉は人間に襲いかかるのか？

　もしあなたがいま、この「訳者あとがき」を先に読んでいるのなら、どうかすぐに本の最初のページに戻って、アグニシュカとともにこの謎を解き明かす旅に出てください。暗闇に灯した小さな光がしだいに明るさを増すように、未知なる世界の時空と成り立ちがゆっくり見えてくる。そのプロセスはファンタジー小説ならではの魅力だと思うのです。

　さて、話をつづけましょう（ここからはネタバレ含むなのでご注意を）。

『テメレア戦記』がまさにそうだったのですが、ナオミ・ノヴィクは舞台となる異世界を細部まで構築し、念入りに書きこんでリアリティを立ちあげていくタイプの作家です。たとえば、〈森〉のなかで銀色の枝を張る〈心臓樹〉の匂いや葉音から樹皮の手触りに至るまでの濃密な描写。丹念に語られる魔術の一部始終。衣服や鎧もしかり。魔法使いの殿堂〝カロヴニコフ〟のこと細かな構造の説明は、この静謐な空間に居合わせているかのような錯覚をもたらします。また、登場人物たちの持つ実在感も見逃せません。作品の生み出すあり得ない荒唐無稽な世界に放りこまれるのは、あり得ないようなかっこいいヒーローやヒロイン……ではなくて、こちら側のわたしたちと同じような悩み多き人々です（『テメレア戦記』の読者なら、ドラゴンに振りまわされて悶々とする担い手たち、とりわけウィル・ローレンスを思い出すのではないでしょうか）。

本書のパラレル・ワールドにも、こちらの世界の愛や憎しみや妬みや驕りや孤独や……とにかく、わたしたちにも覚えのある感情がぎゅっと詰まって、キャラクターを生き生きと動かします。向こう見ずで早合点で、恐ろしいものに遭遇すると子どものように嘔吐してしまうアグニシュカ。屈指の魔法使いなのに、隠遁者というよりは引きこもりと呼んだほうがよさそうな、どこにいても周りから少しだけ浮いているような〈ドラゴン〉（ここではサルカンと呼びたくなる）。優等生のカシアも、物語が進むにつれて、むくむくと彼女ならではの個性を発揮し、肝っ玉の太い女魔法使いアローシャにいたっては最初から全開という感じです。ノヴィク作品ではつねに、敵味方に関係なく、登場人物ひとりひとりが作家から愛情を注がれているのを感じます。

ナオミ・ノヴィクは、一九七三年、ニューヨークにポーランド移民の二世として生まれ、とりわけ母親からポーランド民話をたくさん聞かされて育ちました。ポールニャ国とはポーランド、ローシャ国はおそらくロシアのことでしょう。この本にもポーランドの風習や料理がたくさん取りこまれています。書物を通してアグニシュカの魔法修業を手引きするバーバ・ヤガーも、スラブ民話のなかによく登場する魔法使いのおばあさんです。森の奥深く、鶏の足を持つ小屋に住み、その小屋ごと旅をします。いろんな民話集や童話のなかに出てくるので、この日本語版の読者のなかにも、子ども時代に絵本でバーバ・ヤガーに出会った方が少なからずいるのではないかと思います。また、作者のお母さんが繰り返し読んでくれた絵本の主人公の名前が、アグニシュカだったということです。その少女は魔法の森に迷いこんだ黄色い牝牛を助けます。と書けば、『ドラゴンの塔』のなかに、この少女がカメオ出演したことはもうおわかりですね。そう、「あなたは、バーバ・ヤガーなの？」と尋ねる女の子。作者は物語の最後でこっそりと、ふたりのアグニシュカを出会わせているのです。

　最後になりますが、本書の原題について――。*uprooted* は、おおよそ「根こそぎにされる」という意味です。本書のなかで根こそぎにされるのは木々であり、滅ぼされる民でしょう。全編を通して根／根っこ root が暗示的なキーワードになっています。アグニシュカはこう言います。「わたしは根ごと引き抜かれ、土地から切り離され、王様の宮殿や大理石の塔に植え替えられた――つらいことだったけれど、それができた。だからこそ、生きのびられた」（下巻三一三頁）でも、木々は育った土地でしか生きられません。人間だって、自分から旅立つならともかく、無